# MATADOURO DE PECADOS



plus+ editora

DIREÇÃO EDITORIAL
***Giovanna Vaccaro***

PRODUÇÃO EDITORIAL
***Jadna Alana***

PREPARAÇÃO
***Raquel Escobar***

REVISÃO
***Jadna Alana***

CAPA
***Décio Gomes***

DIAGRAMAÇÃO
***Michael Vasconcelos***

DADOS INTERNACIONAIS DE CATALOGAÇÃO NA PUBLICAÇÃO (CIP)

Zanini, Marcio

Matadouro de Pecados / Marcio Zanini. – 2ª edição – São Paulo: Coerência, 2020

ISBN: 978-65-87068-01-5

1. Ficção brasileira 2. Suspense 3. Horror I. Título

CDD: 869.3

Grupo Editorial coerência
plus+ editora

**São Paulo**
*Avenida Paulista, 326,*
*cj 84 - Bela Vista*
*São Paulo | SP – 01.310-902*
*www.editoracoerencia.com.br*

*Uma pílula para te entorpecer*
*uma pílula para te deixar burro,*
*uma pílula para te fazer outra pessoa.*
*Mas nem todas as drogas deste mundo*
*vão salvá-lo de si mesmo.*

"Coma White", Marilyn Manson

# PREFÁCIO

Sou um cara de palavra, então prometo que não me estenderei além do necessário. Seria até injustiça da minha parte te privar de mergulhar de uma vez no texto do Zanini. E, meu amigo, espero que você se surpreenda tanto quanto eu me surpreendi.

Poucas pessoas têm o privilégio de conhecer de verdade quem está por trás das histórias que tanto amamos. Muitos de nós seguimos ídolos literários sem fazer ideia de quem (e do que) eles são. Há muita criatividade, parceria e respeito. Tem também os desaplaudidos sem caráter, assim como em qualquer grupo da sociedade, mas a gente foca em quem vale a pena. O Zanini está no grupo dos que valem a pena, e por isso fiz questão de escrever este prefácio.

Neste livro você vai conhecer o investigador William, um cara diferente e humano nas suas próprias falhas, que foge da jornada do herói. Pois é, aqui não tem forma de bolo. Se quer história clichê, este livro não é para você.

O Zanini foi bastante feliz na concepção do protagonista – e não só dele. Todos os personagens têm personalidades tão profundas que é impossível que eles não se tornem reais para você durante a leitura. Poucas páginas serão o bastante para conhecê-los e se importar com eles.

A trama que se desenrola a seguir, assim que eu terminar com meus elogios – muito pertinentes, devo ressaltar –, retrata a maldade humana, a consciência pesada pelos pecados e a redenção. Com um fim surpreendente, o Zanini conseguiu me deixar ansioso por outros livros com o investigador William.

E aí, Zanini? Cadê o próximo?

Tiago Toy

# PRÓLOGO

Alexandre acordou assustado, acreditando que escutara alguém dizer o seu nome. O rádio-relógio ao lado da cama marcava três e quarenta da madrugada e iluminava seu rosto suado, fazendo o brilho esverdeado ofuscar a visão. Esforçou-se para interpretar o que seus sentidos ainda grogues captavam.

Escutou sussurros na casa, teve certeza. Alguém estava conversando ali dentro. Mas como isso era possível se estava sozinho?

Sentiu uma gota de suor se formar na testa devido ao nervosismo de imaginar um invasor; pela primeira vez em dias se arrependeu de estar dopado e sem condições de se defender. Cerrou os olhos a fim de focar a atenção, mas o silêncio parecia absoluto agora que ele se concentrava em escutar algo, como se os invasores notassem que ele havia despertado.

Lutou contra o efeito sedativo da medicação para se manter acordado e alerta, verificando se escutaria mais alguma coisa ou se veria alguém. Seu instinto de autoproteção tentava se sobressair à indolência... até perder a batalha e dormir pesadamente em seguida. Sem controle da própria vontade, ficou à mercê do que acreditava estar na sua residência.

# 1

A história da vida de uma pessoa parece ser dividida em momentos tão importantes que marcam uma vírgula nas frases de sua existência, definindo o antes e o depois.

Às vezes, por algum acontecimento fora de seu alcance, algo pelo qual você não teve a mínima culpa ou direito de escolha muda completamente o rumo da sua história.

E se você tivesse permanecido naquele emprego em vez de largar tudo e ir atrás de um sonho? E se você não tivesse aceitado aquele pedido de casamento? Você estaria mais feliz se sua vida tivesse tomado um rumo diferente? Mas a verdadeira pergunta, aquela que realmente importa, é: você está preparado para esses pontos de impacto? Acredite, eles aparecerão em vários momentos.

Para Alexandre, sua vida não teve nada de especial; suas escolhas ao longo do caminho o levaram a se casar com Julia, e, a partir dessa decisão, um emaranhado de outras se desenvolveram ao longo dos anos.

Outrora, aquela bela e decorada casa na cidade de Santos conquistara o casal assim que puseram os olhos nela. Ainda podia rever vividamente a expressão no rosto da esposa no dia em que ela vira a casa pela primeira vez; foi algo comparado a ganhar na loteria. Olhos estáticos, boca entreaberta e um brilho icônico no olhar.

Julia divagava enquanto andava pelos cômodos, reparando em cada detalhe.

— Se esta casa não é perfeita para construirmos nossa família, não sei qual seria.

— Não existe outra, meu amor. É esta e pronto.

Alexandre acompanhava a esposa com um sorriso apaixonado no rosto. Abraçara Julia por trás, beijando seu pescoço. Ambos sorriram, transbordando felicidade.

Apesar da preocupação acerca do alto custo e das dívidas que aquela escolha traria, a química entre eles proporcionara momentos inesquecíveis ao estrearem cada cômodo com sexo apaixonado. A gravidez protuberante na barriga de Julia parecia deixar Alexandre ainda mais excitado. Saber e pensar que aquela mulher era sua e que o daria um filho o enchia de desejo e admiração. Naquela época, havia nele uma esperança e fé inabaláveis para o futuro de sua família.

Tudo parecia especial: a cama em que faziam amor, a banheira na qual passavam horas confabulando, elaborando planos e se amando à luz de velas aromáticas...

Na cozinha, começara grande parte da vida sexual dos dois, com passadas de pernas provocantes por baixo da mesa enquanto comiam. Ele sempre se excitava facilmente com a esposa, que parecia ter uma espécie de poder sobre ele, um olhar quase mágico e felino capaz de deixá-lo ereto em segundos. Julia idolatrava o dote avantajado dele, e ele venerava os seios fartos e as nádegas carnudas dela.

Até o papel de parede tinha uma recordação. De início, Alexandre não gostara da cor, mas decidira aceitar e se acostumar com a escolha de Julia no intuito de agradá-la. Aplicá-lo com perfeição fora um sacrifício, pois eles não faziam ideia de como colar o papel de parede; a tarefa rendera momentos de irritação, balanceados com boas risadas. Um fim de semana inteiro fazendo esse serviço, que, por fim, rasgara na última etapa; tiveram de esperar até o próximo dia útil para comprar um novo conjunto e concluir o objetivo.

O jardim ao fundo foi outro desafio que deixara recordações. Várias viagens de carro foram necessárias para trazer todas as plantas, flores, terra e pedrinhas brancas que compraram para deixar tudo com um verdadeiro aspecto de jardim chinês. O veículo tivera de ser lavado, mas tudo ficara um primor, tanto no quintal quanto no rosto satisfeito de Julia.

A casa contava com um escritório no andar de cima, um cantinho que de início era usado por ela para seu trabalho como organizadora de eventos, mas que com o tempo acabara se transformando em um depósito de quinquilharias inúteis. Havia o quarto do casal, do filho e um banheiro.

O quarto principal era mobiliado com esmero graças ao excelente gosto e ideias decorativas de Julia: uma cama enorme e a cômoda no estilo vitoriano para combinar com a mesinha e o abajur de canto; o carpete bege contrastando com a tonalidade escura das madeiras dos móveis; um enorme guarda-roupa pré-moldado por toda a parede, sendo que uma das portas era falsa, dando acesso ao toalete.

A porta entre os cômodos era como um portal entre o passado e o futuro. O banheiro era moderno, destoando por completo da decoração de móveis antigos do quarto; completamente azulejado, branco com detalhes em preto. A pia de modelo elegante sustentava um espelho iluminado por pequenas lâmpadas de LED enfileiradas. Abaixo ficava o gabinete fechado, no qual eram guardados os suprimentos de higiene pessoal e uma caixa de primeiros socorros. Por falta de espaço, a banheira e o chuveiro ficavam no mesmo lugar.

No andar de baixo ficavam a cozinha e a copa, divididas apenas por uma mureta que servia de bancada num cômodo bem amplo. A sala e o corredor ao lado da escada davam acesso ao quintal. Nele havia duas portas: uma de frente para a outra. A da direita levava ao porão, onde ficava a máquina de lavar e a secadora. A da esquerda, embaixo da escada, servia de depósito.

Agora, cada vez que passava pela sala, sentia uma pontada de agonia no coração. Faltava-lhe o ar ao se lembrar de Matheus, seu amado filho, assistindo ao desenho animado e rindo com tanto gosto que chegava a contagiar.

Como nada dura para sempre, principalmente se não houver esforço recíproco, toda felicidade havia se transformado em um fardo, um carrasco que tinha como único objetivo puni-lo, impedindo-o de se esquecer do quanto havia jogado toda aquela felicidade pela janela.

A casa passou a refletir seu estado de espírito: triste, sombria, carregada e cansada.

# 2

No mais puro e absoluto silêncio noturno, parecia haver passos, barulhos e estalos tão altos que chegavam a acordá-lo, ganhando vida através dos canos que funcionavam como veias. Infeliz, lamuriosa e revoltada, a casa sentia falta de Julia e Matheus e da alegria inocente da família feliz.

Essa tristeza podia ser vista nas sombras que pareciam se mover, na sinfonia macabra dos pingos da torneira, no porta-retrato, que caía no chão inexplicavelmente em algum cômodo, nas portas que batiam subitamente, no encanamento barulhento que Alexandre não conseguia identificar a origem.

Sentia que a casa o odiava. Seus dias solitários contribuíam para a insanidade, machucados e tombos. Tudo servia para lembrá-lo de que estava sendo maltratado, de que não era mais ansiado. Não existia mais satisfação. Se pudesse, sumiria da casa; juntaria as roupas e se perderia no mundo.

Mas Julia fizera isso primeiro; abandonara Alexandre e levara o filho. Agora ele estava ali, preso, confinado, esperando por um retorno, um telefonema, um arrependimento ou uma nova tentativa. Existia, no interior de sua alma, uma mínima ponta de esperança de que tudo ficaria bem.

Já fazia alguns dias que estava deitado na cama em um estado que ele próprio não conseguia definir; difícil saber se dormia ou se estava sonolento. Via boa parte de seu quarto de maneira turva e embaçada devido aos olhos sempre entreabertos. Consigo, carregava somente a certeza do dia e da noite pela claridade ou falta dela, que conseguia captar pela retina azul de seu olho tristonho.

Estava depressivo, e a sensação era potencializada com a mistura de calmantes e bebidas. Seu corpo parecia pesado demais, seus ossos doíam, tornando difícil o simples ato de se mover.

O ventilador ao lado não era capaz de refrescar, ao contrário: sugava todo o ar quente do dormitório e despejava nele como um soco, lembrando-o de que deveria ter mandado arrumar ou trocar o ar-condicionado havia muito tempo. Mas ele só protelava, e pensar nisso agora o irritava ainda mais. Parecia um indicativo, entre tantos, de uma das coisas que ele deixara de fazer pelo casamento para manter tudo confortável e agradável.

Alexandre suava na cama úmida e quente. Tudo em que tocava parecia aquecido. Limpou a testa mais uma vez com os dedos, enxugando o suor no lençol. O quarto começava a cheirar mal devido à falta de limpeza, mas Alexandre parecia não sentir; de fato, não sentia nada.

Ele virou de lado, os músculos debaixo da pele se repuxando como quando um curativo é arrancado da ferida em um só puxão. Reflexo de dias deitado. A preguiça acumulada chegara a níveis críticos. A cômoda ao lado contava com um copo de água pela metade e um relógio digital que marcava quase três da tarde.

Havia vários frascos de comprimidos com a mesma fórmula, Valium, conseguidos graças à sua perspicácia e contatos com médicos de diferentes cantos da cidade. Aquelas pílulas eram suas melhores amigas naquela semana. Precisava delas, acreditava nisso.

Isolou-se em uma redoma mental.

Quando atendia telefonemas, logo desligava sem dizer uma palavra ao confirmar que não era Julia do outro lado da linha. Não queria conversar com qualquer outra pessoa. Sobre o que falariam? Do quanto ele havia fracassado em seu casamento? Inevitavelmente, a conversa tenderia para esse lado. A curiosidade das pessoas em relação aos percalços da vida alheia chegava a ser mórbida.

Sentia-se péssimo por não conseguir controlar as próprias emoções, por ter deixado tudo acontecer daquela maneira, exatamente como fazia quando jovem. Quando finalmente aprenderia a ter controle sobre os próprios pensamentos?

Não conseguiria passar pelo divórcio. Aliás, era um divórcio ou somente um tempo para as coisas se acalmarem? Sua mente não raciocinava com clareza, ele não conseguia distinguir se isso partia dele ou dos calmantes misturados com uísque.

Fixou o olhar vazio em um ponto da parede por um tempo. Não soube ao certo se piscou ou se cochilou novamente, mas percebeu a sensação do dia ter sido acelerado. Olhou para o relógio: sete da noite. O sol começava a se esconder, deixando o quarto com uma iluminação pálida. Ele sentia a brisa entrando pela janela, mexendo levemente a cortina, o cheiro do oceano aliviando o cômodo do cheiro rançoso... uma noite um pouco mais fresca e menos insuportável, talvez.

Varreu o quarto com os olhos, pensando que naquele horário deveria estar sentindo o cheiro da comida que Julia preparava com tanto apreço, enquanto o filho brincava com algum boneco de super-herói na sala. Ele podia jurar que ouvia o barulho da televisão enchendo o lar de vida.

A barriga exigiu comida, pois o vazio no estômago chegava a doer. Seu organismo implorava por cuidados e movimento. Ele precisava se levantar, sabia disso. Começou abrindo os olhos vagarosamente; o cair da noite deixava o quarto na penumbra, com várias sombras pelos cantos.

Uma dessas sombras pareceu se mover.

# 3

Alexandre escutou passos rápidos perto da porta; alguém saía apressado do quarto. Arregalou os olhos de uma vez, assustado, o coração acelerado e a mandíbula tensa. Ainda deitado, questionou sua razão e sanidade, tentando encontrar uma resposta lógica para o evento. Talvez algum ladrão tivesse invadido a casa durante seu sono, o que o impediu de escutar o arrombamento. A cortina ao lado da porta balançou assim que a sombra se mexeu. Seria um jato de ar que entrava no quarto projetando sombras? Parecia uma boa explicação, mas não era isso. A sombra era mais arqueada, não era?

Primeiro ele se sentou na cama, preocupado com a própria segurança, depois levou a mão à cabeça, esperando o quarto parar de girar. Não escutou mais nada agora que despertara os sentidos e, depois de alguns minutos de silêncio, chegou à conclusão de que devia estar louco.

Limpou a testa novamente, praguejando mentalmente sobre o calor, pois odiava o verão extremo mais do que nunca. No banheiro, urinou um líquido amarelo-escuro com cheiro de medicamento. Só então percebeu a urgente necessidade de um banho, mesmo a contragosto.

Alexandre deixou a água fria do chuveiro o atingir com força. Ficou parado debaixo da ducha, esperando o cérebro começar a raciocinar melhor. Sem muitas opções, vestiu a última bermuda limpa da gaveta e foi para o térreo. Precisava comer algo. Seu organismo tinha mais força de vontade do que seu desanimado pensamento.

Assim que desceu, ligou a cafeteira, abriu a geladeira e encontrou uma garrafa de água, leite, alguns pedaços de carne de porco, temperados havia tanto tempo que começava a esbranquiçar, e frutas murchas e escuras.

Desanimado, espantou algumas moscas e jogou a carne na frigideira. A lixeira de canto já transbordava, soltando um cheiro semelhante de quando um animal está em decomposição. Deu um gole na água e encheu um copo com café assim que ficou pronto. Virou o bife, esfregando um pouco para espalhar a gordura, e logo se sentiu pronto para colocá-lo em um prato, mas foi interrompido pelo telefone.

Com um sobressalto, foi obrigado a voltar à realidade.

# 4

Olhou para o aparelho, contrariado, esperando que a pessoa desistisse. Seu desejo pareceu ter sido atendido; o toque parou de soar, e Alexandre respirou, aliviado, até começar de novo. Um pensamento lhe ocorreu: podia ser Julia. Claro que podia, mas algo dentro dele dizia que não era.

Mas e se fosse?

Na dúvida, retirou o fone do gancho com pressa antes que hesitasse novamente.

— Alexandre? — perguntou retoricamente a voz do outro lado da linha.

— Oi, mãe.

Não era Julia, infelizmente.

— Como sabe que sou eu?

— Reconheço sua voz. Além do mais, só você é insistente assim, ligando uma vez seguida da outra — lamentou, revirando os olhos.

Alexandre amava a mãe. Mas Tina, diminutivo de Cristina, era uma mulher difícil, do tipo que dizia o que vinha à mente. Antes mesmo de começar, ele sabia exatamente em que a conversa terminaria.

— E tenho de ser, caso contrário você não atende. — Ele não conseguiu distinguir, pelo tom de voz, se foi uma reclamação ou afirmação. Surgiu um silêncio incômodo entre eles antes de sua mãe continuar: – Ela voltou? Deu notícias?

A curiosidade era gritante.

– Não.

– Não acha melhor chamar a polícia? – A voz ficou inquieta e incomodada com a resposta seca dele.

– Não.

O olhar de Alexandre continuava desanimado, refletindo suas palavras monossilábicas.

– Mas já vai fazer uma semana. – Suspirou, contrariada.

– Ela vai entrar em contato. Em algum momento ela vai precisar pedir a parte dela no divórcio, não é?

Não era exatamente o que ele queria dizer, mas era a perfeita frase realista, desprovida de emoção, que satisfazia sua mãe. Tina gostava de ser prática e exclusa de dramas. Alexandre também já fora do mesmo jeito; era herança ou convivência? Quem saberia? Mas, devido à situação, estava emotivo demais e preferia dizer que em algum momento ela voltaria. Eles chorariam, desculpariam-se, recomeçariam e tudo ficaria bem.

– Sei que disse isso só para me agradar. É sua esposa, e vocês têm um filho juntos. Sua mulher some de um dia para o outro sem explicações, leva seu filho e você fica aí com essa voz mole, emotivo justo no momento que não deveria.

– Eu conheço a Julia.

O choro formou um nó na garganta que ficou estagnado no mesmo lugar. Ele realmente conhecia Julia a ponto de saber que ela não o perdoaria, mas não queria acreditar nisso; a negação era mais agradável do que a realidade.

– Mas ela não disse nada? – insistiu.

– Não. – Ele tentava não gritar nem se descontrolar. – Você fica perguntando as mesmas coisas, mesmo sabendo a resposta.

— É um absurdo. Nunca gostei dela, você sabe, desde o primeiro dia que a conheci. Sempre me pareceu uma... safada. Deve ter arrumado outro.

— Não diga isso.

Ele contorceu a face só de imaginar a possibilidade.

— Digo, sim, essa é a verdade. Ela estava te traindo. Tenho certeza de que arrumou outro macho e ainda levou o menino. Tome uma atitude.

— Não fale assim da Julia. — A irritação estava evidente.

— Se ela fosse uma mulher decente, não falaria. Você se casou errado, devia ter escolhido melhor. Você sabe, esse povo lá de baixo do país não presta. Eles saem de lá para vir estragar a vida de bons moços como você aqui em cima. Sempre em busca de oportunidades, ou de trabalho, ou de marido.

— Como se lá fosse o inferno e aqui o céu? — sugeriu, rindo com sarcasmo.

— Isso mesmo. Não poderia ter colocado de melhor forma. Justo você, que se guardou tanto tempo para a mulher certa, acabou se casando com a errada.

Mal sabia sua mãe de sua real índole, pois sua verdadeira personalidade ainda era um tabu, e a melhor defesa no momento era o ataque.

— Oh, mãe... você é tão cheia de besteira que me enjoa.

— O que você disse? — O tom de voz aumentava.

— Se você quer ligar para saber como estou, fique à vontade. Mas se for ligar para despejar em mim seus preconceitos só porque você odeia a família gaúcha do pai, eu simplesmente não estou com paciência para lhe escutar! — gritou, perdendo de vez a frágil paciência.

# 5

Ele desligou o telefone com força, mas o aparelho não prendeu corretamente na parede, então bateu de novo com mais fúria, repetidas vezes, com vontade de quebrar tudo. Ali, cheio de ódio e mágoa, lembrou-se de Julia. Ela poderia ligar. Se o aparelho estivesse quebrado, como ele atenderia? Havia celular e e-mail, a resposta veio imediatamente. Ela, contudo, poderia simplesmente aparecer, pois a casa ainda era dela. Para ele, a história dos dois ainda não havia terminado.

Tirou o fone do gancho, conferindo se sua mãe ainda estava na linha. Deveria ligar para Julia? Cairia na caixa postal como acontecera das outras vezes. No entanto, e se ela atendesse? O que diria? Suplicaria por desculpas? Já havia pedido tantas que não acreditava que mais uma fosse fazer diferença. O fone voltou ao gancho, e ele lamentou tudo que estava acontecendo.

Alexandre olhou para o prato na mesa. Algumas moscas estavam em cima da carne e já haviam depositado ovas de larvas.

Pegou o prato, hesitando por um momento, e jogou com força na pia. Pedaços de porcelana e carne voaram para todos os lados. Perder o controle e quebrar as coisas não era difícil naquele momento, ao contrário, era prazeroso. O problema era juntar tudo depois. O ânimo para recolher os cacos lhe faltava; preferiu deixar tudo bagunçado e arrumar em outro momento, quando estivesse bem-disposto, exatamente como protelava a vida naquele momento.

Ao sair praguejando da cozinha, pisou em um dos cacos. Urrando de dor com a irrupção e blasfemando ainda mais, pulou em um só pé até o sofá e se apoiou. O pedaço pontudo estava cravado na carne profundamente, a dor era lacerante. Puxou devagar a lasca alva, enquanto o sangue pingava descontroladamente, cada gota explodia no chão na mesma sintonia das pontadas que começavam a martelar sua razão.

Por um breve segundo de lucidez, desejou que aquela fosse a única dor em sua vida.

Não queria contar a verdade para a mãe. Ainda não estava pronto para confessar seus pecados, aceitar e assumir o quanto era um canalha, o quanto havia fracassado. Em especial para sua mãe, que sempre acreditou na imagem do filho perfeito que ele projetava.

Na semana anterior, antes do desaparecimento, o casal tivera uma briga grave. Ela o esbofeteara, e ele não reagira – sabia que estava errado e teria de aguentar toda a fúria de Julia. No dia seguinte, ela não estava mais em casa, sumira junto com o filho, abandonara tudo e não deixara nem um bilhete explicativo. Drogado por medicamentos, ele não vira nada nem a ouvira sair.

Acreditava que ela devia estar em algum hotel, acalmando-se, pensando no que fazer e que logo entraria em contato, mas, na verdade, o tempo estava passando, e ele começava a se preocupar. Sabia que o filho estava bem. Julia era uma mulher e mãe extraordinária, não deixaria nada de ruim acontecer com Matheus.

Ele sentia tanta saudade do cheiro dele quando o abraçava e de seu sorriso honesto; o peito se apertava só de pensar.

Como estaria seu filho? O que Julia havia dito a ele? O que pensaria quando descobrisse a verdade? Ficava nauseado com tantas perguntas sem respostas.

Amava Julia profundamente, jogaria a si mesmo no fogo por ela, doaria qualquer parte de seu corpo se um dia ela precisasse, mas desejava que isso nunca acontecesse. Não queria seu mal nem seu sofrimento.

Alexandre não podia fazer nada. Ele havia estragado tudo. Seu casamento havia acabado.

Se ele não conseguia se perdoar, por que ela o perdoaria?

Pegou a xícara de café e subiu as escadas pisando normalmente. Gostou de sentir a dor que os passos lhe causavam, tentando se punir de alguma maneira, como se a dor externa aliviasse a interna. A marca de sangue ia sujando o chão, alertando que talvez precisasse de pontos. Sangrava demais, e o corte parecia maior do que acreditava ser normal em um machucado como aquele.

Parou diante dos frascos de calmantes e bebeu o café em um só gole.

O pé, ainda sangrando, sujou o carpete. Ele nem se preocupou se a mancha sairia, pois não pensava em nada além de tomar todos aqueles remédios de uma única vez, deitar-se e não acordar nunca mais.

# 6

Sentia-se arruinado. Os anos de relação, apesar dos momentos felizes, agora pareciam ter sido um erro por sua própria culpa. Sentia que não havia aproveitado corretamente seu tempo na Terra para tentar ser uma pessoa melhor e sã o suficiente para bancar e sustentar suas escolhas. Infelizmente, não havia como voltar no tempo para consertar tudo o que havia feito ou deixado de fazer.

Embora desejasse a morte, faltava coragem. Além do mais, precisava deixar o egoísmo de lado e começar a pensar no filho. Pobre Matheus, não era culpado do pai que tinha. Como podia pensar em deixar o garoto órfão de pai? Seria penalizá-lo injustamente.

Por que não conseguia pensar com clareza e organizar as ideias? Por que a ansiedade tinha de estar em níveis tão críticos a ponto de enlouquecê-lo com o futuro incerto?

Tinha vontade de se esbofetear.

Tomou mais um comprimido, acumulando com o restante que ainda não tinha sido eliminado do corpo. Tomava aquilo a todo momento, como se fossem *balas*.

Sentou-se na borda da banheira, ligou o chuveiro, deixando a água lavar o machucado, e viu o sangue começando a coagular em algumas partes. Passado o calor do momento, analisou o ferimento com mais calma e acreditou não precisar de pontos, pois um curativo bastaria.

E se infeccionasse? O que poderia acontecer de pior? Ele morreria? A ideia não era péssima, pois a culpa não seria sua e sim do machucado; ninguém conseguiria culpá-lo por isso. A ideia de que as coisas poderiam acontecer daquele jeito, sem que ele fosse o responsável, conseguia animá-lo, mesmo que pouco. Contudo, não julgava ter tamanha sorte, nunca ganhara uma promoção de supermercado na vida, quem dirá um feito como aquele.

A guerra que acontecia em sua mente, devido às diferentes vozes que conversavam entre si, debatendo cada argumento que pensava, levavam-no à exaustão pouco a pouco.

Alexandre limpou o machucado com uma toalha branca. Ao ver o rastro vermelho deixado pelo sangue, pensou que, se estivesse ali, Julia o mataria pela sujeira. Puxou uma faixa do kit de medicamentos do compartimento embaixo da pia e enfaixou o pé antes do mundo começar a rodar e ele desabar na cama.

o

O barulho de uma cadeira caindo no chão de madeira ecoou pela casa silenciosa durante a madrugada.

Alexandre acordou tão assustado, sentando-se de supetão na cama, que sentiu as costas fisgarem, como se o nervo estivesse sendo repuxado bruscamente. A dor súbita e inesperada veio em bom momento, fazendo-o vencer a mente debilitada por medicamentos.

Ele colocou as pernas para fora da cama, olhando em direção à porta entreaberta do quarto. O som seco do assoalho veio do andar de baixo. Cambaleou até a porta, abrindo devagar enquanto olhava a escada que levava ao térreo. A escuridão da residência não permitia ver o invasor, por outro lado, também não permitiria que o invasor o visse. Olhou para os lados à procura de qualquer coisa que pudesse usar como arma. Não encontrando nada, cerrou os punhos, confiando em sua própria força e nos músculos moldados na academia. Ele lutaria por sua vida, disso tinha certeza.

Ao olhar novamente para o corredor à sua frente, viu a sombra descer as escadas.

Não era no andar de baixo.

Sentiu a pele se arrepiar, e seu corpo travou por um momento. O que lhe deu forças para continuar foi o fato de que a sombra desceu, como se fugisse, em vez de atacá-lo. Silencioso, pisou em ovos a cada passo, os punhos preparados; tinha os braços em riste, tensos, buscando dentro de si a coragem para conferir se o assaltante havia realmente saído da casa.

Caminhando pelo corredor, parou na porta dos outros quartos rapidamente, conferindo se todos ainda estavam fechados, como ele havia deixado. Não queria correr o risco de haver mais de um invasor ali dentro e ser atacado de surpresa por trás. Depois de conferir, desceu as escadas, varrendo os cômodos escuros com os olhos.

A sombra passou pela sala, bem à sua frente, indo em direção ao corredor que dava para a porta dos fundos. Ele hesitou, assustado, sentindo o suor descer por suas costas.

Agora, acostumado com a escuridão, percebeu a luz da rua pela janela da sala, iluminando sua retaguarda. Não era o suficiente para iluminar os cômodos, mas seria o bastante para projetar sua própria sombra enquanto andava? Estaria caçando a própria sombra?

Encorajado pelo novo pensamento, caminhou até a cozinha para pegar uma longa faca. Valente com a arma mais eficiente que seus punhos, acendeu a luz da cozinha, que iluminou parte da sala. Ele firmou o cabo entre os dedos e iniciou a busca pela casa, acendendo as luzes por onde passava. Abriu a porta da despensa e depois a do porão, puxando o cordão que pendia da lâmpada para acendê-la.

Não havia nada ali. Não havia nada na casa. Todas as portas estavam fechadas. A única janela aberta era a do seu quarto.

A tensão lhe deu uma dor de cabeça. Sentindo uma agulhada na base do crânio, voltou pelo mesmo caminho, apagando as luzes acessas, recriminando-se por criar fantasmas em sua mente.

Alexandre fechou a porta do quarto, colocou a faca na mesinha ao lado da cama, e, em questão de segundos, o Valium fez seu trabalho com maestria.

# 7

Na mente escura de Alexandre, uma sirene martelava seu cérebro, fazendo-o tremer. O que começou como um barulho distante foi aumentando pouco a pouco à medida que ele despertava, até parecer que uma banda extraía música de explosivos. O estampido parecia sincronizado, com pausas exatas de quatro segundos.

*A campainha*, pensou ele assim que sua mente começou a funcionar melhor. Levantou-se zonzo e trêmulo, apoiando a mão na mesinha ao lado. A faca não estava ali. Obrigou-se a se pôr em pé e andar em linha reta. As pernas doíam, o joelho falhava, a cabeça martelava e o mundo girava.

Olhou debaixo da cama, em outras partes do recinto, mas a faca não estava em lugar algum. A campainha continuava competindo por sua atenção. Ainda zonzo, olhou para a porta aberta. Teria sonhado tudo aquilo?

Insistente, o som da sirene na porta de entrada continuava, até que um pensamento lhe ocorreu, roubando de vez sua atenção: seria Julia e seu filho?

Com esse pensamento, ele começou a descer e, no meio do caminho, pisou em falso no degrau, caindo e rolando até o fim da escada, sentindo a pancada na cabeça piorar ainda mais sua noção de espaço e tempo. As drogas, as bebidas e a pancada pareciam ter remexido seu cérebro como um liquidificador.

Ainda no chão, olhou para a porta de entrada. A campainha permanecia tocando. Pelo vão embaixo da porta, não viu a sombra nem o pé de ninguém, o que o fez pensar se o aparelho estava com defeito e tocava sozinho. Arrastou-se um pouco até o sofá, usando-o de apoio para se levantar, e colocou a mão na maçaneta.

Nenhuma alma viva estava parada na frente de sua casa. Olhou para os lados, conferindo se a pessoa havia desistido, mas não havia ninguém em um raio de cem metros.

De súbito, uma porta bateu dentro da casa, ecoando um barulho assustador por todos os cômodos. Seu coração se sobressaltou, a pele se arrepiou e a coluna se contraiu. Ele estava sozinho, não estava? Deixou a porta aberta por via das dúvidas, a fim de averiguar se havia mais alguém na residência.

Antes que tivesse tempo de procurar pelo que tinha feito a porta bater, o som de algo raspando o assoalho começou no andar de cima. O ruído parecia deslizar pelo corredor, como se buscasse algo entre os cômodos. Alexandre sentia calafrios. Seja lá o que estivesse dentro de sua casa, não parecia ser humano. Pareciam as garras de um cachorro.

Ele olhou na direção do jardim, atrás da casa, e observou o corredor à sua frente que levava aos fundos, onde havia algumas ferramentas para manutenção do jardim ao lado da porta, incluindo um facão. Tentou não fazer barulho ao cruzar o corredor e abrir a porta lentamente. Com o corpo ainda dentro da casa, somente com a mão para fora da porta, tateou a parede até sentir o cabo da arma branca, puxando-a para junto de si.

Ele refez o caminho de volta lentamente, mas, antes de chegar à escada, o som voltou a se mover pela casa, descendo pelos degraus. Alexandre parou entre a escada e a porta do porão, no meio do corredor, em posição de luta, prestando atenção de maneira tensa. Não havia para onde correr nem se esconder, estava no meio do caminho entre a escada e a porta que dava acesso ao porão. O som de unhas raspando o assoalho ficava mais alto à medida que se aproximava. Teria de encarar a coisa que descia em sua direção.

O homem não estava alucinando, havia um intruso ali.

Com os olhos arregalados, pele tremendo, corpo em frangalhos e suando frio, ele parou de respirar para não fazer barulho, prendendo o fôlego com a intenção de pegar o invasor de surpresa, mas sabia que o encontro seria inevitável.

Os passos se aproximavam. A cada degrau o barulho aumentava, e a tensão parecia tornar o ar pesado. Os músculos dele ficaram tensos quando o barulho estava a dois degraus de alcançá-lo.

# 8

O que viu o fez questionar completamente sua sanidade. Estaria sonhando? Delirando? Seria efeito do remédio ou da pancada na cabeça? À sua frente, com metade do seu tamanho, havia um ser olhando para ele.

Parecia um adolescente monstruoso. Estava quase sem roupa, usando somente um pano sujo para tapar as partes íntimas. Tinha os cabelos falhos, a pele cheia de feridas e escaras grosseiras que pareciam soltar um tipo de pus com cheiro de acetona. Os braços eram compridos além do normal; os dedos, longos e ossudos, tinham unhas grandes, raladas e sujas com o que parecia ser sangue seco. Tinha as costas arqueadas e peludas, o que o deixava com um aspecto ainda menor.

Mas o que mais assustou foi o rosto.

Os olhos eram grandes, as orelhas, pontudas. A boca larga parecia ter o maxilar quebrado, fazendo o queixo encostar no peito. Os dentes eram desalinhados, amarelos e longos, quase do tamanho de um dedo. Potentes, fortes e mortais.

Alexandre estava estático, sem saber o que pensar. Não conseguia reagir, dopado com a situação. O ser o empurrou para o lado com o braço. Abrindo caminho pelo corredor, ele caminhou lentamente até a porta que dava acesso ao porão, fechando-a com uma forte batida assim que passou. Um estrondo ecoou pela casa, fazendo seus ossos e mandíbula tremerem de pavor com o som que parecia uma voz rouca, raivosa, gritando contra ele.

Observou por um tempo. Levou a mão à cabeça, tentando entender o que havia acontecido. Sem saber exatamente o que fazer, seguiu lentamente até a porta do porão.

Tinha receio de abrir e encontrar com aquilo. Isso confirmaria que ele não era louco e que tudo era real. Como podia ser real? Preferia ser louco. Levou a mão até a maçaneta, respirou fundo e tentou abrir a porta. Estava trancada. Como? Ele não havia fechado. A chave ainda estava ali. Girou-a, tentando destravar, mas simplesmente não abria.

Um forte soco veio do lado de dentro. Alexandre deu um pulo para trás, assustado. Ele não estava louco. Havia alguém ali. Levantou o pé e chutou com força; era o pé machucado. Caiu, sentindo dor na região que voltava a sangrar. Enquanto contorcia o rosto e gemia, viu um papel passar por debaixo da porta, fazendo-o parar de pensar no próprio pé; era sujo e amassado. Parecia ter marcas de sangue e continha uma letra rabiscada e torta, como se fosse escrita com um pedaço de carvão:

*Amanhã, às dez, um homem baterá na sua porta.*
*Você deve matá-lo.*

Assustado, Alexandre acompanhou com o olhar a chave virar sozinha na fechadura até ouvir o *click* da porta destravando. Engoliu em seco antes de girar a maçaneta e, atônito, olhou para a escada que levava ao porão. Receoso, puxou o cordão da luz para acender a lâmpada, iluminando todo o local. Desceu, cauteloso, mas tudo parecia normal. Não havia ninguém.

Após conferir o porão, que agora parecia mórbido, saiu e fechou a porta. Trancou com a chave e a levou para o quarto, colocando-a dentro da gaveta. Devia estar pirando. O fármaco em seu organismo estava mexendo com a sua mente. Obrigou o próprio pensamento a acreditar nessa teoria. Queria ter passado mais tempo pensando no ocorrido e dizendo a si mesmo que tudo não passava de um pesadelo insano, mas o efeito do calmante era maior e mais potente do que sua vontade. Estava sonolento demais. Lutando para se manter em pé, não percebeu quando pegou no sono.

# 9

A campainha tocou, acordando Alexandre de sobressalto. Era assim que ele acordava todos os dias na última semana, sempre assustado, ansioso e preocupado. Agora, depois do encontro com a criatura em sua casa, a sensação piorou a ponto de deixá-lo à beira da loucura.

A luz do sol entrava pela janela, mas ele continuava perdido no tempo, sem fazer ideia do quanto dormira e se era manhã ou tarde. Desejou que parassem de visitá-lo. Não queria conversar com outra pessoa que não fosse Julia e seu filho – sua família, como ainda gostava de pensar. Queria ter a chance de dialogar e resolver os problemas do casal, se é que havia conserto.

Com uma olhadela, conferiu o relógio, que marcava 9h58, e só então teve a confirmação de que ainda era de manhã. Um arrepio macabro subiu da ponta do pé até a nuca ao se lembrar do bilhete que não especificava se a pessoa que bateria à sua porta o faria às dez da manhã ou da noite.

*Isso tudo é uma loucura, não existem criaturas,* disse mentalmente a si mesmo, chacoalhando a cabeça em negação. Contudo, com certeza havia alguém à sua porta; não podia ser Julia, já que ela tinha a chave da casa. Devia ser um vendedor ou alguém do trabalho que o procurava por genuína preocupação ou apenas sórdida curiosidade em saber como ele estava.

A pessoa estava impaciente, apertava a campainha e batia ao mesmo tempo.

Alexandre desceu o mais rápido que pôde e parou por um segundo diante da porta suspirando fundo, preparando-se para fazer algo que não queria, mas que era necessário. Sem a menor vontade, com a mão já na maçaneta, escutou:

– Alexandre! Sou eu, sua mãe! Eu sei que está aí!

Olhando para baixo, balançou a cabeça, sentindo a derrota de não ter como escapar daquele encontro. Abriu a porta, e sua mãe, de sobrancelha arqueada, mediu-o de cima a baixo.

– Que diabos, rapaz. Ainda estava dormindo? – Contorceu o canto da boca ao fim da frase, irritada com o descuido dele consigo mesmo. Sua pele estava oleosa, o cabelo, desgrenhado; a roupa, com cheiro de suor. – Minha nossa, você está um lixo – continuou, olhando para dentro da casa, conferindo antes de entrar. – Tudo está um lixo. Faz quatro dias que Julia partiu, e a casa já está nesse estado lamentável?

Apoiou a mão no ombro do filho, abrindo caminho e entrando sem esperar por um convite formal.

– Se você quer se matar, dá logo um tiro na cabeça. Vai ser menos deprimente – resmungou, contrariada e visivelmente irritada. – Se Julia retornasse agora, neste momento – gesticulou com o dedo –, tenho certeza de que daria meia-volta só de imaginar o trabalho que teria para deixar a casa em ordem novamente.

– É uma alegria te ver, mãe.

Alexandre fechou a porta com uma expressão irônica.

– Não seja insolente! Se eu não aparecesse de surpresa, só te veria no Natal e olhe lá. Você tem se saído um péssimo filho único. – Tina jogou a bolsa no sofá antes de continuar. – Está cheirando muito mal aqui dentro.

Se ela não estivesse de costas para o filho, Alexandre teria visto a expressão de nojo da mãe.

De repente, ela se tornou um furacão da limpeza, andando, gesticulando e organizando tudo com tanta rapidez que ficava difícil acompanhá-la. Começou a abrir todas as janelas, deixando a luz e o ar circularem pela casa.

– Então, nenhum sinal "daquelazinha" ainda? – Tina questionou, caminhando para a cozinha sem esperar uma resposta.

– Não fale assim. – Alexandre alterou a voz, sentindo tontura pelo esforço.

Tina parou no meio do caminho e respirou fundo.

– Tudo bem, tem razão. – Virou-se de frente para ele antes de continuar: – Eu estou irritada. Qualquer um que te deixe mal me deixa brava. Mas sabe o que me deixa mais furiosa? – Alexandre não perguntou, sabia que não precisava, pois ela continuaria de qualquer jeito. – Saber que estou mais incomodada do que você. Isso me deixa nervosa. Você não sente nada? – Quis saber, gesticulando com a mão na direção dele.

– Tristeza. É tudo o que consigo sentir no momento. E ela me paralisa.

Ele virou o rosto, não conseguia encará-la.

Tina não respondeu, continuou abrindo as janelas e amontoando toda a louça dentro da pia. Curiosa como era, olhou o prato quebrado, pegou os pedaços com a pazinha e a vassoura, mas não questionou o motivo do estrago.

– Onde tem um saco de lixo? – Alexandre, encostado na porta com a cabeça baixa, apontou para um armário sem olhar diretamente. Tina juntou toda a sujeira, fechando a boca do saco com uma fita. – Não sei em que ponto da sua vida você se transformou nesse folgado que vejo na minha frente. Com certeza não foi isso que te ensinei. Você sempre fazia as coisas lá em casa. Ajudava com a louça e limpeza. Não faz nada disso aqui?

– Era sempre a Julia que cuidava disso, mãe.

– Claro que era. Alguém tinha de fazer. Que opção ela tinha? Posso não ir com a cara dela, mas o que é certo, é certo. Sou mulher também, tenho certeza de que nesse ponto ela devia se sentir uma empregada doméstica. Vocês dois trabalham, e, quando chegam em casa, você vai para academia enquanto ela limpa a casa e cuida do filho. Eu também teria te abandonado. Não vá ficar igual ao seu pai. – Contorceu o rosto, triste em ter verbalizado um de seus maiores medos.

Tina tentou, na criação de Alexandre, conduzir os ensinamentos para que o filho não tivesse as mesmas falhas que o pai. Queria que ele fosse melhor, beirando à perfeição, e sempre que notava alguma falha nele, não conseguia conter a sensação de fracasso.

– Odeio quando me diz isso – admitiu, franzindo a testa.

– Então mude. Não seja igual, então não farei tal comparação. – Em questão de minutos, toda a cozinha parecia mais habitável; ainda não estava limpa, mas a organização dava uma aparência melhor. – Por que você não faz nada? Se está sofrendo, por que não vai atrás dela? Por que não toma uma atitude? Seja homem! – Tina praticamente gritou enquanto saía da cozinha, deixando o saco de lixo perto da entrada. Subiu as escadas até o quarto. – Não me admira que ela não tenha voltado. Eu também não voltaria com essa sua indiferença.

– Eu me importo. – As palavras saíam sem força.

— Então faça alguma coisa. Qualquer coisa! Deus sabe que não gosto dela. Nunca gostei, mas pelo menos nunca escondi isso. Eu tenho sentimentos e demonstro eles, mesmo quando não são bem-aceitos. Mas você sempre foi assim, um desistente.

— Lá vem você de novo com essa conversa — Alexandre bufou, jogando as mãos para o alto.

*A intimidade é uma merda*, pensou.

— É a verdade. Você dificilmente termina algo que começa. Qualquer coisinha que dá errado no caminho, logo deixa para lá. — Virou-se para ele. — Se não aprendeu até agora, deixa eu te ensinar. — O olhar era estalado e o tom de voz cortante. — Muita coisa vai dar errado, outras você vai ter de lutar para fazer funcionar. Nada acontece do dia para a noite, é a vida. — Tina parou na frente do quarto, olhando para a escrivaninha. — Agora está explicado por que você não sente nada — lamentou profundamente. Alexandre ia atrás dela, escutando. — Essa porcaria não deixa — constatou, mostrando o frasco de Valium.

— Sinto muito, mãe. A ansiedade é uma coceira constante debaixo da pele, atrás do músculo, perto do osso, onde meu dedo não alcança para coçar.

Visivelmente mais irritada do que antes, Tina começou a juntar as roupas sujas dentro de um cesto. Ela parecia querer chorar, pois aparentava grande nervosismo, e suas mãos começaram a tremer.

Antes de sair do quarto, parou diante dele.

— Um homem tão bonito, descendente de alemães, mas também tão decepcionante.

Ela gesticulou negativamente com a cabeça.

— Você me magoa falando assim, mãe.

Não havia força para que Alexandre pudesse demonstrar uma expressão raivosa.

– Você também me magoa desistindo de si próprio. – Tina desceu a escada e parou na frente da porta que dava acesso ao porão. – A não ser – ela riu, irônica – que você esteja escondendo algo.

– É por isso que não tomei nenhuma atitude.

A confissão deixou um gosto amargo na sua garganta.

# 10

De todas as pessoas a quem Alexandre poderia confessar algo daquele tipo, sua mãe era a última com quem sentia vontade de desabafar. Mas não havia mais ninguém, nem família, nem amigos. Tina era a única que ainda conseguia acessar Alexandre com sua maneira brusca de ser. E precisava ser assim, pois sabia que ele não a atenderia através de um diálogo pacífico.

Talvez todos aqueles dias sozinho, entregue aos pensamentos destrutivos e insanos, tivessem mexido demais com sua mente, pois, antes que se desse conta ou tivesse a chance de pensar duas vezes, ali estava ele, confessando seus mais profundos segredos à sua mãe. Ele era um traidor, um fracassado assim como seu pai. Todavia, era melhor abrir o jogo sobre sua infidelidade do que continuar a escutar sua mãe culpar Julia. Isso não estava certo, pois Julia sempre fora uma esposa exemplar e não deveria levar a culpa de nada. Naquele momento emotivo, decidiu fazer o correto: dizer a verdade.

— Então a culpa foi sua?

Tina balançava a cabeça, incrédula.

— Sinto muito — disse, arrependendo-se do desabafo.

— Pobre garota — lamentou. — Retiro tudo o que disse. O safado e sem vergonha é você? Igualzinho ao seu pai, que Deus tenha a alma dele. Deve estar no sangue não conseguir manter o pinto dentro das calças. Justo você, que sempre foi correto.

Como pôde mudar de um rapaz decente para alguém sem moral? Eu era tão feliz acreditando que você não tinha puxado esse lado de seu pai. Como estava enganada esse tempo todo. Não estava? – A pergunta não parecia ter sido direcionada a ele, parecia mais um pensamento em voz alta. Aproximando-se dele, olhou fixamente em seus olhos, como se tentasse ver e entender sua alma. – Quem é você, afinal? – Sem resposta, a não ser pela feição surpresa e petrificada de Alexandre, desceu até o porão, colocou tudo na máquina e iniciou o ciclo de lavagem, saindo em seguida. – Isso só te deixa ainda mais decepcionante. Você sabe o que passamos e como nossa vida não foi fácil graças à infidelidade de seu pai e, no fim, acaba fazendo a mesma coisa. Pior que nunca vi indícios dessa personalidade em você antes. Ou você era um bom ator, ou isso só começou a acontecer agora.

– Mãe. Por favor. Vá embora.

Era doloroso sentir a máscara caindo.

– O que você fez? – Tina perguntou, encarando-o, tentando olhar diretamente em seus olhos, mas ele desviava dela.

– Não posso contar. Para ninguém. Não tenho coragem.

– Você terá de falar para Deus um dia. E, pelo que estou vendo aqui, pela maneira que está agindo, não vai demorar.

– Pode parar, por um segundo, de ser uma espécie de inimiga e ser minha mãe?

Alexandre estava com os olhos marejados, e tocou Tina. Ainda assim, ela precisava falar o que pensava:

– Meu anjo, eu sou sua mãe e te amo do fundo do meu coração, mais do que você pode imaginar. Mas se acredita que vou falar só aquilo que quer ouvir, está muito enganado. – Ela o abraçou. – Falar tudo isso me dói mais do que pode pensar, mas se eu não te puxar de volta para a realidade, quem irá?

— Respirou fundo antes de continuar: — Se bem te conheço, você não quer atender a campainha. Só consegui entrar porque dei uma de louca impossível de ser impedida. — Ela puxou o rosto dele para vê-lo melhor. — Se não quiser me dizer, tudo bem. Você errou, as pessoas erram, mas também podem corrigir os erros. Você tem um filho, não o abandone como está abandonando a si próprio. Ele é meu neto, poxa vida, não quero perdê-lo.

Tina pegou a bolsa e foi até a porta de saída, recuperando o fôlego e as forças.

— Eu sei...

— Arrume essa casa. Pare de tomar remédio, acerte seu divórcio com Julia e siga em frente. É assim para todo mundo, não se sinta especial no seu infortúnio. — Ela segurou o saco preto de lixo. — Agora que já desabafei, estou mais calma. — Arrumou de maneira teatral a própria roupa. — Pode me ligar e desabafar se quiser, prometo só escutar, ou tentar escutar mais do que falar, você me conhece — falou, balançando a mão ao alto. Ele achou que ela tinha terminado, mas Tina sempre tinha algo mais a dizer. Antes de fechar a porta, veio o último pensamento que ela precisava verbalizar: — E se serve de conselho, nós sofremos mais com o que queríamos que acontecesse do que com o que de fato acontece.

Não teve beijo no rosto de despedida, a mulher estava realmente irritada e, ao que tudo indicava, ficaria remoendo a revelação do filho por muito tempo; com certeza voltaria a esse assunto incontáveis vezes. Assim que saiu, ele a olhou pela janela. Tina colocou o lixo no cestinho da calçada, entrou no carro e partiu.

Alexandre fechou novamente todas as janelas que haviam sido abertas pela mãe. Antes de trancar a última, em seu quarto, admirou o oceano ao longe: amplo, lindo e vazio; como ele.

# 11

Vergonha.

Era o que sentia enquanto observava, através da janela, algumas folhas caírem da árvore da casa do vizinho. Não conseguia evitar a comparação com a própria vida; pequenos detalhes que foram desmoronando ao longo dos últimos meses. Talvez sejamos, como a natureza, seres de estações e momentos. Essa comparação o pareceu atraente demais. Gostava de pensar que era mesmo assim, isso o livraria da culpa. Algumas coisas simplesmente acontecem independente de nossa vontade, assim como as estações do ano: elas sempre chegam, quer gostem ou não.

Tudo isso dificultava que ele acreditasse no futuro, que tivesse fé ou esperança inabalável. Para Alexandre, sempre foi difícil ver as coisas boas no momento de caos. Nunca teve essa habilidade. Sentia-se desanimado demais com aquele excesso de pensamentos punitivos, tornando-o seu pior inimigo, pois seu cérebro tentava a todo momento baixar sua moral, e ele simplesmente não tinha forças para confrontar.

Sua mãe, por toda a sua vida, tentara o consolar com frases quando o via triste. Era um hábito tão característico que, mesmo quando ela não estava ali fisicamente, Alexandre ainda podia imaginá-la falando, quase como se fosse seu subconsciente conversando com ele. Tina sempre tinha pensamentos para todas as situações, dizendo que a vida dele era ótima e que não tinha do que reclamar, que depois da chuva vinha o arco-íris e várias outras coisas.

Isso o irritava muito. O que ele não sabia, contudo, era que ela não reproduzia essas frases por acreditar nelas propriamente, mas sim com a intenção de fazê-lo aceitar logo a situação e parar com os lamentos. Ela detestava arrastar um drama por muito tempo. A pior e a mais famosa de todas as frases era: "Tem gente em situação pior que a sua".

Em alguns momentos, Alexandre era sarcástico demais, realisticamente cruel a ponto de não conseguir se sentir feliz ao imaginar alguém em uma situação pior, parecia maldade se alegrar com a desgraça alheia. Em outros momentos, pensava que ela poderia estar certa, deveria tentar buscar o equilíbrio em qualquer coisa: frase, livro, filme, atividade ao ar livre, religião... Ele precisava se sentir bem consigo mesmo. Podia não ser uma questão de se animar com a infelicidade do próximo, e sim de valorizar a si mesmo ao perceber que nem tudo estava tão ruim quanto poderia.

O costume de ampliar cada detalhe à sua volta era um problema dele ou uma condição humana? Em um mundo cheio de competição, seria essa a maneira de tentar se sentir especial, de tentar ser mais interessante em relação ao outro? Como se sua vida fosse mais importante de acordo com o grau de sofrimento? Ou seria um instinto comparado ao instinto de sobrevivência? Imutável e incontrolável, alheio à vontade. Seria o medo de não ter importância, de ficar invisível, de desaparecer que o fazia valorizar angústias e tristezas?

Se sua teoria sobre sermos seres de estações estivesse correta, o seu arco-íris demoraria a chegar. Depois do verão ainda tinha o outono, o inverno e só depois a primavera, tornando tudo um prenúncio de algo pior por vir.

De qualquer forma, ele preferiu parar com as metáforas antes que sua fraca esperança no futuro minguasse por completo. Tudo que menos precisava naquele momento era perder a fé em si mesmo.

Eram três horas da tarde. O sol brilhava, e poucas pessoas passavam na rua. A maioria senhoras, senhores e mães com crianças. Estas o observavam na janela, e ele a elas, trocando olhares curiosos. Ficou imaginando o que pensavam ao vê-lo parado ali. Talvez um vagabundo que não queria trabalhar. Ele poderia pensar isso de si mesmo se trocasse de lugar com a pessoa e se visse parado na janela por toda uma tarde.

Alexandre era saudável, costumava frequentar a academia, era elegante e sabia ser simpático quando precisava. Seu atual estado de espírito fazia com que os dois conceitos se unissem; ele era um belo rapaz vagabundo. Se estivesse vivo, seu pai concordaria com seus pensamentos e ainda incluiria mais alguns adjetivos.

Droga, ele sentia falta da academia, da endorfina percorrendo sua corrente sanguínea; havia pedido afastamento não remunerado do trabalho para resolver toda essa situação de sua vida, mas o desânimo o fez procrastinar. O salário do mês seguinte não viria mais; logo estaria em grave situação financeira, e a academia era um gasto que não poderia se dar ao luxo agora.

Olhou novamente para o celular. Já apertara tantas vezes o botão para iluminar o visor que a bateria estava para acabar. Implorava mentalmente para receber uma mensagem no WhatsApp ou alguma notificação de curtida nas suas redes sociais — qualquer coisa que o surpreendesse naquela tarde monótona e triste. Algum recado que o fizesse parar de analisar a própria vida, desviando sua atenção para outro assunto.

Não conseguia determinar em que momento as coisas começaram a declinar. Não apenas a parte financeira, mas a emocional também.

Guardou o celular no bolso, irritado com os amigos que não se lembravam dele, mesmo não querendo ser incomodado, e com sua insistência em conferir as redes sociais a cada cinco minutos. Sentia-se cansado, irritado com a tela cheia de marcas de dedos suados. Esgotado por se sentir invisível.

A rua estava estranhamente deserta. Um carro passara alguns minutos antes, e nada mais. Até o vento desaparecera. O calor rapidamente se tornava sufocante. Sentiu a testa e as mãos começarem a suar ainda mais.

Alexandre passou a adolescência atraindo todos à sua volta. Havia algo nele que funcionava como um buraco negro, puxando a luz das pessoas ao seu redor. Crescera acreditando que todos deveriam o servir, procurá-lo e desejá-lo. Depreciadas por muito tempo, as pessoas ficam inseguras. Ele, no entanto, sentia-se seguro, confiante e superior, porque as pessoas toleravam essa atitude.

Todos corriam atrás de Alexandre. As garotas se jogavam e quase imploravam para serem beijadas – bastava um estalar de dedo para ter qualquer menina da escola. Os garotos queriam estar ao seu lado, serem vistos em sua companhia, tirar proveito daquilo que seu rosto e corpo podiam oferecer. Estavam atrás de tudo que ele recusava. Trabalhos escolares, notas e empregos: tudo sempre viera muito fácil. Nunca precisara lutar com afinco por qualquer coisa que fosse.

Estava viciado nesse estilo de vida, acomodado e dependente da admiração do outro. Ele não sabia disso nem analisou filosoficamente a condição em que se encontrava. Necessitar dos cortejos constantes o fazia estar o tempo todo preocupado e empenhado em cuidar de sua aparência para manter esse ciclo de pessoas o desejando. Era como uma droga, e, atualmente, sozinho e invisível, sentia abstinência.

Após uma adolescência regada de facilidades oferecidas por uma multidão, tornou-se um homem arrogante, frio, cruel, insensível, egoísta e mesquinho. Não gostava de pensar sobre si mesmo com esses adjetivos, seu orgulho próprio o impedia de se rotular com a pior embalagem. No fundo, ele sabia que as outras pessoas já faziam isso para ele.

Era um hábito.

Mesmo na autocrítica, esperava que outras pessoas o oferecessem os adjetivos. Finalmente começava a entender que sempre esperara o próximo lhe oferecer a "bandeja com a comida" – o alimento para sua alma insegura, carente e viciada em atenção.

O pior era que não se lembrava de ter oferecido a bandeja a alguém em seus quase quarenta anos. Principalmente em relação às mulheres. Havia oferta demais para sua demanda. Levara incontáveis para a cama, partindo inúmeros corações. Fora grosseiro com quase todas. Algumas realmente se apaixonaram por galanteios intencionais, mas vazios. Gostava de ter pessoas o desejando e provocava o sentimento mesmo sem intenção de retribuir. Ele simplesmente as ignorava com alguma frase cruel.

Não estava contente com esses dias ociosos que lhe davam tempo para analisar e refletir de forma fria sobre sua própria personalidade. Preferia a vida agitada e conturbada, cheia de coisas para fazer, mesmo que sem importância. Relembrar o passado, pensar nas coisas que fizera, nada disso lhe trazia alegria, pois suas condutas sempre foram questionáveis. Gostava da vida que tinha com Julia, que fizera com que se esquecesse de sua verdadeira natureza. O trabalho, a academia e o sexo sempre ocupavam seu tempo para que não precisasse encarar de frente seu rosto sem máscara.

Tudo ia bem, ele era o marido desejado, o pai amado, e era só isso que importava; o passado deixara de existir em seus pensamentos. Tinha uma linda família que, por muitos anos, seguira o padrão de o oferecer tudo na bandeja: amor, carinho e atenção. Ele só precisava aproveitar isso sem pensar na necessidade de retribuir. Estava feliz e satisfeito, e se sentia isso era porque estava tudo certo, não era?

A professora de natação, porém, despertara a nostalgia pelos anos luxuriosos de sua adolescência. O antigo Alexandre, dormente sob o cobertor de uma felicidade estável, acordara.

# 12

Embora não tivesse ingerido outro comprimido desde a visita de sua mãe, aquele potente calmante ainda circulava em sua corrente sanguínea. Alexandre precisava se alimentar, colocar energia no organismo e voltar a raciocinar com clareza. Talvez fosse esse o motivo de estar estranhando a própria casa. Muito remédio, fome e desidratação poderiam estar turvando sua mente e o levando a acreditar que a casa o odiava, que seres habitavam seu lar.

Negação, a primeira e mais previsível reação do ser humano. Mesmo assim, nada disso diminuía a sensação de ser um estranho ali dentro, um intruso inconveniente. Não reconhecia mais aqueles cômodos, eles haviam perdido o encanto, a alegria e a segurança. As lâmpadas pareciam mais fracas; falhavam e piscavam sem motivo, fazendo as sombras projetadas dançarem diabolicamente em sua direção, como se quisessem tocá-lo e feri-lo.

O barulho frequente o enlouquecia, pois soava como resmungos e xingamentos – era uma agressão verbal que estalava nervosa em algum cômodo distante, em uma porta que parecia ranger lentamente, lamuriosa, batendo inexplicavelmente com ódio. Os sons o seguiam com revolta. A casa o odiava.

A noite chegou rápido, deixando aquela sensação ainda pior do que a sentira durante o dia. Tudo era mais intenso à noite. Sua nuca se arrepiava a todo momento sem motivo aparente. Precisava sair e retomar sua vida, ficar trancafiado não ajudaria em sua recuperação. No fim das contas, sua mãe estivera certa, e, embora assumisse isso para si mesmo, não tinha planos de dizer a ela. Tomou um banho demorado, sentindo-se mais animado em seguida. Colocou uma calça, uma camiseta limpa e saiu. Esse era um dos lados positivos de cidades turísticas, sempre havia um lugar aberto a qualquer hora.

Alexandre voltou para casa satisfeito. Havia dias que não colocava comida boa no estômago. Com a fome saciada, parecia conseguir pensar melhor, mas Julia não era o único problema no momento.

Subiu para o quarto, onde trocou os lençóis e deitou, olhando para o bilhete que a criatura havia passado por debaixo da porta. Aquilo não parecia real, não podia ser. Monstros não existiam. Com toda certeza devia ser efeito dos calmantes e da bebida. Talvez ele mesmo tivesse escrito aquele bilhete em um momento de loucura e não se lembrava. O sangue no papel podia ser explicado pelo machucado de seu pé, claro. Com certeza era uma explicação razoável.

Subitamente, a campainha tocou.

Alexandre olhou para o relógio involuntariamente, marcava dez horas da noite. O medo tomou sua mente. O ser grotesco em sua casa e o bilhete começavam a parecer reais e palpáveis, afastando qualquer explicação plausível e racional que tentara criar. Riu nervosamente. Não podia ser, provaria a si mesmo quando abrisse a porta e comprovasse que tudo não passava de uma insanidade momentânea.

Enquanto descia até a porta, a campainha tocou novamente. Um homem, aparentando estar na casa dos quarenta anos, acima do peso e suado de nervosismo, estava parado em sua frente, encarando Alexandre com uma expressão de curiosidade e receio.

# 13

— Que bom que atendeu. — O homem sorriu, tenso. — Por um momento achei que tudo era uma grande loucura. Ainda bem que não é.

— Quem é o senhor? — questionou, franzindo o cenho para o estranho, que falava como se já se conhecessem.

— Sou aquele que deseja ir para o outro lado. Eles não te avisaram? Não estava me esperando?

— Eles quem?

Alexandre apoiou a mão na porta por precaução, apesar de estar aliviado por ser apenas um homem e não uma criatura. As palavras do senhor pareciam não fazer muito sentido, mas ainda assim era apenas outro ser humano.

— Minha nossa! Como você não sabe quem?

O desconhecido ficou irritado e ameaçou forçar a entrada.

Alexandre tentou fechar a porta, mas já era tarde demais. Quando se deu conta, o invasor já estava dentro de sua casa, andando em círculos de maneira nervosa. A situação fez Alexandre suar frio; havia um estranho agindo descontroladamente dentro de sua casa. Como ele deixou isso acontecer e o mais importante: como tiraria aquele homem dali de dentro?

Uma sensação horripilante de medo tomou seu pensamento diante da cena pavorosa. Ter seu lar invadido por um estranho era uma experiência real muito pior do que qualquer imaginação. Sentia-se desprotegido e exposto ao perigo, levantando imediatamente seus instintos de sobrevivência.

— Eu sou o André. — Apontou para o próprio peito, encarando Alexandre, os olhos arregalados. — Esse nome não lhe diz nada? Eles não mencionaram meu nome? — disse o homem, suando ainda mais, igual a um porco caminhando para o abate. — Tem certeza de que eles não falaram de mim? — dizia em voz alta, entrando em desespero ao começar imaginar que estava na casa errada.

André mudou a expressão de seu rosto, que passou a esboçar um desespero insano enquanto ia em direção a Alexandre. Este recuava a cada passo.

— Eles estão aqui? Você pode perguntar sobre mim, então eles vão confirmar...

— Acho melhor sair daqui antes que eu chame a polícia.

Alexandre indicou a porta que permanecia aberta, na esperança de que André fosse embora.

O desconhecido caminhou até a saída, mas, em vez de partir, fechou a porta com força, apoiando as costas na madeira em seguida. Com uma expressão pesarosa, olhou para Alexandre.

— Não posso. Achei que entenderia. Você não faz parte do plano divino?

Ficou óbvio que aquele senhor não sairia dali com facilidade, o que forçava Alexandre a escolher entre ser agressivo ou argumentativo. Qualquer que fosse sua escolha, ainda restaria o fato de que um ser grotesco aparecera em sua casa e deixara um bilhete. Estava cada vez mais difícil sustentar a negação.

— O quê? Do que está falando? Nunca conversei com ninguém a seu respeito, eu nem te conheço — confessou, gesticulando nervosamente, tentando argumentar e levar a situação pacificamente até encontrar uma solução para expulsar o intruso de sua casa.

— E que importância tem se me conhece? Facilita seu trabalho? Essa é a minha única salvação. Você precisa me matar.

O homem levantou as duas mãos em sinal de redenção, demonstrando que não representava uma ameaça.

— Por que não me explica, André? — Levantou as sobrancelhas, fingindo compaixão.

— Você está me deixando confuso. Já não estava tudo arranjado? Como assim, não sabe de nada?

André relaxou a investida contra a porta, voltando para o meio da sala, aceitando o diálogo oferecido. Apesar do medo da resposta, Alexandre precisava perguntar; era a única maneira de levar a conversa adiante e confirmar que aquilo que aparecera em sua casa e o bilhete tinham sido reais. Ele não via outra opção.

— Você está falando do ser nojento que entrou aqui?

Havia uma expressão de medo da possível confirmação.

— Nojento? Que blasfêmia! Aquele anjo não tinha nada de nojento — confirmou para si mesmo.

— Anjo?

A mente de Alexandre girava, tentando juntar as peças. André apontava o dedo ferozmente para Alexandre em sinal de que sua paciência estava se esgotando.

— Você precisa cumprir sua parte no trato!

Não havia mais como mentir para si mesmo: o bilhete era real, ele teria de matar aquela visita macabra, pois tudo se tornara concreto demais.

– Não vou matar ninguém. Vou ligar para a polícia.

Alexandre caminhou na direção do telefone, que ficava na mesinha ao lado do sofá.

– Não vai, não. – André puxou um revólver da cintura. – Nem chegue perto do telefone. – Sua expressão era fria, entregando a intenção de ir até as últimas consequências para ter seu desejo realizado. – É matar ou morrer. Não há outra maneira de eu sair da casa. Você escolhe.

# 14

Alexandre olhou apavorado para a arma; uma triste confirmação de que sua tentativa de argumentação não funcionaria mais. Agora a única opção era a violência.

— Ei, calma. Vamos conversar.

Levantou as mãos, tentando transmitir tranquilidade.

— Eu trouxe essa arma para você usá-la contra mim, para eu sentir menos dor, ter uma morte rápida. Agora vejo que terá outra utilidade — afirmou, encarando Alexandre com um semblante macabro.

— Tenha calma, senhor. Se quiser se matar, saia daqui e o faça longe de mim e da minha casa.

Alexandre foi se afastando lentamente enquanto falava, pensando em chegar até a porta e fugir gritando por ajuda.

— Eu não posso... Você não entende. — André se aproximava à medida que Alexandre se afastava, como se o encurralasse. — O suicídio me levaria para outro lugar, onde eles não vão me encontrar. Você precisa me matar, pois estão esperando. Era esse o trato.

— Quem está esperando?

Ele estava quase perto da porta. André, ao perceber a sua intenção de fugir, empunhou a arma com ainda mais firmeza, o que fez Alexandre parar no meio do caminho.

— Os anjos que moram nesta casa.

— Não mora ninguém aqui. Eu moro sozinho.

— Mentira! — gritou, tentando se acalmar em seguida, quase arrependido por provocar o proprietário. Era óbvio que sua conduta estava assustando o homem que deveria assassiná-lo. Sua mente tentava funcionar rápido, encontrar uma solução pacífica para conseguir atingir seu objetivo. André levantou a arma com o cabo virado para Alexandre. — Tome, me mate, eu quero isso. Não vou resistir. Prometo.

Uma mão entregava a arma e a outra estava ao alto, com a palma aberta, mostrando total falta de resistência.

— Eu não vou tocar nisso. Fora da minha casa! — A voz saiu alta, do fundo da garganta, com tom de desespero.

André se encheu de ódio ao perceber que seu plano de passividade não funcionara, obrigando-o a mudar de investida. Ele endireitou a arma e apontou para Alexandre mais uma vez.

— Então você não serve para nada.

Sua expressão facial era contorcida e confusa.

— Ei... Cuidado. Calma. Espera.

Alexandre levantou as mãos, desesperado, pronto para dar um passo para trás, mas não teve tempo de se afastar. André atirou na perna de Alexandre, que gritou, apoiando as costas na parede. Com as mãos, pressionava o buraco em uma tentativa de estacar o sangue, gemendo de dor. Ele tentava não ir ao chão, apesar do ferimento arder como ferro em brasa penetrando a carne. Inconscientemente sabia que, se caísse, estaria ainda mais exposto e sem chances de se defender.

— Vamos, reaja! — esbravejou André, tentando provocar Alexandre, fazendo com que, na eminência do perigo, o dono da casa revidasse. — Vai, rapaz, se defenda, senão atiro de novo! — Dizendo isso, redirecionou a arma, enfatizando a ameaça.

Alexandre foi tomado por um ódio profundo. Estava cansado de as pessoas dizerem que ele não reagia. Estava desesperado com a ideia de ser morto por aquele homem estranho antes que tivesse a chance de concluir e acertar sua história com Julia e Matheus. Não, ele não poderia morrer naquele momento, não daquele jeito. Seu instinto de autopreservação aflorou com força, sobressaindo-se sobre qualquer razão. Alexandre partiu para cima de André com ódio no olhar, gritando. Assim que suas mãos tocaram a pele do intruso, Alexandre teve uma surpresa: uma visão invadiu sua mente, real e vívida como se fosse um filme.

# 15

As sensações e imagens eram estranhas, pois, apesar de Alexandre visualizar André, era como se ele estivesse no corpo e mente do homem. No primeiro flash, André tinha por volta de dez anos e observava a irmã de dois anos dormir angelicamente no berço. Ele tinha esperado os pais dormirem para então se esgueirar até o quarto da menina. Alexandre não só presenciava a cena, mas também conseguia saber os pensamentos e motivações de André.

Algo incontrolável, uma mistura de curiosidade e desejo, tornava tudo irresistível na mente do garoto. Desafiar o proibido, quebrar as regras, sentir-se mais esperto e dominante ao cometer o delito e não ser pego. Excitação e a descoberta do prazer. Os pensamentos sexuais tinham começado cedo, já programados involuntariamente em sua mente; por muito tempo estivera focado em criar maneiras de tornar aquelas ideias reais, e finalmente chegara o tão esperado momento.

Ele se aproximou lentamente, olhando para os lados para se certificar de que estava sozinho. Sabia que era errado, mas isso só o atraía mais. Lentamente, acariciou as partes íntimas da menininha. Foi nesse momento, sentindo-se poderoso ao ter uma vida indefesa em suas mãos e a liberdade de fazer o que quisesse com ela, que teve uma ereção pela primeira vez.

As imagens mudaram, e André tinha quinze anos. Ele colocava uma fita adesiva prateada sobre a boca de uma garotinha de sete anos. Eles estavam sozinhos em um depósito abandonado e sujo. A menina estava amarrada e chorava em demasia, quase soltando a cola da fita com as lágrimas e o suor nervoso. André abusou dela de todas as maneiras que pôde, era dono daquela pessoa e poderia fazer o que quisesse com ela; era essa sensação que o excitava e refletia na sua expressão diabólica.

Aos dezoito anos, André estacionou seu carro em frente a uma escola e esperou por alguma criança que se desgarrasse dos demais. Seguiu o primeiro garotinho até uma rua deserta para então o convencer a entrar em seu carro e o levar até uma floresta, onde o estuprou e o matou, enterrando seu corpo ali mesmo. Ele nunca foi encontrado.

As imagens mudaram novamente. Alexandre se viu no corpo de André com mais de trinta anos em sua casa simples, organizada e limpa. Ele passou pela sala em direção ao quarto, abriu o guarda-roupa e admirou a coleção de calcinhas e cuecas infantis de todas as suas vítimas. Já havia passado de setenta pares. Ele cheirava uma por uma, embriagado de libido.

Agora, aos quarenta e seis anos, o pedófilo estava sentado no sofá da sala, com todas as janelas e cortinas fechadas; a escuridão e as garrafas de uísque eram suas únicas companheiras. Por algum motivo, Alexandre não conseguia sentir a razão do arrependimento de André, mas sabia que sua alma estava sendo consumida pela culpa.

# 16

Alexandre voltou à realidade, soltando as mãos de André. A visão não durou mais do que dois segundos no tempo terreno, mas parecia ter sido muito mais tempo em sua cabeça. Ele ficou horrorizado enquanto se afastava daquele homem, daquele monstro.

Mesmo com o fim da revelação, era revoltante sentir a maldade, prazer e excitação refletidos na ereção no meio de suas pernas. Ele mal conseguia acreditar que seu pênis estava ereto – sentira os mesmos prazeres que André vivenciara com cada vítima. A maldição de conseguir visualizar a maldade alheia se estendia muito além do que poderia imaginar. Não conseguiu segurar a comida no estômago e, enjoado, vomitou.

André observou a reação de Alexandre com curiosidade. Vê-lo colocar toda a bile para fora o fez ter certeza do que havia acabado de acontecer.

– Você viu tudo, não foi? – Quis saber, franzindo a testa.

– Meu Deus – lamentou Alexandre.

– Então entende por que tenho de morrer. – Ele bateu na própria cabeça algumas vezes com as lágrimas escorrendo pela face. – Tem algo quebrado aqui dentro.

– Você fez tudo isso? É real?

O ódio aumentava ainda mais em seu olhar.

– Sim. – André chorava. – Essa é minha única chance de redenção. Minha única chance de ir para o céu. – Céu? Alexandre não tinha visto nada de angelical na criatura que o visitara. Talvez André estivesse sendo enganado. Ele iria para outro lugar. – Não aguento mais, cara. – Apresentava genuíno desespero. – Eu posso sentir dentro de mim a dor que causei em cada criança, em cada uma delas. Sinto no meu estômago, na minha garganta, no meu ânus... não para, a dor está em um ciclo infinito. Os anjos me fazem sentir isso para que eu veja o mal que fiz e entenda que isso só vai parar quando eu morrer. Você não vai ter coragem, não é?

Diante do silêncio de Alexandre, o homem enxugou as lágrimas e mudou a expressão. Queria provocá-lo, atiçar seu ódio, fazê-lo reagir.

– Eu adoro sentir meus dedos forçando para entrar nas crianças. – Começou a provocação, sorrindo com malícia, caminhando lentamente em direção a Alexandre, que o olhou, estarrecido com a mudança de atitude. O ar da sala ficou carregado de ódio. Cada frase que aquele monstro dizia parecia ser um soco na boca do estômago, enjoando-o novamente. – Quanto mais as machuco, mais excitado fico. Gosto de sentir o choro delas abafado pela minha mão enquanto aperto suas boquinhas delicadas.

Com a face molhada de lágrimas, a expressão do velho variava entre um sorriso macabro e um olhar pesaroso. Ele deu uma pausa, abrindo os olhos cerrados com o pensamento que cruzou sua mente, então continuou:

– Você tem filho? Posso brincar com ele? – A malícia na voz era cortante, seguida por um sorriso nojento.

Alexandre partiu para cima de André, gritando em fúria. Ele sentia ódio, raiva, não queria mais ouvir nem uma palavra. Imaginou seu próprio filho sendo abusado por aquele homem nojento. Os dois se atracaram. Os socos de Alexandre acertavam violentamente André, espirrando sangue dos lábios cortados a cada investida. Rolaram no chão numa confusão de pernas e braços quando a arma disparou. O estampido seco ecoou como um lamurio pela casa.

Alexandre saiu de cima de André. Estava suado, ofegante, abalado, olhando o corpo no chão. O revólver caiu de sua mão como um fruto podre cai da árvore. O sangue borrava a camiseta na altura do coração do invasor. André estava, como desejado, morto.

# 17

Alexandre chutou a arma para o lado assim que o ódio deu lugar ao desespero. Ele havia matado alguém. O lugar ficou em total silêncio enquanto oscilava entre se entregar à loucura ou à razão. Foi quando a porta do porão abriu. O ser rastejou vagarosamente para fora encarando Alexandre, que ainda não sabia como reagir. Sua roupa e cabelo estavam molhados de suor, a perna dolorida sangrava pelo buraco da bala e o coração estava dilacerado por ter tirado uma vida.

A criatura chegou perto do corpo, cheirando o sangue.

– Achei que não teria coragem – disse com a voz rouca. – Não se preocupe, ele merecia morrer. E, se serve de consolo, você está alimentando minha família. Fez boas ações hoje, Alexandre.

A coisa esboçou o que parecia um sorriso bizarramente forçado, com os olhos brilhando no escuro. Com a larga boca cheia de longos dentes, ele mordeu o pescoço do homem e começou a puxar, arrastando-o em direção ao porão, como um leão arrasta a presa abatida.

– Eu não vou mais fazer isso – vociferou, firme.

Agora tinha certeza de que tudo era uma verdade absoluta e inegável. Ele pegou a arma do chão, tentando enxergar através das lágrimas, apontando-a para a criatura. O ser abriu a mandíbula, liberando o pescoço repleto de sangue e saliva de André. Olhou com calma para Alexandre, que estava emocionalmente instável e poderia atirar a qualquer momento.

– Vai, sim. E é bom se acostumar, pois terão outros.

– Eu vou embora daqui! – gritou em desespero, confuso com tudo a ponto de se descontrolar. – Vocês não podem me obrigar a matar mais ninguém.

– Não, não podemos, mas se não fizer o que pedimos, nunca mais verá sua esposa e seu filho.

Surpreso com a ameaça, Alexandre não respondeu. O ser mordeu novamente o corpo de André, arrastando-o para o porão e fechando bruscamente a porta em seguida. O barulho da batida trouxe Alexandre de volta à realidade. Desesperado, caminhou até a porta e a abriu. Não havia nada ali além de um porão vazio.

Alexandre andou de um lado para o outro, tentando entender o que sua esposa e seu filho tinham a ver com aqueles seres. Aquela criatura deveria ter feito algo com eles, por isso Julia não tinha dado notícias desde que desaparecera. Ainda nervoso, levou a arma até o guarda-roupa, onde a escondeu em uma caixa de sapato atrás de outras caixas. Não queria ficar perto daquilo. Não mataria mais ninguém.

*Assassino.*

A palavra cruzou sua mente, afiada como uma navalha, então desabou no chão em posição fetal, chorando. O clamor do choro podia ser ouvido em todos os cômodos. Ali, ficou sozinho e confuso por alguns minutos. Um pedaço de sua humanidade parecia ter morrido junto com André. Pensou em ligar para a polícia, agir corretamente e pagar pelo seu crime, mas como poderia fazer isso se não havia um corpo? Se fosse preso, nunca mais veria sua família.

Precisava dar mais uma olhada no porão. Tentar encontrar algo. Qualquer coisa.

Receoso, abriu a porta. Não conseguia parar de tremer e estava constantemente segurando o choro na garganta. O porão estava como sempre deixara. Como era possível aquele ser ter desaparecido naquele local?

Alexandre pegou um balde e o esfregão, limpando o sangue do chão. Curiosamente, só conseguia pensar em Julia voltando para casa com seu filho a qualquer momento e não podia correr o risco de verem aquela cena. Precisava deixar tudo em ordem. Jogou a água suja no tanque.

Depois de ter limpado tudo, subiu e fechou a porta atrás de si. Apoiou a cabeça por um minuto na madeira. Não sabia o que pensar. Só conseguia sentir profunda tristeza. Foi quando o barulho e a luz da sirene entraram pela janela, anunciando mais uma desgraça em sua vida. Olhou discretamente pela cortina, havia dois policiais no portão de sua casa.

Precisava pensar rápido.

A campainha tocou. Alexandre andou em círculos pela sala, conferindo rapidamente se tudo estava em ordem, mas a campainha tocou novamente.

# 18

Alexandre abriu a porta tentando dificultar qualquer visão do interior da casa.

— Boa noite, senhor. Desculpe incomodar, mas está tudo bem por aqui?

O policial estava sério, sem desviar o olhar.

— Sim, senhor. Por que não estaria? — interrogou, tentando esboçar um sorriso fracassado.

— Recebemos uma ligação de alguém que escutou o som de tiros vindo desta casa.

— Imagina, que besteira. — Pensou por um momento. — Estava assistindo a um filme com o *home theater* ligado, deve ter sido isso.

— Já passa das dez da noite, senhor. Não pode ficar com o som alto neste horário.

— Sim. Desculpe por isso.

Quanto mais tentava sorrir, mais suspeito ficava. O silêncio era estarrecedor. O oficial olhou com mais atenção para Alexandre, que suava e aparentava nervosismo.

— O senhor pode abrir a porta para conversarmos melhor?

— Tem mesmo essa necessidade? Estou um pouco ocupado.

Alexandre passou a mão no cabelo molhado.

— Receio que sim, senhor. — O oficial levou a mão à cintura, apoiando-a em sua arma. Alexandre abriu pouco mais a porta, revelando todo seu corpo e pouco mais da sala. O policial espiou dentro da residência enquanto a mente de Alexandre ficava repetindo um disco enroscado: ele vai perceber que tem algo de errado. — O senhor está realmente bem?

O policial olhou o corpo de Alexandre de cima a baixo.

— Já disse que sim. — Tentou não alterar a voz.

— O senhor está sangrando. — Apontou para a perna de Alexandre, que acompanhou a indicação do policial. Sangue escorria pela calça. O nervosismo aumentou. As mentiras começavam a se tornar mais difíceis de surgirem com naturalidade em sua mente.

— Ah, claro. Eu estava arrastando o sofá e um prego solto me machucou. Já vou fazer um curativo.

— Se importa se entrarmos?

Apoiou uma das mãos na porta, tentando abrir um pouco mais enquanto a outra ainda continuava no coldre.

— Eu... preciso fazer um curativo nisso. — Apontou para a própria perna. — Como pode ver, não tem nada de errado por aqui. — Indicou a sala com a mão antes de continuar: — Receio que estão perdendo tempo com a pessoa errada por causa de uma velha idiota.

Assim que terminou de falar, apontou nervosamente em direção à casa da frente.

— Como disse, recebemos uma chamada de tiro. Preciso conferir se está tudo bem, não precisa se preocupar.

— A única pessoa que mora aqui na frente é uma senhora de oitenta anos. Ela mal escuta. Deve ter sido fogos de artifício. Já disse que está tudo bem.

O policial recuou levemente.

– Não precisa ficar nervoso, senhor.

– Eu não estou nervoso, estou ocupado, já disse. – A voz ficava alterada cada vez mais.

O suor escorria descontroladamente. O olhar do policial mudou de repente, deixando a expressão de receio e adquirindo um olhar preocupado. Alexandre se surpreendeu com a mudança, sem entender a razão.

– Acho melhor o senhor se sentar.

– Por quê? – Só então percebeu que sua língua parecia dormente.

– O senhor está muito pálido. Parece que vai desmaiar.

Alexandre finalmente sentiu as extremidades formigarem e a tontura tomar conta, desregulando seu equilíbrio. Sua perna bambeou, o corpo foi para frente, e ele se apoiou na porta. Viu o outro policial pedindo uma ambulância pelo rádio do ombro.

Sentiu seu corpo bambear, então tudo escureceu.

# 19

A casa ficava a um quarteirão do oceano, a cento e quinze metros para ser mais exato, ele havia medido. Do segundo andar, conseguia ver uma faixa do mar imponente, já que estava posicionada entre dois prédios.

Julia tivera Matheus logo depois de se mudarem, e ali viveram bem por seis anos, então as coisas começaram a desandar. Nos últimos meses, Julia ficara distante dele. Parecia confusa, tensa, preocupada e constantemente em alerta. Algo estava acontecendo com ela, mas ele não se importara. Ao contrário, gostara da sensação de ter um espaço entre eles. Um alívio com a ideia da liberdade após seis anos dividindo a vida. Nessa distância, sua mente fraca se interessara por outra mulher. A nova professora de natação da academia. Uma jovem linda, elegante e simpática.

Ela fora o motivo para ele se matricular nas aulas aquáticas, e ele fora o motivo de ela gostar ainda mais de seu trabalho. Cumprimentavam-se e acenavam à distância. Parecia existir uma barreira invisível entre eles que os impedia de se aproximarem. No caso de Alexandre, essa barreira se chamava casamento.

Eles se observavam constantemente e, com o tempo, os olhares discretos foram aumentando o interesse mútuo, permitindo que a proximidade os fizesse descobrir seus gostos por música, roupas, cores e perfumes por meio de conversas esporádicas, permeadas de olhares intensos. O flerte era só o começo, pois desejá-la, mas não poder tocá-la aumentara sua vontade. Ele começara a sonhar com ela, abraçando-a, beijando-a e fazendo amor. Assim que Julia dormia, ele continuava acordado, gastava vários minutos na cama, ao lado da esposa, criando situações mirabolantes entre ele e a professora.

Estava de fato se apaixonando por uma ideia, por uma ilusão, e cada vez que sentia dentro de si o adolescente reviver em sua plenitude, também sentia a culpa e o remorso. Como podia ser tão canalha? Punia-se, sentia-se mal com a situação, pois era uma maldade com Julia e com Matheus. O que estaria ensinando ao garoto com essa atitude de aceitar e permitir que outra mulher entrasse em sua mente? Ele podia fugir disso, sempre havia a possibilidade de fuga, aquele momento crucial em que podia se entregar ou correr na direção contrária.

Por que estava tão parecido com seu pai? Aquele homem de personalidade forte e intensa ainda estava presente em seu interior, parecendo ditar sua vida mesmo depois morto.

Julia podia ter se tornado distante nos últimos meses, mas era uma esposa incrível, linda e amorosa. Uma mãe exemplar. O correto seria conversar com ela abertamente, descobrir o que estava acontecendo e consertar as coisas; ele sabia disso, sabia como agir de maneira adequada e mesmo assim não fazia. Talvez porque no fundo acreditava que não seria pego em seu adultério e que a esposa em algum momento se resolveria por conta própria, sem a necessidade de ele gastar tempo e energia tentando ajudá-la.

Em algum momento, parou de se importar e se preocupar. Chegou a acreditar tanto que ela o amava incondicionalmente, que não importava o que acontecesse, ela continuaria ali, do seu lado. E isso, na mente dele, era como um aval para fazer o que quisesse.

Alexandre a conhecera quando ela fora comprar um carro na concessionária em que ele trabalhava. O fato de não ter tentado se jogar dentro das calças dele a diferenciara de todas as outras. Era sempre a mesma coisa: conhecia alguém e, depois de algumas palavras, já combinavam de se encontrar e ter uma noite de sexo casual. Ou ele dirigia até a casa de alguma mulher, ou elas iam até ele, parecia até aqueles aplicativos de entrega. Não que ele reclamasse, era esse tipo de situação que procurava.

Além de ser naturalmente elegante, educada e refinada, o fato de não ter se jogado aos seus pés, pedindo por atenção, fez com que ele se apaixonasse no mesmo instante. Parecia que ela não tinha notado seu charme e beleza, tampouco estava disposta a lhe oferecer o mundo, como ele estava acostumado.

Nos últimos meses, Alexandre chegara a cogitar a possibilidade de ter se apaixonado por Julia apenas pelo desafio de conquistar alguém que não parecia desejá-lo. Julia morava em Santos havia dez anos; tinha se mudado pelo trabalho e nunca mais voltara para sua terra natal, a não ser por breves períodos para visitar sua família.

Ao contrário do que sua mãe sempre dizia, que Julia só queria se aproveitar dele, na grande maioria das vezes era o trabalho da esposa como promotora de eventos que rendia mais dinheiro do que Alexandre ganhava em época de baixas vendas. Tina não gostara de Julia desde que elas se conheceram. Gostara menos ainda quando percebera que sua opinião não seria levada em consideração por Alexandre, pois eles se casariam, quer ela aprovasse ou não.

Não fora surpresa quando Julia engravidara. Eles pareciam dois coelhos pela orla marítima. Estavam em constante lua de mel. Havia química entre eles, que soltava faíscas todas as vezes que se tocavam. Tina desistira de aconselhar seu filho quando soubera que seria avó. Embora não gostasse de Julia, jamais diria para o filho abandonar a mãe de seu filho.

Ainda assim, depois de todas as dificuldades entre eles, ali estava Alexandre, desejando a professora de natação, excitado com a visão do corpo esculpido dela dentro do traje de banho. Precisava acalmar a ereção dentro da sunga antes de sair da água ou, quando não conseguia, usava a toalha para encobrir o volume, seria impossível esconder. Poderia penetrá-la ali, a qualquer momento, chegar ao orgasmo dentro dela enquanto beijava sua boca. Era isso que imaginava enquanto dava braçadas de uma ponta a outra da piscina.

Ela jogava o cabelo para trás e lambia os lábios com o olhar queimando de desejo. Sorria para ele, convicta de que aquele homem estava atordoado com seus atributos. Gostava da sensação de saber que era capaz de enlouquecer um homem de beleza excepcional. Sentia-se poderosa, tornando a provocação quase como um vício que precisava ser saciado.

Naqueles momentos de desejo, Alexandre se esquecia de sua família, entrava no box do banheiro e se masturbava ali mesmo, com a memória fresca do sorriso da professora, do corpo liso e macio. Ejaculava rápido, sem controle, com pressa. Lavava-se com vontade de chorar, com raiva de si mesmo assim que o desejo passava e o sangue esfriava, sentindo todo o peso de sua implacável consciência. Sabia o quanto sua mãe e ele haviam sofrido com o pai infiel, um boêmio incorrigível.

Alexandre nunca desejara ou tivera um relacionamento sério antes de sua esposa, dessa maneira não havia sido posto à prova se resistiria à traição. Talvez inconscientemente tivesse medo de comprovar que se transformaria em seu pai. Julia mudara tudo isso, havia conseguido a proeza de fazê-lo ter olhos somente para uma pessoa. Era amor, um amor que assustava o homem que até então não sabia o que era esse sentimento e tinha medo do desconhecido, mas curiosidade suficiente para continuar a explorar aquele universo da dependência do outro.

No tempo em que foram casados, antes da distância se instalar, não tinha traído Julia nem pensado sobre o assunto até o momento em que colocara os olhos na professora de natação. No fim, havia comprovado que a linhagem de traidores continuaria através dele; era mais forte que sua consciência. A proibição parecia tornar o desejo incontrolável, precisava estar dentro dela, sentir seu gosto e ouvir o som de seu gemido, vê-la delirar enquanto a penetrava.

A semente da dúvida brotara dentro dele. O antigo Alexandre, incontrolável e cheio de desejo pelo diferente, começara a tomar forma dentro de si novamente, circulando em suas veias, espalhando o veneno da luxúria por todo seu corpo, como uma droga potente e viciante, aquecendo sua pele e enevoando sua mente fraca. Nenhuma realidade, por mais perfeita que fosse, era mais bela do que a imaginação do que poderia acontecer entre eles.

Na sua traiçoeira criatividade, aquela mulher faria o melhor sexo de sua vida. O pensamento era intenso e repetitivo a tal ponto que passara a acreditar que era real, que os dois causariam as maiores e mais loucas sensações que o corpo humano era capaz de produzir.

Tomado por essa ilusão empolgante e estimulante, pensava nela o tempo todo. Masturbava-se em sua casa enquanto tomava banho, na academia, no trabalho. Tentava aliviar o veneno e os pensamentos que possuíam seu corpo, colocando-os para fora através do orgasmo.

A imaginação é perigosa e confusa. Por não ser algo real e palpável, não faz distinção entre bem e mal, nem a quem irá ferir, afinal quem poderia ferir se é apenas um pensamento?

As reações químicas em seu corpo o drogavam a tal ponto que arriscaria perder o casamento em troca de saciar aquele efeito libertino que banhava sua carne, músculos e cérebro. Não. Ele não arriscaria seu casamento, pois acreditava que jamais seria descoberto – viveria uma louca aventura e ninguém saberia. Afinal, ninguém decide trair tendo a certeza de que será descoberto.

# 20

Alexandre acordou com tontura e sentiu o gosto amargo de antibiótico na boca. Assim que sua visão se acostumou com a luz, notou que estava em uma cama de hospital com o soro em seu braço esquerdo. Não havia ninguém com ele. Alexandre se sentou na cama e, da ampla janela de vidro que dava vista ao corredor, viu que a enfermeira percebeu seu despertar. Curioso, acompanhou com os olhos quando ela andou até um homem que pegava café em uma máquina e conversou com ele.

Sabia que algo estava errado, que aquela conversa com o estranho antes de conferir se ele estava bem era apenas o prenúncio de mais uma tragédia na sua vida. Pensou em fugir, mas o homem logo veio em direção ao seu quarto.

– Olá, Alexandre. Como se sente?

O sorriso era falso e forçado.

– Bem... – ponderou, analisando-o com desconfiança.

– Meu nome é William. Sou investigador da polícia civil.

– Investigador? – repetiu, erguendo a sobrancelha.

– Isso mesmo – assumiu sem qualquer cordialidade.

– Por que um investigador quer falar comigo?

Alexandre tentou se ajeitar na cama, mas não teve muito sucesso, pois temeu remover a agulha presa com um esparadrapo no braço.

— E por que não? — Puxou uma cadeira leve de alumínio, sentando-se perto da cama com os olhos fixos e atentos em cada expressão de Alexandre. — A polícia foi chamada até sua casa pelo barulho de tiros. Confere?

— Eu estou sendo acusado de alguma coisa?

Ele levantou as sobrancelhas, sorrindo, tentando parecer calmo sem responder a pergunta.

— Confere? — perguntou novamente de maneira firme. Alexandre concordou levemente com a cabeça. — Chegando lá, estranharam seu comportamento e, após conferir seus dados, acharam que você estava escondendo algo. Eu acreditei neles e decidi transformar você em um caso. Então, você está escondendo algo? Ou tudo não passa de impressões mal interpretadas pelos policiais?

— Você está brincando? — disse, forçando uma risada.

— Eu tenho cara de quem está para brincadeira?

Não havia mais falsidade, apenas um olhar sério e fixo.

Alexandre analisou o homem que aparentava ter pouco mais de trinta e cinco anos, mas não dava para ter certeza. Era um típico policial com jeito durão. Ele tinha o corpo largo sem muita gordura, barba malfeita e cabelo umedecido arrumado com os dedos. Cheirava a loção pós-barba, cigarro e polícia. Seu estilo o denunciava por completo.

— O que há de suspeito em mim?

O desconforto ficou aparente, pois não conseguira confundir o investigador com seu sorriso galanteador e sua tentativa de parecer descontraído.

— Tudo. — William olhou Alexandre de cima a baixo. — Para começar, isso na sua perna é um buraco de bala, não um furo de prego. — Ele olhou a própria perna, que agora estava limpa e enfaixada pelo curativo. William segurou um pequeno saco plástico que tirou do bolso, onde estava a bala, mostrando para Alexandre. – Nem pense em dizer o contrário – concluiu antes que ele pudesse se defender ou tentar.

Alexandre voltou a deitar a cabeça no travesseiro, sentindo-se perdido e irritado por estar em um lugar a contragosto, cheio de segredos que não poderiam ser revelados.

– Assim que você desmaiou, os policiais tentaram encontrar um contato de emergência. Não foi preciso uma busca minuciosa em sua casa para descobrir que você é casado e tem um filho. Mas o que surpreendeu foi o fato de não conseguirem entrar em contato com eles. Onde estão? – disparou William, como um tiro. – Por que não vieram te visitar? Por que sua esposa não atende ao telefone?

– Não sei – respondeu sem pensar claramente.

– Você cheira a mentira, tem um tiro na perna e está em uma situação que nos deixa com as sirenes ligadas. Você fez alguma coisa contra sua família?

– Não é nada disso. Você não entenderia.

– Então me ajude a entender. De onde veio o tiro? Nos coloque em contato com sua família...

Antes que William terminasse, Alexandre interferiu:

– Ela me deixou e levou meu filho, por isso não disse nada. É vergonhoso para mim.

Era melhor dizer a verdade, pelo menos a parte dela.

– Entendo, mas eu quero falar com ela. Onde posso encontrá-los?

– Não sei para onde ela foi – lamentou verdadeiramente, pousando o olhar no chão.

— Não sabe? Sua esposa te deixa, leva seu filho, e você não sabe onde estão? Por que ela foi embora?

— Não posso falar sobre isso. É pessoal demais.

Alexandre virou o rosto, pelo menos não estava fingindo as respostas. Ele desejou confessar tudo, então o choro ameaçou brotar dentro de si. Alexandre queria pedir a ajuda de um profissional e encontrar sua família, mesmo que tivesse de pagar por seus crimes, pois pelo menos eles estariam a salvo. Contudo, faltou-lhe coragem; talvez por medo da prisão ou por medo de ser internado como louco ao contar sua história, que não teria como provar.

— Te aconselho a não ter segredos comigo neste momento, pois vou descobri-los de qualquer jeito. Quando ela foi embora?

— Ontem — mentiu, olhando fixamente para ele, encarando-o como se fosse entrar em uma briga, mesmo que verbal.

Não queria dizer que já fazia uma semana e correr o risco de escutar o já conhecido sermão de sua mãe: "Por que não foi atrás dela?".

Fez-se silêncio assim que a enfermeira entrou. Ela trazia consigo um sorriso simpático.

— Como se sente, Alexandre?

— Bem — respondeu, virando o rosto novamente.

— Vamos tirar isso de você. — Ela indicou a agulha no braço dele. — O senhor pode nos dar licença, investigador?

— Muito bem. Vou pegar mais um copo de café. — Acenou com a cabeça para Alexandre. — Já volto.

— Obrigada. — Ela olhou para Alexandre com seriedade assim que ele saiu. A expressão sorridente havia mudado para

algo sem vida. Não havia emoção no olhar negro e profundo.
— Livre-se dele. — A voz saiu rouca.

— O quê? — murmurou, contorcendo a face.

— Você precisa voltar para sua casa.

— Você é um deles?

— O que acha?

— Meu Deus.

— Livre-se dele ou não verá mais a sua família.

# 21

Ela puxou a agulha com rispidez, e Alexandre quase soltou um grito. Colocou a mão em cima, pressionando com força e massageando.

— Nós não temos muita paciência, muito menos tempo.

A expressão dela mudou assim que o investigador voltou, como se nada tivesse acontecido.

— Tudo pronto, investigador. Tenha uma boa noite.

William não prestou atenção nela, pois tinha os olhos em cima de Alexandre, que mantinha a expressão perdida e os olhos frenéticos correndo de um lado para o outro, assustado com a ideia de os seres conseguirem controlar outras mentes e o seguir. Ele estava sendo cercado por uma teia de aranha; estava acuado a ponto de entrar em desespero quando uma ideia brotou na sua mente.

— Espera. — Alexandre pensou. — Não estou algemado.

— E o que isso tem a ver? — estranhou William.

— Você não está aqui para me prender?

— Não. Ainda não — revelou, semicerrando o olhar, curioso.

Alexandre levantou, usando apenas o avental hospitalar, despiu-se, ficando apenas de cueca na frente do investigador, e pegou sua roupa no armário, vestindo-a ali mesmo. Queria ir embora o mais rápido possível.

– E por que está me fazendo todas essas perguntas sem eu ter um advogado?

– Você precisa de um?

Sorriu com o canto da boca.

– Não. Esta conversa acaba aqui.

Alexandre se levantou para ir embora, e William se colocou na frente dele com uma expressão nada amigável.

– O único motivo para você não estar preso é porque não encontramos arma nenhuma, mas acredite, rapaz, eu vou descobrir.

– Isso é tudo, investigador? – provocou, encarando-o.

– Não saia da cidade. Ainda vou descobrir de onde veio esse tiro e onde está a arma.

– Não vou, adoro Santos – disse, afrontoso.

– Encontre sua família. – Entregou um cartão com um número de telefone. – Quero falar com eles.

Alexandre não pegou o cartão, e William o colocou no bolso de sua camisa.

– Com licença, preciso ir embora.

Ele indicou com a mão para que William saísse da frente da porta. Este fez como pedido, mas continuou encarando Alexandre.

– Ainda vamos nos falar, rapaz.

Saindo rápido do hospital, ele fez sinal para o primeiro táxi que passou e voltou para sua casa.

William havia sido promovido para o cargo de investigador havia cinco anos, após sua irmã ser estuprada e assassinada por um indivíduo ainda não identificado, que se tornara um famoso *serial killer* nos tabloides e noticiários. O corpo de sua irmã fora encontrado por acaso, quando exumaram um corpo em um cemitério da cidade. Sua profissão havia se tornado pessoal demais. Tudo era muito intenso e carregado de emoção. Adoraria encontrar o assassino de sua irmã, mas era proibido já que seu parentesco com a vítima poderia influenciar seu discernimento.

Sua adorável e amada irmã.

Jen, diminutivo de Jenifer, era sua única e melhor amiga; confidente que o entendia perfeitamente. Era uma ferida que nunca cicatrizaria, mesmo que a vingasse. O sorriso dela era quase mágico e brilhante demais para ter sido apagado de maneira tão cruel. Desde então, William se tornara uma rocha emocional, mais do que já era. Seu coração era uma pedra, e sua alma, se pudesse ser filmada, refletiria as cores de um mármore escuro.

Jen fora a única que tornara sua vida um pouco *menos* insuportável. A vergonha de si mesmo, assim como a recusa de aceitar sua natureza, vivendo-a de acordo com sua essência, parecia sempre menos penosa ao lado de Jen. Ela o ajudara a dividir o pesado fardo de suas costas. Tentava a todo tempo encorajá-lo a se permitir viver aquilo que era. Contudo, os traumas eram grandes demais.

Ele não vivia, mas sobrevivia. Após todos aqueles anos sem se permitir viver, não sabia mais se conseguiria ter uma vida plena e sã, já que nunca aprendera como, pois a única pessoa que parecera capaz de lhe ensinar não estava mais ali.

# 22

Naquela noite, Alexandre sucumbiu à confusão de tudo que estava acontecendo. Isolado e sozinho, sem muito o que fazer a não ser esperar, não queria acreditar que os seres estavam com sua esposa e filho, muitos menos que ambos haviam sido mortos. As informações ainda não eram suficientes para uma conclusão; além daqueles bichos não parecerem nem um pouco confiáveis. A verdade era que não sabia nem por onde começar a procurar por eles. Deveria esperar um novo contato dos seres? Uma nova pessoa para matar?

Pensar naquela possibilidade era desesperador; precisava mudar o foco do pensamento, restando apenas analisar melhor sua vida e escolhas para entender como tudo havia mudado. Era um momento particularmente difícil, quase insuportável e sufocante. Ficou sentado na cama, inquieto, e jogou a cabeça para trás, afundando a nuca no travesseiro. Arqueou as costas, estufando o tórax para frente na vã tentativa de puxar mais ar para os pulmões.

A brisa suave da noite entrava convidativa pela janela, misturando-se com a do ventilador de teto, deixando o quarto arejado e fresco. Mesmo assim, o ar não lhe parecia suficiente. Respirava de forma lenta e descompassada; inspirava tentando preencher completamente os pulmões, como se o ar do mundo fosse acabar no instante seguinte. Sua garganta ardia com o esforço, e o coração pulava uma batida. Ele estava em pânico.

Andou pela casa e abriu o quarto que servia de depósito, ocupado em grande parte pelas quinquilharias que se recusava a jogar fora. Não havia quase nada de Julia ali dentro, ela era prática e guardava somente o que realmente importava: algumas fotos, cartas, diários, lembrancinhas sentimentais e sem valor que cabiam em caixas de sapato depositadas no fundo de algum guarda-roupa.

Tudo ali era familiar, e cada objeto tinha sua própria história, seu próprio passado e lembrança. Na prateleira no alto da parede, havia troféus ganhos pelas habilidades esportivas. Futebol, natação, vôlei, queimada... um troféu especial de jogo de damas, ganho em segundo lugar, ficava atrás de todos. Era de fato um orgulho para ele. O único troféu que tinha em alguma modalidade que exigia a mente e não o corpo. No entanto, era também uma denúncia inconveniente de que ele não era o primeiro em algo.

Na estante, graciosamente organizados por sua esposa, estavam os livros que mais gostava e haviam sido guardados pela gostosa lembrança de um hábito perdido no processo de envelhecer; histórias infantojuvenis, assim como uma coleção de histórias em quadrinhos dos mais variados estilos, super-heróis, cartoons e graphic novels.

Um aquário sem peixe, sem água e sem vida, apenas com as pedrinhas coloridas e equipamento de oxigenação, acabou por fim servindo de luminária. Havia também uma televisão, um videogame antigo que acumulavam pó, um pequeno aparelho de som portátil e uma bola de futebol murcha. Alguns bonecos de ação, ao lado de porta-retratos, terminavam de encher todo o espaço da estante, que ficava de frente para uma cama cheia de roupas para passar e dobrar.

O quarto o irritava. Não fazia mais parte do seu novo eu. Afinal, quem era aquele novo Alexandre? Essa era a resposta de um milhão de dólares. Não lia mais, mal assistia à televisão. O único esporte que praticava religiosamente era a academia e não tinha tempo nem disposição de cuidar de peixes ou outra coisa que não fosse ele mesmo. O que não deveria ser assim, afinal, era casado, e uma das exigências do matrimônio era a disposição para dividir seu tempo. Nada dentro daquele quarto o atraía. Ao contrário, tudo parecia entediante e quase ridículo.

Era muito desconfortável estar em um lugar que claramente oscilava entre amor e ódio. A irritação de estar ali conseguia potencializar todos os pensamentos conturbados. Poderia pular da janela e correr sem olhar para trás, pois não tinha coragem de enfrentar as dificuldades da vida.

Não era o "garoto de ouro", como era conhecido desde a infância.

Ainda criança, lembrava um anjo, um puro querubim caído na Terra. Tamanha beleza serviu para algumas campanhas publicitárias infantis, que sua mãe ainda guardava com todo apreço. Tina tinha orgulho de mostrar as fotos para todos, atitude que o fazia torcer o nariz. Não gostava de se ver com a bunda de fora, segurando fraldas com o nome da marca estrategicamente estampada.

Ao contrário de qualquer outro adolescente, nunca tivera a fase do corpo desengonçado, e as espinhas nunca fizeram visitas. Seus dentes sempre foram alinhados, dispensando o uso de aparelhos, e seu corpo desde tenra idade conseguia ser bem distribuído e formado para sua altura. Não havia uma só pessoa na escola que não o olhasse com admiração. A ebulição hormonal que atingia a todos na fase conturbada da adolescência parecia ter o efeito contrário ao deixá-lo ainda mais atraente. As meninas o desejavam, e os rapazes o invejavam.

Tanta atenção acabara por potencializar sua sexualidade durante a adolescência. Mais do que isso, aprendera com o tempo e com a prática as artimanhas e malícias que o sexo era capaz de trazer, de acordo com seu interesse.

Seu pai não podia estar mais orgulhoso do filho que tinha. Por esse motivo, sustentava-o sem restrições em quaisquer gastos relacionados às mulheres. Lanchonetes, cinemas, festas e camisinhas. Não media quantidade monetária para a diversão do filho. Havia um acordo entre os dois; seu pai, Eduardo, sabia muito bem o quanto escutaria de críticas por apoiar as safadezas do filho, ele mesmo havia aprendido algumas lições na vida, embora não usasse esse aprendizado com frequência. Empenhava-se em passar duas ideias primordiais para Alexandre, que as executava com perfeição: manter segredo sobre sua vida, pois, quando as pessoas sabem o que você faz, elas usam isso contra você; mostrara também que as pessoas compram a imagem que você vende sem questionar, principalmente quando essa imagem é a de uma boa pessoa.

Tina sabia sobre o filho apenas aquilo que ele demonstrava: a fachada de bom-moço, educado, esforçado, estudioso e que dificilmente saía com garotas, pois se guardava para o verdadeiro amor. A mãe, desejando e querendo acreditar que o filho não seria igual ao pai, comprara a ideia sem medir o valor do que lhe fora vendido. Fora de casa, longe dos olhares que poderiam julgá-lo, o sexo descompromissado era acompanhado do excesso de bebidas, potencializando a falta de controle e levando Alexandre por um caminho de dependência. Não havia tempo para reflexões sobre moralidade e limites, a vida estava acontecendo naquele momento.

Todo esse excesso prematuro o fizera provar coisas demais e, entediando-se com muitas delas antes do que deveria, tornara-se necessário a experimentação e a constante busca por novas emoções.

Assim que terminara o colegial, sua fama de ótimo amante, acompanhada de um corpo másculo, viril e um sorriso cativante, facilitara o ingresso no mercado de trabalho. Tinha muitos conhecidos que o ajudaram sem medir esforços. Embora algumas vezes percebesse a malícia nas atitudes das pessoas que se aproximavam, nunca se incomodara, pois gostava da maneira como se esforçavam para ter o direito de tocar em seu corpo, reforçando ainda mais sua autoimagem de estar em um pedestal no qual todos se ofereciam para realizar seus desejos. A verdade era que gostava de usar seu corpo para alcançar objetivos. Era prático, rápido e prazeroso.

Aquele mundo que ele dominava e manipulava a seu bel-prazer desaparecera. Alexandre se sentia invisível, sem saber seu lugar naquele novo espaço. O assassinato de André o abalava mais do que previra. Ele começou a se perguntar quem estaria no seu enterro se morresse naquele momento e quem sentiria sua falta.

O sono, porém, pegou-o de jeito, trazendo um sonho conturbado.

# 23

O sonho era carregado de confusão com flashes de imagens desconexas. Julia andava pelo quarto, nervosa, gesticulando.

— Por que você fez isso comigo? — Ela chorava. — Você é o amor da minha vida.

— E você também é o amor da minha.

— Mentiroso.

Sustentando o ódio, ela deu um tapa no rosto dele.

Alexandre estava tendo um pesadelo. Mexia-se na cama, inquieto, gemendo. Ao pé da cama, duas criaturas estavam empoleiradas como corujas, iluminadas pela luz suave da rua, que entrava pela janela.

— Você acha que ele vai conseguir matar os outros?

— Não temos escolha. Ele é o único que sobrou.

— Eu acho que ele vai. Ele vai fazer pela família dele. Todos nós fazemos tudo pela nossa família.

— A próxima vai ser difícil.

— Eu acho que vai dar trabalho. Talvez tenhamos de interferir.

— Pode ser. Com André, cheguei a duvidar que ele faria algo. Se não fosse a ousadia e a fé inabalável em um lugar melhor após a morte, André não o teria provocado, e Alexandre não teria tido coragem de finalizar o trabalho.

— O que será que esse covarde sonha?

— Coisas de humanos, mesquinharias e egoísmos...

— Eles são tão previsíveis e fáceis de controlar.

— Não evoluíram em humanidade nem compreendem o que significa o infinito do universo.

— Mas eles têm um sangue delicioso.

— Ah, sim, para isso eles são perfeitos.

— Chega a ser irritante nossa dependência. Ao menos podemos bagunçar o pensamento dele. Gosto de fazer isso, mentir e confundir. É quase como uma vingança, uma liberação do meu ódio com essa raça tão parecida com a nossa.

— Percebo isso. No começo achava que era uma besteira sua, depois acabei gostando também.

— Não é legal? Nós que precisamos deles, mas fazemos com que eles acreditem que precisam da gente.

— Você parece um religioso deste mundo quando fala assim. — Dizendo isso, a coisa jogou a cabeça e mãos para o alto com desdém.

— É a linguagem que a mente curta deles entende.

— Se eu pudesse, mataria todos, invadiria este mundo com a nossa espécie, pois teríamos alimento por muitos e muitos séculos. — Regozijava-se ao falar.

— As malditas regras invisíveis e imutáveis do universo.

— Ele deve estar sonhando com a mulher dele. — A coisa olhou melhor para o rosto contorcido de Alexandre. — Mal sabe ele — comentou, arqueando o canto da boca e a sobrancelha ao mesmo tempo.

— Um dia vou contar só para torturá-lo.

— Eles sofrem tanto com os próprios pensamentos.

— E como sofrem. Vivem uma vida infeliz por causa de algo que não saiu de acordo com o planejado – disse isso, olhando para o companheiro, balançando a cabeça em confirmação.

— Nós já fomos assim. Hoje o que importa para nós é o coletivo e não o individual.

— Às vezes, acho que fomos obrigados a mudar, pois não tivemos muita opção.

— Mas é assim que as mudanças radicais acontecem.

— Agora chega de conversa desnecessária e filosófica. Está na hora de visitar mais algumas pessoas. Arrecadar mais algumas almas pecadoras. – Riu com gosto.

— Adoro essa parte.

— Vamos.

No sonho, Julia continuava a esbofetear Alexandre, que se defendia com os braços, sem reagir.

— Eu fiz de tudo por nossa família. – Chorava ela. – Tudo. Você nem imagina as coisas que fiz para nos proteger e é assim que você retribui? – Ela cuspiu nele. – Eu tenho nojo de você. Nojo!

Um trovão cortou o céu, estremecendo tudo com o barulho. Uma tempestade tropical se aproximava. Alexandre se levantou assustado e suado. Olhou ao redor do quarto, sentindo-se vigiado, mas não havia ninguém ali.

# 24

William entrou na delegacia como fizera todos os dias durante seus anos na corporação, de cabeça baixa e pensativo. Não havia alegria em seu rosto nem muitos cumprimentos aos colegas de profissão – o que não deixava abertura para aproximações de qualquer natureza. Era um homem discreto e assim pretendia continuar. William era focado no trabalho e não tinha paciência para bate-papos gratuitos – como julgava as conversas de bar. Estas eram regadas de assuntos como futebol, que quase sempre acabavam em bate-boca e policiais se gabando de trair as esposas ao levarem bundudas ou peitudas para a cama, como se referiam às mulheres. Era simplesmente nojento.

Quanto mais as pessoas se aproximassem, mais saberiam sobre sua vida, segredos e intimidades. Ele não precisava se preocupar muito com essa última, nunca tivera um relacionamento amoroso com ninguém e, quando alguém tentava se aproximar, ele logo dava um jeito de sabotar a investida.

Havia muito tempo que a vontade de viver deixara suas veias. Ele estava seco por dentro. Seu único esforço em continuar vivo era mantido pelo desejo de vingar a morte da irmã, levando o assassino dela para a cadeia. Deus, como ele adoraria poder fazer isso. Talvez o sumiço da esposa de Alexandre fosse o trabalho do *serial killer* assassino de mulheres. Uma mãe não desaparecia da noite para o dia sem deixar rastros. Ele precisava descobrir, e, com sorte, as coisas estariam relacionadas.

Passou pela recepção ainda de cabeça baixa. Um dos policiais atendia ao telefone e não notou sua presença; o outro olhou, mas logo desviou, pois sabia que seria perda de tempo acenar. William foi direto para sua mesa, assim que passou pela portinhola que servia de divisória entre as pessoas que vinham atrás de ajuda ou prestar queixas e as mesas em que todos trabalhavam. O lugar era barulhento, cheio de policiais apressados; os telefones de mesa e celulares tocavam sem parar e, mesmo sem querer, acabava ouvindo algumas conversas.

"Mas ela só levou oito facadas?", "Cara, foi bizarro, o tiro saiu pela nuca, e a parede parecia pintada com pedaços de carne moída."

Ele estava focado demais, a ponto de esquecer o típico café antes de se sentar à mesa. Precisava começar a vasculhar a vida de Alexandre o quanto antes. Assim que se sentou, suspirou fundo ao ver o post-it amarelo colado no seu computador. Não era um suspiro de alívio propriamente dito. Puxou o papel, amassou e o jogou no lixo. Arqueou o próprio corpo na cadeira, arrumando o cabelo para trás. Estava preso naquele compromisso que parecia não ter fim, apesar de apenas ter começado. Visitar o psicólogo da corporação; era isso ou ser afastado temporariamente após agredir um homem que espancava a esposa.

Todas as mulheres o faziam se lembrar de Jen, pensando no quanto a amada irmã havia sofrido nas mãos de um homem. Desejava que nenhuma outra passasse por situação semelhante. Era algo até então incontrolável, mas que, de acordo com seu sargento, precisava mudar. Não deixaria as atitudes de um único policial estragar a excelente reputação da octogésima delegacia que ele havia lutado muito para alcançar. Não tinha como vencer essa briga contra o sargento, que não deixou dúvidas que o sacrificaria para proteger sua comarca.

Ele colocou as mãos na frente do rosto e suspirou fundo, concentrando-se para que todo o som ao redor deixasse de ter importância. Assim que tudo ficou em silêncio para ele, tentou esquecer o compromisso que aconteceria em alguns minutos e acessou a página da internet e as redes sociais. Procurou pelo nome de Alexandre e logo encontrou muitas postagens sobre carros e fotos de festas. Todas antigas – provavelmente de quando era solteiro e logo no começo do casamento –, de acordo com as datas das postagens, o que o fez pensar que Alexandre sossegara bastante depois de casado.

Selecionou algumas que continham bastante amigos, em especial aquelas em que os amigos se repetiam. Nas curtidas, acessou a rede social de cada um deles; seria fácil achar endereços e telefones se tivesse seus nomes. Anotou também os dados da loja de carros em que Alexandre trabalhava. Olhou no relógio e percebeu que estava em cima da hora para sua terapia. Revirou os olhos ao precisar interromper o trabalho, mas, antes de sair, imprimiu algumas fotos e as inseriu na pasta do caso de Alexandre. No caminho para o consultório, pegou um café.

Seria um momento infernal, pois todas as barreiras que erguera ao longo dos anos para se proteger estavam prestes a serem derrubadas. Na primeira sessão, perguntara ao psicólogo por quanto tempo precisaria frequentar o consultório. Ele respondera que dependeria do quanto William seria sincero durante as consultas. Essas palavras ainda ecoavam em sua mente, causando um leve tremor.

# 25

Assim que entrou no consultório, manteve a cabeça baixa. Era difícil para William encarar alguém que não fosse um suspeito; a confiança que tinha no trabalho faltava no convívio social. Por isso nem notou que Halvez, o nome mais diferente que ele já vira, estendeu a mão em cumprimento, sendo totalmente ignorado.

— Sente-se, por favor — pediu, indicado o sofá. Sentou-se, tomando o café e mantendo os olhos em variadas direções, respondendo com o olhar sempre em um quadro, sapato, vaso de flor, qualquer coisa que não fosse olhar do homem. Com um sorriso simpático, ele questionou: — Como você está, William?

— Bem. — Havia desdém na resposta monossilábica.

— Como têm sido seus dias?

Acomodou-se na poltrona de frente e levou a mão à boca, analisando melhor o paciente, deixando a sessão com o aspecto de um jogo de gato e rato.

— Ocupado. Muito ocupado. Ocupado neste exato momento para falar a verdade — falou, franzindo levemente o canto da boca.

— Entendo. — Uma inesperada ansiedade despertou nele ao analisar o quanto aquela resposta representava o incômodo que ele sentia por estar ali. William continuou em silêncio, olhando para a pasta que havia colocado na mesa de centro. Ele imaginava que havia muito para fazer, pessoas para ligar, fotos para analisar, que poderia encontrar alguma pista ali dentro, e estava sendo impedido disso. – Nessa pasta está mais um de seus casos?

Apontou, curioso, criando uma conversação.

– Exato – respondeu secamente.

– Tenho certeza de que pode esperar uma hora para retornar aos seus afazeres.

Halvez sorriu novamente, como hábito, embora soubesse que William não estaria olhando.

– Poderia dizer o mesmo sobre nossa sessão, esperar outro momento para vir aqui não faria diferença. Estou investigando um homem e começo a acreditar em sua inocência. O sucesso da minha investigação não só pode tirá-lo da lista de suspeitos como ajudá-lo. Isso não pode esperar. – Deu um gole mais demorado do que o normal no café, deixando o ambiente carregado com o silêncio incômodo. Mas, então, irritado com a situação toda, desabafou: – O cara estava espancando a esposa, eu a defendi, qual o problema nisso?

William suspirou com um misto de alívio e arrependimento por expor seu pensamento.

– Fico feliz que desabafe, gosto de ouvir o que você tem a dizer. Como falei antes, todo o processo será mais rápido se você conversar e for honesto. Sei que é difícil para você estar aqui e não quero te obrigar a fazer mais do que realmente for necessário. – Halvez se inclinou para a frente antes de continuar. Ele gostaria que William olhasse para ele, mas não obteve sucesso. Ainda assim, prosseguiu: – Há várias maneiras de defender alguém. Você foi treinado nessas maneiras, não acho que espancar estava no treinamento. Isso te iguala àqueles que precisa prender.

– Ele só levou uns tapas.

O investigador colocou o café em cima da mesa e cruzou os braços na frente do peito, olhando para o canto da sala.

– Ele ficou três dias internado e teve os ossos quebrados – afirmou Halvez. – Você é um cara grande e forte. Tenho certeza de que conhece sua própria força.

O flash da cena veio à mente sem controle. Lembrou-se do momento em que o homem estava no chão, e ele não conseguia parar de socar e chutar enquanto o sangue espirrava. Assim que o barulho de osso quebrando ficara desagradável, a esposa e vítima interveio, tentando segurá-lo pelo braço. Não por temer pelo esposo agressor, mas por preocupação do policial ser severamente punido. Logo, dois policiais se juntaram e, mesmo assim, tiveram dificuldade de puxar William de cima do rapaz, por isso fora necessário a ajuda de uma terceira pessoa.

Três policiais puxaram William, que se debatia, os músculos tensos, fazendo as veias do pescoço saltarem de esforço ao soltar um grito carregado de ódio. Ele tinha realmente perdido o controle, contudo, não fora a primeira vez, mas uma das piores. A lembrança o assustou e sua expressão entristecida afetou Halvez, que olhou melhor aquela face que revelava o verdadeiro sentimento de William sobre o ocorrido; arrependimento e medo de si mesmo.

Ficou claro para Halvez que ainda era um caminho doloroso e resolveu mudar o foco. Em vez de pedir para ele falar sobre seus sentimentos em relação ao ocorrido, resolveu debater qual o caminho a seguir de agora em diante.

– A grande questão é descobrir um ponto em que você consiga manter o foco e, consequentemente, o controle para seguir as regras. Outras pessoas dependem e precisam de você. Não se trata somente de sua vida.

— Eu sei disso. — Ele puxou a almofada sobre o peito e cruzou os braços em volta dela. — Não vai se repetir. Pode colocar sua assinatura no papel e me liberar.

— Você sabe que não posso fazer isso. — Sorriu novamente, desta vez quase sarcástico, mas William não notou. — Mas farei assim que chegar à conclusão de que você está apto a continuar sem supervisão, que consegue manter a calma e resolver suas pendências por conta própria. O sargento está confiando em você e em mim para poder ajudar a te dar essas ferramentas para se manter mais equilibrado. Como vê, sempre há outras pessoas envolvidas.

William olhou para Halvez pela primeira vez e notou que era um rapaz novo, provavelmente recém-aceito em um concurso público, cheio de energia e vontade de trabalhar e mostrar seu valor. O que lhe irritou um pouco; um homem de trinta e oito anos tendo de escutar um rapaz em início de carreira.

Ele tinha estatura mediana. Não malhava, mas tinha o corpo bem cuidado, assim como o cabelo e a pele. O tipo de rapaz que muitas moças se interessavam, polido e educado, quase pomposo, o oposto de William.

O olhar sério não intimidou Halvez, que decidiu entrar em um assunto ainda mais difícil: a vida íntima. A conversa levantaria questões que tinham como objetivo fazer William pensar sobre o assunto, mesmo quando não estivesse mais ali.

— E quanto aos seus comprimidos para ansiedade receitados pelo psiquiatra? Continua tomando?

— Não.

— Não? Por quê? Vai te fazer bem.

— Voltei a praticar boxe em uma academia, fiz isso toda a adolescência e não devia ter parado, pois ajuda a me acalmar e ficar mais focado. A liberar as energias.

Halvez olhou o corpo de William, analisando-o e chegando à conclusão que era dali que vinha o físico do investigador.

– Que bom. Continue então, fará bem para você descarregar as energias, além de ter contato com outras pessoas. – Olharam-se. – Uma questão para você pensar: o que diferencia nós, seres humanos, dos animais, William? – questionou, ajeitando-se na poltrona.

– Nossa inteligência?

Ele ficou com os músculos tensos, receoso de não ter dado a resposta certa.

– É uma das coisas, mas nossa capacidade de nos comunicar, de raciocinar e nos expressar é a maior delas. Se você pisa no rabo de um cachorro, ele te morde. Não vai perguntar se você pisou sem querer para te dar a chance de se explicar antes de te morder.

Halvez parou por um segundo, surpreso com o interesse de William no que ele dizia.

– Animais reagem com o que sentem, sem o raciocínio. Abanam o rabo se estão felizes, mostram os dentes se estão bravos. Eles simplesmente reagem. Nós temos a ferramenta do raciocínio e da comunicação. Você precisa usar essas ferramentas, caso contrário, estará só reagindo por impulso e emoção. Não terá muita diferença entre você e um cachorro bravo.

# 26

O olhar de William mudou com a comparação, ficando visivelmente irritado.

— Você quer comunicação? — Aumentou o tom de voz. — Pois bem, eu tenho vontade de te dar um soco agora! — Apontou o dedo para o psicólogo. — Só não faço isso porque... — Ele se recostou no sofá, tentando se acalmar. Ainda bufando, virou a cabeça de lado, aceitando a derrota antes de continuar: — Porque tem sentido o que você disse — afirmou, rendendo-se.

— Não leve para o lado pessoal, não falo para te ofender, digo apenas com a intenção de mostrar vários ângulos para analisar o que conversamos. E funcionou perfeitamente, pois você pensou, analisou e se comunicou. Entendo que foi pesado o que eu disse, que chateia, mas teremos muitos momentos assim, pois minha intenção é fazer você se analisar, se entender. — Halvez se inclinou para trás antes de continuar: — É sua segunda sessão. Pelo menos você está falando mais do que na primeira.

William olhou com admiração para Halvez. Ele era firme e direto, mas a voz suave e acolhedora do profissional à sua frente, que o confundia, fez surgir um encantamento pelo psicólogo.

— E a vida amorosa? Está saindo com alguém?

William cerrou os olhos antes de responder, pensando por que aquela informação importava.

– Não. Não tenho tempo e acho que uma família ou alguém não caiba no meu estilo de vida.

– Nem tudo precisa acabar em casamento. É bom ter alguém para compartilhar a vida, as ideias, os gostos. Simplesmente conversar.

– Vou conversar sobre o quê? Chegar em casa para o jantar e contar sobre um bebê recém-nascido que uma mãe jogou no lixo? Ou de quantas facadas uma moça levou por terminar um namoro? Contar sobre a morte horrível da minha irmã? – Suspirou fundo antes de continuar. Sem que percebesse, estava colocando para fora os pensamentos, como se falasse em voz alta para si mesmo. – Isso se eu conseguir voltar, pois o trabalho nunca acaba, e a gente fica inevitavelmente obsessivo em trazer um pouco de paz para o mundo. Deixar alguém entrar em minha vida seria escolher alguém para sofrer. Não posso fazer isso.

– Mas é exatamente isso. Faz parte da sua vida, compartilhar reduz o peso. Você não precisa carregar tudo sozinho.

– Não vejo isso acontecendo – disse, convicto.

– Tente. Pelo menos esteja aberto à possibilidade. Você é um homem bonito, tenho certeza de que há pessoas interessadas.

– Você só está dizendo isso porque é meu psicólogo. Para me animar – comentou, rindo de si mesmo.

– Na verdade, não deveria dizer isso exatamente por ser seu psicólogo. – Os dois se olharam diretamente por alguns segundos, até que Halvez finalmente desviou os olhos. – Bom. Te vejo na segunda-feira. Pense em tudo que conversamos. Refletir não vai te fazer mal.

William pensou em dizer que faria aquilo, mas preferiu pegar a pasta e sair dali. A situação o deixou desconfortável. Andando a passos largos, voltou para sua mesa pensando na terapia. O fim da conversa fora uma surpresa, mas ele estava ocupado demais para analisar qualquer coisa que não fosse o desaparecimento da esposa de Alexandre. Pegou o telefone e começou a ligar enquanto olhava as fotos.

— Alô? — Era a voz de uma mulher.

— Boa tarde. — Olhou o nome na ficha novamente. — Rebeca. Meu nome é William, sou investigador da octogésima delegacia. Estou investigando o desparecimento da esposa de Alexandre Herman. Você o conhece, não é?

— Sim — confirmou, dando uma pausa. — Minha nossa, ela desapareceu?

— Sim. Você conhecia bem o Alexandre e o casamento?

— Não. Já saí com ele antes de se casar, mas depois só os via esporadicamente em algumas festas. Eles pareciam felizes, embora fosse difícil acreditar.

— Por quê?

William analisava a foto de uma festa enquanto ela falava.

— Porque ele nunca prestou. — Riu de leve, sem graça. — Sempre foi um conquistador. Gostava de ser o pastor do rebanho, mas pareceu mudar por causa dela.

De repente, ele percebeu algo na foto. Uma pessoa no fundo parecia ter o mesmo rosto de Alexandre, mas como era possível? Olhou atentamente para confirmar se não estava vendo coisas demais. Apesar da aparência desfocada e um pouco deformada, como se tivessem usado um aplicativo de edição, lembrava muito Alexandre, quase idêntico.

— Alô? — perguntou a moça, depois do silêncio.

— Só um segundo. — Afastou a foto a fim de analisar de outro ângulo, quase colando a fotografia no rosto. Alexandre sorria na direção da câmera junto de seus amigos, mas havia outra pessoa no fundo que era idêntica a ele. Ou era um irmão gêmeo, ou era alguém tão parecido que poderia se passar por Alexandre. — E quanto ao irmão gêmeo dele?

— Irmão gêmeo? Ele não tem. — Ela soltou uma risadinha nervosa. — Deus me livre, um já era impossível de controlar, imagine outro.

— Obrigado pelo seu tempo.

Ele não esperou uma resposta, colocou o fone no gancho e analisou a foto mais uma vez. O investigador dispôs as imagens impressas na mesa e, em várias delas, encontrou um rapaz com o mesmo rosto de Alexandre. Como não havia percebido aquilo?

# 27

Logo pela manhã, Alexandre preparou café para começar o dia. Acordou disposto a tomar as rédeas da situação; despejou todos os calmantes na privada e deu descarga. Precisava voltar a pensar com clareza. Ele havia assassinado alguém e provavelmente seria preso por isso. Imaginar o processo de julgamento, a provável condenação e o encarceramento era apavorante; as coisas que poderiam acontecem com ele na penitenciária o nauseava.

Apesar de ter cometido um assassinato, não acreditava que deveria ser preso. Não havia sido sua culpa, a arma disparara sem querer durante a briga – não fora proposital, não fora seu desejo. Tentava convencer a si mesmo que ainda era uma boa pessoa e não merecia ser punido. De qualquer modo, precisava resolver aquela situação e pensar em um plano para expulsar aqueles seres. Tudo que Alexandre queria era fazer sua vida voltar à devida ordem e ficar livre para recuperar seu casamento.

Dirigiu-se até a cozinha e recolheu todas as facas, colocando-as dentro de uma caixa junto com o revólver; passou fita adesiva e fechou tudo. Ele parou diante do porão, pensando que o melhor lugar para esconder a arma era atrás da máquina de lavar roupa, no vão perto do motor. Alexandre retesou por um minuto antes de abrir a porta e suspirou fundo girando a maçaneta devagar.

Ele abrira a porta antes, logo após os seres aparecerem, mas não encontrara nada. Aquele episódio de sua vida era um mistério a ser resolvido. Mesmo diante do medo, tomou coragem e desceu apressado, guardando a caixa onde planejara. Tão rápido quanto entrara, ele saiu. Sua nuca estava arrepiada, sentia-se observado.

Antes de fechar a porta, por via das dúvidas, acreditando que o ouviriam, gritou:

— Eu não vou matar ninguém, entenderam?

Ele trancou o porão em seguida, respirando aliviado por não ter encontrado ninguém ou um novo bilhete. Foi um bálsamo não ter notícia daquelas criaturas, o que o fez cogitar a possibilidade de não as encontrar nunca mais. Finalmente poderia deixar aquela história para trás e se esquecer de tudo. No momento, seus problemas haviam dado uma trégua, poderia focar em procurar sua esposa e filho.

Alexandre pegou uma agenda de telefone na gaveta da mesinha; começaria ligando para as amigas de Julia, uma delas deveria saber de algo. Deveria ter feito isso antes, pois acreditava que Julia merecia um tempo para esfriar a cabeça. Contudo, decidira que havia passado tempo demais. Ele estava realmente preocupado e se questionava se algo de ruim teria acontecido a ela e a seu filho. Alexandre precisava encontrá-la.

Ainda com esses pensamentos em mente, viu um carro parando em frente à sua casa. Surpreso, observou o investigador William descer.

*Droga, a desgraça nunca vem sozinha.*

Ele acompanhou com olhar o investigador abrir o pequeno portão e se dirigir até a porta. Desesperado, Alexandre pensava no que fazer. Seu corpo tremia de ansiedade com a expectativa da campainha tocar a qualquer segundo. Sem muitas opções, guardou a caderneta de telefones de maneira irritada. A busca teria de esperar.

Suspirou fundo, tentando manter o controle, e só então abriu a porta, mas não completamente. William estava parado com um copo descartável de café na mão.

— Bom dia, Alexandre. Está tudo bem por aqui? — questionou, tentando olhar para dentro da casa.

— Você tem um mandato? — Quis saber, fechando o semblante.

— Preciso de um?

— Então saia da minha propriedade.

Alexandre fechou a porta com força, encostou as costas na parede e passou a mão no cabelo, nervoso. Como resolveria aquela situação? Pelo olho mágico, observou William acender um cigarro enquanto segurava o copo de plástico. Percebendo que Alexandre ainda estava ao lado da porta, não hesitou em provocá-lo após dar uma tragada no cigarro.

— Estou esperando para batermos um papo.

Ele soltou a fumaça no olho mágico.

Alexandre começou a andar em círculos, irritado e confuso. Quando escutou unhas arranhando a madeira da porta do porão, arregalou os olhos, boquiaberto e incrédulo com tudo que estava acontecendo ao mesmo tempo: o investigador de um lado, e os seres misteriosos do outro.

Ele foi se aproximando vagarosamente, rezando mentalmente para nada sair dali, e viu outro bilhete passar pelo vão da porta. Tremendo, pegou o pedaço do papel rústico e escrito de maneira grosseira.

*Hoje você terá outro trabalho. Se livre do policial. Se não fizer o que estamos mandando, nunca mais verá sua família.*

# 28

William bateu na porta três vezes, impaciente.

Alexandre amassou o papel, jogou dentro da privada, no banheiro do corredor, e deu descarga. Tinha de sumir com qualquer coisa que pudesse ser considerada como prova. Ansioso, andou até a cozinha, ainda escutando William chamar por seu nome, batendo incansavelmente. Ele tentava pensar rápido, sentindo a tensão aumentar debaixo de sua pele. Como se livraria daquele policial? Alexandre pegou a jarra de café e abriu a porta no momento em que William ia bater mais uma vez.

— Quer mais? Acabei de fazer — ofereceu, indicando a garrafa com uma gentileza forçada.

— Que cortês da sua parte.

Aceitando, o investigador levantou o copo para Alexandre colocar mais café.

— Não vai ser de graça, investigador — afirmou, meneando a cabeça.

— Como é?

— Pode me dar um cigarro em troca?

Embora não fumasse com frequência, às vezes um cigarro caía bem para aliviar a ansiedade. Além disso, precisava levar a conversa adiante.

— Ah, isso, claro.

Avaliando as intenções do suspeito, William estendeu o maço com a ponta de um cigarro para fora. Alexandre puxou o tabaco, e William acendeu o isqueiro.

— Preciso de sua ajuda, investigador — disse entredentes enquanto acendia o cigarro no isqueiro que William segurava.

— Essa é nova.

— Não sei onde minha família está. Preciso de sua ajuda para achá-los, essa é a verdade.

— Não sou investigador particular — recusou com olhar entediado.

— Eu sei, mas quer descobrir o que escondo, não é?

— Então você esconde algo?

— Talvez — assumiu, torcendo os lábios, quase arrependido do jogo perigoso que arquitetava.

William riu, cheio de frases que poderia dizer. Sua mente era um lutador de kung fu com mãos e pés hábeis.

— Você tem noção de que está tentando fazer joguinho com a pessoa errada, não tem?

William conseguia amedrontar qualquer um com seu olhar fixo.

— Não é um joguinho. Ela foi embora sem mais nem menos. Não sei para onde e estou preocupado.

— Ok. Vou entrar na sua.

Levantou as mãos como quem se rende.

— Vai me ajudar? — perguntou, surpreendendo-se com a facilidade com que conseguira convencê-lo.

— Se me disser como esse tiro na sua perna aconteceu.

Indicou a coxa de Alexandre.

— Não posso.

Sem conseguir encarar William por muito tempo, Alexandre jogou os olhos para o chão.

— Se não começar a falar, não poderei ajudar.

— Eu ia cometer suicídio...

Era uma péssima mentira, e William percebeu.

— Tem certeza de que quer continuar com seu joguinho? Se você fez algo errado — riu antes de continuar, demonstrando o quanto gostava daquele xadrez —, vou te colocar na cadeia.

Alexandre temeu a ameaça sincera. O medo brotou na base da garganta, e todas as preocupações afloraram: o sumiço da família, os seres em sua casa e o assassinato que havia cometido. No entanto, ele não tinha escolha. De maneira ardilosa, usou a emoção verdadeira para fazer a mentira parecer honesta.

— O primeiro tiro saiu sem querer e acertou minha perna — disse verdadeiramente emocionado.

— E onde está a arma?

— Eu joguei fora, pois me arrependi — mentiu, tentando encontrar mais argumentos para continuar. — Você sabe como é... Eu poderia tentar de novo, então achei melhor me livrar da arma.

William franziu a testa.

— Não, eu não sei como é — respondeu, grosso. — Você sabia que posso te deter por atentar contra sua própria vida? Posso alegar que devo protegê-lo de si mesmo para que não tente se matar de novo, e levá-lo às autoridades de saúde. Posso complicar muito a sua vida.

— Qual é? Estou abrindo minha alma para você.

Alexandre abriu os braços, estufando o peito em sinal de redenção.

William mudou a expressão, estava irritado.

# 29

— Dizendo a verdade? Abrindo sua alma? — Balançava afirmativamente a cabeça, irado. — Eu estou tentando acreditar em sua inocência. As evidências e minha intuição dizem que você está enrascado e que precisa salvar sua família.

— Então acredite nisso.

— Faça sua parte, comece me contando a respeito do seu irmão gêmeo.

— Quê? Que irmão? Eu sou filho único — afirmou, contraindo a face.

— Ah, é? — William enfiou a mão no paletó e pegou a foto impressa, mostrando-a para Alexandre. — E quem é ele? Alguém usando uma máscara? — Dizendo isso, apontou o dedo para a pessoa no fundo da foto.

Alexandre pegou o papel, forçando a vista.

— Essa foto é de uma festa que demos aqui em casa. Não reconheço a pessoa da foto, pois a resolução está muito ruim. Eu não tenho irmão, juro. Esse rosto está horrível, distorcido, só pode ser um erro de impressão.

— A resolução não é a melhor, mas dá para ver que são dois de você nessa foto.

— Se eu tivesse um irmão, saberia. — Balançou a cabeça, lembrando-se de seu pai mulherengo. — Deve ter alguma explicação.

— Fique em sua casa. — William estava furioso. — Não saia daqui.

— O quê?

Não havia mais teatro da parte de Alexandre, a reação era de puro alarme.

— Você acha que acredito nas palavras que saíram da sua boca? Você é uma mentira! Está escondendo algo, um irmão gêmeo, e eu vou descobrir. Arma, tiros, esposa e filho desparecidos. Tem ideia de como isso soa?

— Eu não sou uma má pessoa.

Ele levou a mão ao peito, olhando William diretamente.

— É obvio que não. Conheço pessoas más, porém pessoas boas também fazem coisas erradas. Sei que está acontecendo algo, sugiro que não deixe a cidade. — Tomou a foto da mão de Alexandre, apontando o dedo para ele. — Eu vou descobrir tudo.

William jogou o cigarro no chão, entrou no carro e partiu. Alexandre fechou a porta, começando a bufar de raiva. Foi até o telefone e discou o número de sua mãe.

— Alô? — Ela atendeu.

— Mãe...

— Oi, meu filho.

— Que diabos é isso? Eu tenho um irmão gêmeo?

— Do que você está falando, menino? Você não tem irmão nenhum. — Transpareceu confusão na voz.

— Eu o vi em uma foto. Papai deve ter feito um filho por aí e você nem sabe! — gritou. — Como pôde esconder isso de mim por todos esses anos?

— Alexandre, presta atenção, você não tem irmão nenhum!

— Como você pode ter certeza? Eu vi a foto. O cara estava aqui dentro de casa. Dentro da minha casa, com minha família! — exaltou-se.

— Que foto? De onde?

— Não interessa! O fato é que o pai era um sacana e pode muito bem ter tido outro filho por aí.

— Não. Ele nunca teve um filho além de você.

— Ah, e como pode ter certeza disso? Não dá para confiar em um homem como ele.

Tina se alterou completamente. Ela sempre era tomada por raiva quando falavam das maldades de seu esposo.

— Eu te amo, mas você vai me escutar agora! Seu pai era um cachorro, um ordinário, mas eu o amava assim mesmo, sabe por quê? Porque ele era honesto com ele e comigo. Nós dois sabíamos que ele não prestava e aceitávamos isso. Conversávamos sobre isso. E ele respeitava o fato de eu respeitá-lo. Era uma relação que você nunca entenderia. Apesar de tudo, havia cumplicidade e honestidade. Ninguém enganava ninguém. Eu saberia se ele tivesse algum filho! Além disso, ninguém era melhor do que eu para vasculhar a vida dele.

— Que horror, mãe — lamentou.

Tina firmou ainda mais a voz.

— Horror é não se conhecer, não se aceitar. Você sempre soube quem seu pai era, ele nunca escondeu isso de você. Não se faça de puritano agora. Você é honesto e sincero com as pessoas que te amam? Elas te conhecem?

Ambos desligaram irritados.

# 30

O dia demorou a passar. Sentia-se preso e desesperado. Olhava a todo minuto pela janela, acompanhando lentamente o sol perder a batalha contra a lua. Como era possível seu pai ter outro filho e ninguém saber? Pior, essa pessoa fora em sua casa, estivera em uma festa e ninguém o vira. Gostaria de olhar novamente para aquela foto e pensou que talvez William havia a conseguido na sua página da rede social. Ligou o computador e acessou a rede.

Abriu a foto e gastou um tempo tentando conferir o que via. Eles eram realmente parecidos, apesar da imagem borrada. Como não havia notado aquilo antes? Se fosse verdade, o que mais essa pessoa poderia ter feito ao se passar por ele? Era assustador pensar nas possibilidades.

Deus, como gostaria de poder investigar melhor o passado do pai e tirar aquela história a limpo, mas era impossível. Além das criaturas, o investigador William ainda estava na cola dele. Sentia que poderia enlouquecer. O fato era que Alexandre nunca prestou, então não era uma pessoa confiável, apesar de ter mudado no começo do casamento, como se o seu verdadeiro eu estivesse dormente. Ele questionou se tudo que estava acontecendo era um castigo por ter tratado as pessoas de maneira irresponsável. Contudo, parecia exagero, pois não conseguia imaginar que o universo conspiraria para que ele tivesse a família raptada, muito menos que seria transformado em um assassino só porque, em algumas situações, fizera algumas garotas sofrerem.

Sentou-se no sofá no completo escuro, encarando o relógio de parede. Havia tanto silêncio que conseguia escutar cada engrenagem do relógio funcionando, contando os segundos passarem, esperando por um milagre.

A campainha tocou.

# 31

O verão dava sinais de que logo partiria. As folhas das árvores anunciavam o outono, desprendendo-se com o vento frio de fim de tarde que corria travesso pelas ruas. Ele abriu a porta, e uma senhora de quase setenta anos estava parada, sorrindo amigavelmente.

— Que bom que atendeu, meu jovem — ela disse, feliz.

— No que posso ajudá-la?

Alexandre não acreditou que era alguém que precisasse matar. O carro dela provavelmente havia quebrado, e ela queria usar o telefone para ligar para o mecânico. Aquela senhora parecia boa demais. Sentiu-se aliviado por ainda não ser a suposta vítima e até um pouco esperançoso de que talvez não houvesse mais nenhuma.

Ela vestia uma roupa vintage que a deixava ainda mais velha do que aparentava. Tinha um jeito elegante, delicado e educado. Um cuidadoso coque no topo da cabeça segurava os cabelos grisalhos.

— Pode me ajudar me matando. — Sorriu ainda mais, exibindo a lustrosa dentadura. — Foi por isso que vim aqui.

Ela entrou na casa sem esperar uma resposta do atônito morador. Alexandre ficou chocado, pois não faria aquilo. Instantaneamente, lembrou-se de sua família. Pensar em seu filho sempre apertava seu coração, sentia muitas saudades, era sufocante. Fechou a porta pensando em conversar com a senhora e fazê-la mudar de ideia. Sim, precisava tentar. Não cometeria nenhum assassinato.

— A senhora quer morrer? Não diga uma bobagem dessas.

Ele deu um sorriso inexpressivo.

— Por Deus, sim! É a única salvação depois de tudo que fiz. — Ela sorriu emocionada, mas convicta. — Não quero ir para o inferno, querido. E com certeza é para onde irei depois de tudo que fiz.

— E se a senhora estiver enganada?

Ele andou pela sala, encarando-a, tentando descobrir suas emoções e como afetá-las para convencê-la.

— Não estou. O anjo me visitou. O anjo de Deus.

Ela sustentou um sorriso vitorioso no rosto, satisfeita por ter sido escolhida, mesmo após uma vida de maldades.

— Anjo?

Novamente, aquilo não fazia o menor sentido.

— Sim. Com asas brancas, brancas como as nuvens. — Alexandre se sentou no sofá, tentando entender aquela loucura. Ela se acomodou na poltrona na frente dele, sorrindo calma e serena. — Um dia você também vai desejar morrer e curar seus pecados.

— Que pecados, senhora?

— Um deles é o que você está prestes a cometer, me matar, mas suponho que não seja a primeira vez.

— Infelizmente, não. — A tristeza o tomou de surpresa. Lembrar o que havia se tornado lhe dava calafrios. — Mas não faço parte dessa loucura religiosa em que você tanto acredita.

— Não importa se você acredita ou não, ela te afeta do mesmo jeito. Então, não creio que queira ir para o inferno depois de uma vida de assassinatos ou sabe-se lá Deus como você era antes de entrar nessa... profissão? — Alexandre chacoalhou a cabeça negativamente. Não conseguia responder a tal questionamento, feito assim, com tamanha naturalidade. Ele a olhou com surpresa, sem saber o que pensar. Não teve tempo para reflexões, pois a senhora continuou, focada no próprio infortúnio: – Não trouxe nada comigo, meu jovem. Deveria?

O sorriso dela parecia ser o resultado de uma vida em que ser simpática era mais necessário do que ser feliz.

– Trazer? O quê? Como? – Foi questionando, estava realmente confuso.

– Uma arma, faca, porrete. Pensei que, já que este é o seu trabalho, deveria ter o material necessário. – Ela o olhou por um tempo, depois continuou: – Já decidiu como vai me matar? Poderia pedir algo rápido e sem muita dor?

– Ainda não pensei nisso. – Alexandre estava chocado a ponto de mal conseguir piscar ou respirar. – Como consegue falar sobre sua própria morte de maneira tão tranquila? Não tem medo?

– Eu tinha medo quando ainda duvidava. Depois que passei a ter certeza sobre o outro lado, com a visão do anjo, tudo mudou. Tinha medo do que poderia acontecer, mas agora é um fato que não questiono mais, pois sei para onde irei. Além disso, estou indo para um lugar de paz, então por que deveria temer algo bom? A morte não é a única coisa que dói na vida.

Alexandre levantou da cadeira e deu uma volta sobre o próprio corpo, tentando pensar em como se livraria dela. Não mataria ninguém, muito menos uma senhora.

– Talvez o outro lado não seja melhor, já pensou nisso? Tem outras maneiras de se pagar os pecados. Mudar seu estilo de vida antes da morte dá tempo de fazer as pazes com Deus. Suicídio não é o melhor caminho.

– Não estou tirando minha própria vida, você vai fazer isso por mim.

— Mas a senhora veio aqui sabendo que isso vai trazer a sua morte, não é uma forma de suicídio?

Ela titubeou, negando com a cabeça, afastando a ideia, voltando à sua forte e inabalável convicção.

— Pois bem, você não vai mudar minha forma de pensar. Entre você e o anjo, prefiro acreditar nele. — Ela colocou a bolsa no sofá. — O anjo me ofereceu uma oportunidade: aceitar a morte e curar todos os meus pecados de uma vez, ou ficar no planeta e curá-los aos poucos, pagando com bondade tudo que já fiz de ruim. Eu escolhi a absolvição rápida. — Ela levantou, suspirando profundamente e sorrindo antes de continuar. — Enquanto se prepara, posso passar um café para nós? Gostaria de um último gole antes de deixar a Terra. Pode realizar esse desejo?

— Um café... tudo bem. — Não era o que ele queria dizer, mas queria ganhar tempo enquanto pensava se saía correndo da casa ou não.

— Vou até a cozinha, então. Posso ficar à vontade?

— Sim, claro, por favor. — Dizendo isso, indicou a direção sem olhar diretamente para a velha.

Precisava achar um jeito da criatura aparecer, prender um deles e tirar a informação de onde estava sua família. Parecia um bom plano. Estava perdido naqueles pensamentos e em como executar a ideia quando a senhora retornou. Sua expressão estava diferente, começava a abandonar a simpatia.

— Aqui está, meu filho. Um café quentinho e gostoso. Devo dizer que o pó que você usa é de qualidade. Adoro essa marca.

Ela estendeu a xícara para Alexandre, e, no momento que ele a pegou, os dedos se tocaram. Assim como antes, ele teve as visões da vida da senhora.

# 32

Seu nome era Sandra. Sempre fora uma garota adorável, os pais a tratavam e a vestiam como uma estrela mirim de cinema. Em alguns momentos parecia uma miniadulta. Os amigos a admiravam nas festas luxuosas que os pais davam na enorme casa de campo, sem poupar elogios à menina, em especial aos pais pela excelência em sua criação. Sandra, no entanto, tinha uma mente maldosa desde o nascimento. Algo que ela aprendera a esconder e a disfarçar muito cedo e aprimorara à perfeição com o tempo.

Primeiro começara com pequenos pássaros. Gostava de ver o sangue deles. A cor vermelha e vibrante lambuzando seus dedos finos e brancos a enchia de admiração ao analisar o contraste das cores. O sangue a fascinava, representava vida, a essência do outro e sua energia vital. Logo evoluíra para gatos. Gostava de espetá-los com a faca e ver o sangue espirrar enquanto eles se debatiam e corriam, soltando miados escandalosos. Cada gota que espirrava, marcando o chão ou parede, dava-lhe a sensação de poder. Sentia como se pudesse mudar o mundo ao seu redor, moldá-lo através daquela cor vibrante tão expressiva.

Sandra acreditava que o fato de ninguém saber quem ela era de verdade e o que fazia lhe dava poder sobre o outro. O tempo passou até que resolvera provar o sangue de animais.

Sentia como se estivesse absorvendo a energia deles, mas isso não fora o suficiente. Precisava que outros tivessem a mesma sensação maravilhosa que havia descoberto. Sandra matara um gato, tirara seu sangue e misturara na vasilha de ponche de uma das festas que seus pais deram. Ela tinha ficado escondida debaixo da mesa, protegida pela longa toalha rendada que tocava o chão. Acompanhava, admirada, todos beberem; aquilo a enchera de êxtase. Sentia que estava alimentando todos com o mais puro alimento que poderia existir. A essência vital de outro ser.

Quando os pais de Sandra morreram, eles estavam falidos. Ela não ficara com nada. Solteira aos vinte e três anos, fizera a única coisa que conseguira com o pouco dinheiro que tinha. Sandra começara a fazer doces para vender nas ruas turísticas da cidade. Seus ingredientes especiais começaram com sua própria urina. Podia-se ver o êxtase nos olhos das pessoas quando mordiam seus doces e diziam o quanto estava delicioso. Algumas até questionavam e pediam o nome dos ingredientes que ela usava para poder comprar também, e ela dizia que era segredo.

A receita fora aprimorada com o tempo. A confiança de não ser descoberta em suas artimanhas a fazia acrescentar novos ingredientes, passando a usar seus dejetos e seu próprio e amado sangue nas coberturas de frutas vermelhas. Até o dia em que encontrara um antigo amigo da família. Um homem com sessenta anos. Ele se interessara por ela e se casaram.

A comodidade e a segurança voltaram à sua vida, tinha um teto novamente, boas roupas, comida e estabilidade. A falta de amor e carinho pelo senhor facilitara o envenenamento através da comida. Queria ficar com toda a fortuna, mas, para sua tristeza, ele não deixara nada para ela. De volta às ruas, continuara com os doces contaminados por suas secreções.

A época estava difícil, Sandra ganhava um dinheiro extra se prostituindo.

Com o tempo e a idade chegando, os clientes foram desaparecendo, deixando-a sozinha novamente com uma nova companhia, a hepatite C. Seu ódio pelo mundo nunca abrira espaço para pensar em se curar. Queria contaminar todos que pudesse com seu sangue. Na cesta de guloseimas, sempre carregava um frasquinho com seu sangue; dizia aos clientes que era o caldo que usava somente na hora da venda para manter o frescor e jogava em cima do doce antes de vendê-lo. Ela nunca soube se isso funcionara ou não, mas vê-los morder e sorver seu sangue era inebriante.

Ali estava ela, na cozinha de Alexandre, preparando um café para ele.

A velha puxara a vareta metálica que prendia o coque em seu cabelo e furara a própria mão, deixando o sangue cair no café que serviria ao anfitrião.

# 33

Alexandre voltou à realidade, assustado. Tinha esquecido de que teria visões ao tocar a pessoa. Jogou a xícara de café para longe, aliviado por não ter tido tempo de beber. Sentia a mesma sensação que Sandra, o que causava uma ereção de excitação pela maldade; era exatamente como ela se sentia ao cometer os atos. Quando Alexandre jogou a xícara longe, Sandra percebeu que ele descobrira seu segrego.

– Desculpe, filho. – Ela chorava. – Não consigo evitar.

– Minha nossa! Meu Deus! – esbravejou enquanto o estômago revirava.

– Sim, já contaminei muitas pessoas, eu acho.

– Isso não importa! A maldade é a mesma, funcionando ou não. Você é nojenta. Matou seu marido.

– Entende agora? Eu vou para o inferno com certeza. Minha única opção é você me matar para os anjos me levarem e cessarem minha dor.

– Não posso e não vou fazer isso.

Alexandre apontou para o chão, convicto. Ele se levantou, nervoso e com nojo de Sandra, querendo ficar o mais longe possível. Ela deu um gostoso gole no café, sentindo o gosto do próprio sangue, realizando o último desejo que tinha antes de morrer.

— Você vai me matar — afirmou, categórica. — Preciso acabar com a dor que sinto dentro de mim. A dor da doença das pessoas que envenenei. Eu sinto em meu esôfago a ânsia que o veneno lhes causava. A enxaqueca incessante devido aos químicos que misturava na comida.

— Não, não vou — Alexandre disse mais uma vez, olhando para a janela, dando as costas para Sandra.

Ele não via nada que ela pudesse fazer, pois não tinha como feri-lo. Era tão velha que não tinha força suficiente nem para chegar perto dele. Mesmo assim, sabendo que ela não representava ameaça, ele não conseguia olhá-la, não depois de tudo que fizera. Alexandre sentia nojo daquela mulher.

Sem escolhas, Sandra se pôs de pé, tirou a blusa e ficou só de saia.

Ainda de costas para ela, ameaçou:

— Saia da minha casa e não volte nunca mais. Ou chamarei a polícia.

Ela puxou novamente a vareta metálica do cabelo e começou a cortar os próprios braços, rosto, pescoço, barriga e toda parte que podia. O sangue começou a escorrer pelas feridas, manchando a pele de vermelho. A cor vibrante que tanto lhe dava poder e coragem. Como se fosse sua máscara de guerra.

Alexandre virou e pulou para trás, assustado.

— Eles me avisaram — ela começou. — Me contaram que você não teria coragem de fazer o trabalho, portanto vou te ajudar.

— Por Deus! Não se aproxime ou eu... — Mas, sem uma arma, a ameaça dele não representava nada para a senhora, que continuou andando lentamente em sua direção. — Eu não vou te matar! — esbravejou. — Eu saio desta casa antes de fazer isso!

Desesperada com a possibilidade de ele fugir sem completar a missão, Sandra tentou correr até ele, mas, no escuro e com a visão falha, trombou na mesinha de centro e caiu ao chão. Alexandre pulou do sofá, afastando-se dela. Sandra virou a cabeça, engasgando-se com o próprio sangue, o espeto cravado em sua garganta.

As criaturas saíram do porão, e Alexandre se assustou ao perceber que eram duas.

– Mate ela! – gritou um deles. – Mate logo, antes que ela morra. – Havia genuíno desespero em sua voz. – Ela se machucou sozinha, se deixá-la morrer será suicídio e não poderemos levá-la para nosso mundo como alimento.

– Matem vocês! – Alexandre gritou de volta.

– Não podemos. São as malditas regras!

– Precisa morrer pela mão de outro humano – confirmou o outro.

– Se não a matar, Alexandre, nós mataremos sua família.

– Rápido, não há muito tempo.

A segunda criatura entrava em desespero com a ideia de perder o alimento.

Sandra tentava falar, sufocando-se no sangue que saía de sua boca, desesperada. Agora que podia ver os seres como realmente eram, sua aparência demoníaca, teve a confirmação antes do fim da vida de que havia sido enganada. Descobrira no exato momento em que não havia mais volta.

– Como sei que minha família está com vocês? – gritou emocionado, mas firme.

Uma das criaturas tirou um pano de trás da cintura e jogou para Alexandre. Era a pequena camiseta de seu filho. Alexandre começou a chorar descontroladamente.

— Se você não matar, eles não terão utilidade nenhuma para nós, então nunca mais verá a criança. Estamos falando sério, humano, se fecharmos o portal você nunca mais nos encontrará.

— Ela está morrendo.

A outra criatura estava desesperada, quase entrando em colapso. Alexandre pegou a mesinha de centro, levantando-a no alto, e, pedindo perdão mentalmente, sentindo uma lágrima escorrer pelo rosto, bateu com toda força na cabeça de Sandra. As criaturas respiraram aliviadas assim que ela finalmente morreu. Uma delas continuou encarando Alexandre, irritada com a situação, enquanto a outra arrastava o corpo da senhora para o porão. O barulho da pele em atrito contra o azulejo era horrendo.

Assim que fecharam a porta e tudo voltou ao mais sórdido silêncio, Alexandre desabou em um choro incontrolável segurando a camiseta do filho.

# 34

William nunca foi considerado um excelente investigador pela corporação. Não passava de mediano aos olhos do delegado. Não havia, até então, resolvido nenhum caso de grandes proporções. Não se destacava. Grande parte de suas investigações demoravam e não chegavam definitivamente a lugar algum, e, quando atingia o sucesso, era em um caso simples e de fácil solução. Esse novo caso era sua mais nova tentativa de se sobressair, de mostrar seu valor à corporação e se sentir realizado e satisfeito com os resultados de seu esforço.

Toda sua vida fora dedicada a servir e a proteger, e ele não estava realmente sendo bem-sucedido nessa nova empreitada. Não ser bom no que fazia era mais uma das coisas em sua vida que pareciam ser feitas pela metade. "Meia-boca", como dizia o ditado popular. Não era bom em ter amigos nem uma vida social de qualidade. Não ser bem-sucedido na única coisa que focava sua energia parecia uma derrota amarga para aceitar.

O cansaço de William era visível. Assim que desligou o telefone, sentado à sua mesa de trabalho, espreguiçou-se, esticando os músculos depois de ficar por horas pesquisando arquivos da família Herman e ligando para todos os lugares possíveis: locadoras de carros, polícia rodoviária, hospital e até necrotérios. Contudo, não havia nada, nem um sinal de que Julia havia deixado a cidade junto com o filho.

Ligou também para as amigas dela, todas preocupadas com a situação e sempre com algo ruim para falar de Alexandre: ele não prestava, era um conquistador traidor, e que avisaram Julia sobre o casamento não ser uma boa ideia. Na verdade, chegava a enojar William ao perceber que as pessoas estavam mais preocupadas em desabafar sobre o que pensavam do que realmente mostrar preocupação com o desaparecimento da amiga.

Naquele momento, começava a se culpar pelo seu desânimo na vida interferir na sua profissão. Repreendia-se mentalmente: deveria ter sido mais ativo, em vez de ligar deveria ter ido na casa das pessoas, perguntado pessoalmente e conferido o olhar enquanto respondiam, à procura de traços na expressão facial e corporal que denotassem a mentira. Mas agora era tarde demais. O efeito surpresa que poderia ter usado havia se perdido.

Fez uma nota mental para agir diferente da próxima vez.

De qualquer jeito, se as pessoas do outro lado da linha tivessem sido sinceras, Julia ainda deveria estar em Santos, e as possibilidades do que isso implicava eram numerosas. Podia estar enterrada em algum lugar ou se escondendo com medo de Alexandre; talvez tivesse conseguido sair da cidade sem deixar rastros. Essa última possibilidade, se fosse o caso, vinha acompanhada da ideia de que Alexandre era um cara ruim e que deveria ter feito algo terrível a ponto de amedrontá-la. Isso o irritava ainda mais, não suportava homens que agrediam mulheres.

Mas e se Alexandre estivesse dizendo a verdade? Julia e o filho poderiam estar sendo mantidos como reféns por algum chantagista. Alexandre, por sua vez, poderia estar sendo obrigado a praticar algum ato ilícito. Por esse motivo, tudo que menos queria era contar a verdade para um policial e colocar sua família em risco. Essa ideia parecia plausível e contribuía para o pensamento e intuição de William de que Alexandre era um bom homem.

Não havia, até o momento, encontrado nada que o incriminasse. Nem ao menos uma multa de trânsito. O pensamento e a sensação de que Alexandre era inocente e precisava de ajuda crescia dentro dele mesmo sem perceber. William precisava diminuir o leque de possibilidades para poder avançar com o caso que parecia estacado; as pistas não levavam a lugar algum.

Ele colocou mais algumas fotos para imprimir, desta vez do perfil das redes sociais de Julia. Iria analisá-las também, procurar qualquer evidência, a mínima que fosse. Enquanto virava discretamente a cabeça, olhando a movimentada delegacia ao seu redor, surpreendia-se com o fato de conseguir se concentrar no meio daquele barulho frenético. De sua mesa, escutou uma senhora do balcão de denúncias, alguns poucos metros dele. A conversa lhe chamou a atenção por causa da palavra "desaparecimento".

– Sim, ele sumiu. Ninguém o viu mais em lugar nenhum – desabafou a senhora.

– Ele é seu inquilino? – perguntou o policial.

– É, sim. Não é do feitio dele ficar fora sem avisar.

– Mas ele é um homem adulto. Tem esse direito.

– Eu entendo, policial, mas conheço sua rotina. Há dias ele não aparece, e sua casa está com todos os móveis, documentos, tudo. Não levou nada.

– Como ele se chama, senhora?

– André.

– Tudo bem. Vou pegar seu depoimento e passar para um de nossos investigadores.

# 35

As impressões acabaram. Juntou todos os documentos novamente na pasta, não gostava de deixar nada espalhado pela mesa. Carregava os arquivos consigo o tempo todo em caso de pensar em algo e precisar conferir.

O relógio em seu pulso disparou um bipe repetitivo, num volume que não chamava a atenção das pessoas ao redor. Apoiou os cotovelos e pendeu a cabeça sobre as mãos, enfiando os dedos nos cabelos, praguejando o que aquela sonoridade significava. Precisava passar pelo psicólogo novamente. A terceira consulta, de sabe-se lá quantas, seria necessária para ter a maldita assinatura no papel que lhe daria a liberdade. Pelo menos estava se acostumando com Halvez, não conseguia mais vê-lo como um inimigo, e sim como alguém que tinha algumas ideias interessantes.

Assim que entrou, cumprimentou com um "olá" e um aceno de cabeça. A leve mudança de comportamento surpreendeu Halvez. William ficou alguns segundos brincando com o sapato no pé da mesa, não sabia como começar. Não viu que o psicólogo deu uma leve risada da cena infantil que presenciava.

Mas, antes de trazer William de volta à realidade, aproveitou o momento para analisá-lo melhor. Era um homem atraente, com a barba e os cabelos arrumados, apesar de parecerem penteados com a mão, o que, nesse caso, deixava-o mais másculo em vez de repulsivo. A roupa estava um pouco amassada, denunciando que não havia a menor preocupação em passar um ferro nela. O típico homem másculo e emocionalmente quebrado que atraía algumas mulheres com desejo de consertá-lo. Alto e de estrutura óssea larga, tinha um porte ameaçador.

William parou com o balançar da perna e olhou, curioso, de olhos cerrados, para o psicólogo – uma encarada que reavivou memórias dolorosas. Halvez já tinha visto aquele olhar em amigos de seu pai quando visitavam a casa, uma leve curiosidade mórbida. Halvez, contudo, não era mais aquele garotinho indefeso que não sabia como reagir ou pensar quando os homens olhavam para ele. Infelizmente, ainda não havia perdido as lembranças terríveis de ser tratado como diferente, mas finalmente tinha estrutura emocional para não deixar a perturbação daquelas recordações transparecer em seu rosto. Ninguém o faria titubear novamente com seus preconceitos, fosse através de olhares, falas ou gestos.

William não era assim, no entanto. Halvez conseguia ver através do olhar do paciente. Aquela sensação fora apenas a consequência de uma lembrança infeliz. *Ele não é o típico hétero preconceituoso*, analisou Halvez.

– Como estão as coisas, William? – perguntou, sorrindo largamente, sentando-se no costumeiro sofá, de frente para o paciente.

– Bem. Com a cabeça cheia por causa de um caso.

William voltou a chacoalhar a perna esquerda.

– Tem dormido bem?

– Pouco – informou, balançando a mão em sinal de mais ou menos.

– Tem sentido ansiedade?

– No meu trabalho, ansiedade é meu sobrenome.

– E tem conversado com alguém além de mim? Algo que não seja profissional, uma descontração, um papo-furado?

– Só converso com meu suspeito.

Halvez riu.

— Digo conversar sobre coisas triviais. Não tem um amigo com quem possa sair para tomar uma cerveja? — O psicólogo pausou por alguns segundos. — Alguma amiga ou amigo?

— Não.

A resposta foi seca, sem expressão. Não queria falar sobre isso, mas não tinha certeza se adiantaria. Halvez cutucaria até que ele dissesse algo.

— Não por que você não quer ou por que os outros não querem?

— Eu.

Halvez ficou incomodado com a resposta monossilábica e se ajeitou no sofá.

— O que te impede de conversar com alguém?

— Conversar... — disse, avaliando a palavra. — Acho que não seria isso. A forma como me olham denuncia outra coisa.

— Outra coisa? — repetiu, na dúvida se havia entendido.

— Sexo — concluiu o pensamento.

Halvez riu, então explicou:

— Para algumas pessoas, conversar é o mesmo que se abrir ou se expor, algo como criar intimidade através das palavras e do pensamento, entende? — William mexeu a cabeça, confirmando. — Para essas pessoas, a verdadeira intimidade está na conversa mais do que está no sexo. — O investigador o olhou, surpreso e realmente interessado no pensamento que Halvez lhe transmitira. O psicólogo percebeu a abertura para o assunto e aproveitou a oportunidade de continuar: — Para você, qual dos dois representa mais intimidade?

# 36

— O sexo.

— Tem certeza? Há poucos segundos, você estava monossilábico. Se você diz que há anos não se relaciona com alguém sexualmente e, pelo visto, nem verbalmente, não acha que precisa rever seu conceito de intimidade com as pessoas ao seu redor? — Ambos ficam em silêncio. William, sem saber o que dizer, precisava de tempo para digerir a pergunta e formular uma resposta. Halvez sabia disso e preferiu dar esse tempo, pois, em vez de esperar uma resposta, partiu para outra pergunta: — Quando foi seu último relacionamento?

— Relacionamento?

William parecia surpreso, sentia vontade de dizer: "defina relacionamento".

— Sim. Quando foi a última vez que se relacionou fixamente? Com exclusividade: ir ao cinema, jantar fora, como um casal.

— Eu pensei no que disse. — Recostou-se no sofá, puxando a almofada para si e a abraçando. Halvez admirou a cena: um homem grande e intimidador agora parecia extremamente frágil. — Sobre desabafar.

Halvez arqueou a sobrancelha, curioso com o fato de William mudar de assunto como quem muda de roupa, sem responder ao questionamento anterior.

— O que pensou? — Quis saber, inclinando-se para frente, curioso.

— Eu fazia isso com minha irmã. Era a única pessoa com quem podia ser eu mesmo. Me sentia bem, tenho saudades disso... e dela. — Os olhos marejaram, mas ele se manteve firme. — O mundo era mais fácil ao lado dela. — Suspirou fundo para só depois continuar: — São lembranças tão boas que não quero substituí-las. Sei lá, deixar outra pessoa tomar o lugar que ela preenchia é como esquecê-la.

Halvez engoliu em seco.

— Tenho certeza de que isso não vai acontecer. Essas lembranças estarão e farão parte de você para sempre, ninguém substitui, é apenas diferente.

O silêncio dominou o ambiente. A expressão corporal de William mudou, fechando-se após o desabafo sincero. Falar algumas coisas em voz alta ainda parecia doloroso demais, mesmo após tantos anos. Halvez podia sentir a tristeza emanando do corpo do homem.

— Infelizmente, não temos tempo nessas sessões para trabalhar todas as emoções. O sargento espera resultados rápidos, e, por isso, preciso acelerar o processo e jogar algumas informações no seu colo para trabalharmos nelas, esteja você pronto ou não. — Halvez se levantou, apoiando uma perna na mesa com as mãos no bolso. — Como ele mesmo diz: se a psicologia não resolver, envio você a um psiquiatra para o psicotrópico fazer o serviço e partirmos para o próximo paciente que, infelizmente, temos aos montes. Não queria chegar nesse ponto.

— Nem eu.

Ele já havia tomado muitos em outra época, a ponto de parecer um zumbi andando pela rua. Odiava a sensação da medicação e não queria aquilo novamente.

— O que acha de sairmos e tomarmos uma cerveja, William?

— Como é? — disse de ímpeto, realmente surpreso.

— Sim. Acho que relaxar um pouco, sair dessa obrigação de paciente e profissional, deixa tudo um pouco mais amigável.

— E por quê?

William arqueou a sobrancelha. Ele sabia, embora não tivesse experiências em consultas, que esse comportamento não parecia adequado.

— Olha, não é só porque sou psicólogo que tenho uma vida maravilhosa, todo mundo precisa de um amigo, até eu. — William analisou Halvez de cima a baixo, intimidando-o. Para mudar o foco, resolveu ser honesto e, quem sabe, receberia honestidade de volta. — William, apesar de dizerem que você é violento e que não consegue se controlar, sei que você não é assim. O que você tem é o que muitos têm: guarda tudo para si e libera a enxurrada em um único momento. Acho que o que precisa fazer é parar de acreditar nisso, de dizer a si mesmo que tem um problema. Não pode deixar que ele tenha uma importância maior do que deveria. Todos nós temos uma atribulação, ninguém é especial por causa disso.

— Mas eu tenho um problema — afirmou, categórico.

— E vamos resolvê-lo — assegurou com um sorriso —, mas agora acho que uma amizade vai te fazer bem. Aliás, vai fazer bem a mim também.

Ele mesmo sabia o que era estar sozinho. Seus pais não estavam mais vivos, então fora criado por um tio que já estava senil. Este estava em uma instituição adequada, e Halvez o visitava toda semana.

William viu o olhar do psicólogo para ele. Aquela apreciação, que ele já havia aprendido a reconhecer e evitar, acontecia quando o desejo encontrava o desejado. Os olhos de outro homem inspecionavam suas pernas, coxas, tórax e analisavam cada detalhe. Talvez por vergonha de não conseguir se controlar, Halvez desviou o olhar. A pergunta que martelava a mente do investigador era se ele tinha outra intenção além de só beber uma cerveja.

Protelou por um segundo antes da decisão de se levantar e sair. Ele poderia estar errado, vendo coisas onde não existia. Halvez poderia somente estar sendo simpático e amigável. Toda a confusão que lhe acometia podia ter comprometido o julgamento do próximo.

Contudo, ele era um investigador, gostava de tirar a prova de tudo, descobrir a verdade e, para isso, usava de todas as artimanhas que pudesse contar. Uma de suas táticas era provocar seus suspeitos, forçar a barra e deixar o outro desconfortável para obter uma reação tão verdadeira que serviria como prova irrefutável.

Ajeitou-se no sofá, com as costas para trás, projetou o quadril para a frente, exibindo ainda mais o volume do meio de suas pernas de maneira provocativa, encarando Halvez, analisando cada microexpressão de como o rapaz reagiria à sua investida. Ele viu a fome e sede estampadas no olhar do psicólogo, que não conseguiu disfarçar a atração física. Um vislumbrar que não passou de segundos, mas a libido foi capturada pelos olhos treinados do investigador.

William voltou à posição normal, ajeitando-se no sofá novamente e colocando a almofada sobre o colo. Halvez virou de costas, indo para o outro lado da mesa, envergonhado.

— Nossa sessão já terminou? — William perguntou, olhando no relógio de pulso, incomodado.

— Sim, por hoje é só.

Não era, havia muito a ser dito, mas o clima estava inquietante demais para continuar. Halvez expressou sua decepção mentalmente: além de William não ter respondido ao convite, podia ter percebido sua olhadela e ficado incomodado. Não estava flertando, tinha sido involuntário, mais forte que a razão.

— Ótimo, preciso ir. — William se levantou para sair do consultório, mas antes deixou tudo claro: — Não posso dar o que você deseja — disse entredentes, a mandíbula tensa.

Não houve despedida. Ele saiu da sala, deixando Halvez para trás. O psicólogo socou a mesa, abalado e com raiva de si mesmo por ter cruzado a linha do que era considerado profissional.

*Droga*, pensou William, seguindo pelo corredor. Justo agora que ele começava a ver Halvez como um possível amigo... Talvez fosse exagero, mas ele estava começando a se sentir seguro em se abrir.

Talvez frequentar um psicólogo fosse uma perda de tempo, mas não tinha como fugir; precisava daquela assinatura, ou seja, precisava continuar se encontrando com Halvez. Contanto que eles nunca mais deixassem o profissionalismo de lado, tudo bem. Não seria fácil para William lidar com o olhar de luxúria para suas partes íntimas, não... definitivamente não seria fácil.

Ele reviveu a cena na memória, sua vista turvou e ele se sentiu nauseado, entrando no primeiro banheiro que encontrou no corredor. A pasta caiu no chão, espalhando os documentos enquanto corria para a pia. O vômito o ameaçou, mas apenas saliva escorreu de sua boca, cuspindo-a em seguida. Abriu a torneira e lavou o rosto. Olhou-se no espelho, mas não conseguiu se encarar, abaixando tristemente os olhos.

— Isso não pode estar acontecendo de novo — resmungou baixinho para si mesmo.

Secou o rosto com a toalha de papel, respirando fundo. Agachou em seguida para recolher os papéis do chão. Assim que saiu do lavabo, foi em direção à sua mesa. Já era tarde da noite, estava com fome, cansado e a vista reclamava por uma pausa do brilho da tela do computador. Era difícil encontrar na comarca alguém que trabalhasse tantas horas quanto ele.

— Ei, William... tem um caso de desaparecimento aqui. — O policial apareceu tão de surpresa que William sentiu as costas tremerem. Estava tão perdido em pensamentos que não percebeu a aproximação. O policial abriu a pasta e leu a ficha antes de continuar: — Um tal de André, um homem que saiu de casa e não voltou mais.

— Não... sem condições. Já estou com um caso. Passe para o Rodrigo — finalizou William, voltando a atenção à sua mesa.

— Você que sabe. Até mais.

O policial saiu do mesmo jeito que chegou, rápido como o vento.

William olhou para o relógio da parede. Os policiais trocavam de turno, cumprimentavam-se enquanto uns saíam e outros entravam. Riam, brincavam uns com os outros. Olhou a cena por alguns segundos e quase sentiu inveja das pessoas consideradas socialmente normais. Sentiu-se esgotado demais para continuar o dia. Guardou a pasta debaixo do braço e partiu sem acenar para ninguém. As pessoas já não perdiam mais tempo tentando se aproximar, e ele se isolava cada vez mais.

Teve dificuldade para dormir apesar do esgotamento, que era mais mental do que físico. Rolava de um lado para o outro, sentindo o excesso de testosterona percorrer o corpo, deixando-o elétrico e agitado. Não conseguia parar de pensar na sessão com Halvez, tentava reprimir a visão e mudar o foco do seu pensamento, mas não tinha sucesso.

Levantou-se, irritado, e esmurrou o saco de areia pendurado no canto do quarto com tanta força que sentiu os dedos doerem. Mais uma vez pensou no psicólogo e em como havia mentido dizendo que ia na academia praticar boxe, na verdade, praticava em seu quarto, isolado.

Por mais que tentasse não pensar no psicólogo, desde que começara as sessões se pegava a todo momento criando conversas mentais entre os dois, refazendo uma resposta que não pensou na hora que foi questionado, no que diria e como reagiria quando ele descobrisse seu problema. Era o que acreditava, que tinha um problema grave incurável. Deitou-se novamente, repetindo mentalmente por mais uma hora antes de cair no sono:

*Por que você não consegue parar de pensar? Qual o seu problema? Feche os olhos e simplesmente durma.*

# 37

William dirigia rápido entre os carros, pois precisava de cafeína para finalmente se sentir desperto. A pressa parecia fazer todos os semáforos ficarem vermelhos. Se ele acreditasse que sua vida tinha importância no cosmo, poderia jurar que o universo estava fechando os sinais só para irritá-lo.

Mais um sinal vermelho. Para se distrair enquanto esperava, começou a folhear os documentos impressos da pasta que estava no banco de passageiro. Ele foi tomado de surpresa ao notar algo. Analisou melhor a foto e ficou chocado com o que descobriu. Jogou os arquivos de lado, engatou a primeira habilmente e fez o contorno, acelerando o carro antes do sinal verde, fechando a passagem dos outros automóveis, que buzinaram, irritados.

Chegou na casa de Alexandre brecando o carro bruscamente e pegou a foto, colocando-a no bolso de trás da calça. Caminhou até a porta, e, antes de apertar a campainha, seu hábito de investigador o fez dar uma espiada pela janela. Viu o rapaz no chão da sala, que aparentava evidências de luta. Aquela voz dentro de sua mente de que Alexandre era inocente e estava em apuros ressoou como um tambor, fazendo seu corpo se arrepiar ao imaginar o quanto ele estava sofrendo na mão dos sequestradores. Ele sabia quando alguém estava escondendo um segredo e sofrendo com isso, reconhecia essa atitude em Alexandre.

William bateu na porta, chamando pelo nome do morador sem obter respostas. Olhou novamente pela janela, mas Alexandre continuava no chão, imóvel.

Preocupado, sacou a arma e chutou a porta duas vezes. Por fim, bateu com o ombro, arrebentando tudo. William entrou com a arma em punho, olhando para todos os lados. Andou até Alexandre, ajoelhou ao seu lado e colocou os dedos no pescoço dele para medir o pulso.

# 38

Alexandre finalmente acordou, assustado. William deu um passo para trás.

– Que diabos. Você estava dormindo? – Surpreendeu-se.

– O que faz na minha casa?

Estava irritado, ainda tentando acordar e entender por que o investigador estava ali.

– Olhei pela janela e você estava no chão, com a sala destruída. O que aconteceu aqui? – questionou, apontando para o ambiente.

Alexandre se levantou, e William guardou a arma no coldre.

– Que droga! Não pensou em apertar a campainha?

– Chamei, bati e você não respondeu. A sala destruída, você desacordado no chão. Reagi por impulso. Com seu histórico, o que eu deveria pensar?

– Não deveria pensar nada. – Alexandre foi até a porta, conferindo a maçaneta destruída. – Você arrebentou minha porta. Que merda!

– Sua sala está destruída. Por quê?

O investigador tentava encarar Alexandre, mas este continuava desviando o olhar.

– Não interessa.

— Eu falei com seus vizinhos, com amigos seus e de sua esposa. Puxei seu histórico e vi o que é uma pessoa decente. — William apoiou a mão no ombro de Alexandre. — Me diga o que está acontecendo. Quem sabe eu possa ajudar.

Alexandre ficou com o semblante triste, prestes a chorar. Estava com uma enorme carga de estresse e nervosismo.

— Estou enlouquecendo — desabafou.

— É óbvio, sua aparência está horrível. Não sei como explicar isso, mas tenho um sexto sentido para as coisas, nunca erro. Eu vasculhei a cidade. Não há sinal de sua esposa e filho.

— E o que encontrou? — perguntou com a curiosidade saltando dos olhos.

— Eles não pegaram nenhum ônibus, nenhum avião. Nada. Eles nunca deixaram Santos e, se deixaram, não restou rastros.

Alexandre olhou para William querendo dizer a verdade, mas não conseguia. Como poderia? Como explicaria?

— Alguém raptou sua família e está o obrigando a fazer coisas, Alexandre? — William o encarou por um tempo, esperando por uma resposta. Sem sucesso, continuou: — Olha o que encontrei.

Ele retirou a foto do bolso, entregando-a para ele. Ao fundo, havia um rosto contornado com uma caneta vermelha. Alexandre analisou a foto, surpreso e confuso.

— Mas o que é isso? Julia não tem uma irmã.

Ele passou a mão na barba, como sempre fazia quando ficava ansioso.

— Parece que alguém vigiava vocês e raptou sua esposa. Só não sei como eles são tão parecidos com vocês. Talvez uma máscara, mas vou descobrir. Me ajude, me conte o que sabe.

— Eu não posso dizer.

Ele devolveu a foto, pensando no que havia acabado de ver. Primeiro alguém parecido com ele e agora alguém com as mesmas feições de Julia visitando sua casa.

— Com quem brigou?

Alexandre se lembrou de Sandra, de todo aquele sangue no corpo dela. Por sorte passara a madrugada limpando a mancha do chão e guardara o tapete na casinha de ferramentas no quintal dos fundos.

— Não posso dizer, William, sinto muito.

— Se não pode contar o que está acontecendo, isso já é uma evidência clara de que algo de ruim acontece.

— Você não iria acreditar nem que eu contasse.

O semblante de Alexandre se tornou desolado.

— Então estou certo? Alguém está com sua família lhe chantageando?

Alexandre não respondeu verbalmente, mas, com o olhar triste, encarou o investigador e acenou com a cabeça.

— Meu filho... — Não conseguiu terminar a frase, o nó se formou na garganta e os olhos marejaram.

— Me deixe ajudar. Tome. — William entregou um cartão. — A hora que precisar, me chame. Pense com calma. Eu posso ajudar, posso montar uma equipe sem que ninguém perceba. Podemos pegá-los. Só precisa nos dar a informação.

— Não, não pode envolver ninguém.

— Mas é assim que trabalhamos, com reforços.

— Por isso não confio em você, William, porque você não confia em mim. Acredite, quanto menos se envolver, melhor.

Alexandre apontou a saída e o observou bufar antes de deixar a casa visivelmente irritado.

— Desculpe pela porta — lamentou antes de partir.

— Por favor, não apareça mais na minha casa. Eu resolvo isso — falou, batendo a porta.

Algo lhe dizia que William estava fingindo, que ele não desistiria fácil. Deveria tomar cuidado com ele e ficar mais atento. William poderia estar vigiando sem que notasse. Pelo menos agora sabia que aquelas fotos não significavam que tinha um irmão, pois o mesmo acontecera com Julia, e ela não tinha uma irmã gêmea. Na pior das hipóteses, alguém estava os vigiando havia muito tempo e isso por si só já era aterrorizante demais. Contudo, não fazia muito sentido. Deveria ter outra explicação para essas fotos.

Uma coisa era certa: as criaturas estavam de fato com seu filho e Julia. Havia a possibilidade de terem pegado a camiseta em uma gaveta da casa, mas não podia arriscar. Precisava arrancar aquela informação de algum daqueles seres. Sabia exatamente como faria isso. Se as criaturas não se mostravam quando ele abria a porta, então talvez fossem atrás dele quando saísse de casa.

# 39

Alexandre trocou de roupa às pressas, foi até a garagem, suspirou fundo dentro do carro, tomando coragem antes de abrir o portão eletrônico com o controle, e partiu. William o vigiava a uma quadra de distância e o seguiu. Foi um longo caminho, que deu a Alexandre tempo de pensar em desistir da ideia algumas vezes. Os longos contornos e sinais abrindo e fechando acabaram despistando William, que bateu no volante nervoso ao perceber que não via mais o carro de Alexandre. Determinado, não desistiu, circulou pelas ruas adjacentes, procurando-o.

Finalmente Alexandre chegou à rua que dava acesso a um mirante, de onde o oceano se mostrava esplendoroso. Estacionou o carro, caminhou até o topo da colina e se sentou no chão, esperando que funcionasse. Não demorou muito para uma mulher ir na direção dele. Ela tinha a aparência bonita e simpática, lembrava uma universitária. O cabelo estava preso em um rabo de cavalo, e ela carregava uma mochila nas costas.

Sentou-se ao lado dele.

— Aonde pensa que vai, Alexandre? Não pode deixar a casa. — A sonoridade da voz não parecia combinar com a moça.

— Eu sei. Vocês já deixaram isso bem claro.

— Então por que nos provoca?

— Só quero conversar.

Continuava olhando para frente, encarando o oceano.

— Não temos nada que conversar. Você mata as pessoas para nós e sua família continua viva.

Ela olhava fixamente para Alexandre, que não retribuía.

— Quantas pessoas? Quantos mais?

— Quantos forem necessários.

— E quando minha família volta? — Quis saber, expressando tristeza.

— Quando confiarmos em você, Alexandre.

— Mas eu não confio em vocês. Não sei o que está acontecendo.

— Não tenho permissão para sanar suas dúvidas. Vai ter de continuar assim mesmo.

— Eu não estou nem aí para a sua permissão.

Alexandre tirou o revólver da cintura e apontou discretamente para a mulher, por debaixo de seu braço, encostando na cintura dela.

— O que acha que está fazendo, Alexandre?

— Você acha que não tenho coragem de te matar?

Encarou-a, cerrando os olhos.

— No começo não acreditava, mas agora até acho que tem. Pouco a pouco, você está se transformando em um assassino — provocou, sabendo que isso o desestabilizaria. — Você está cheio de ódio, isso é bom, vai precisar para os próximos.

Alexandre investiu ainda mais a arma, pressionando o cano contra a mulher.

— Que próximos? Como escolhem? O que são essas visões?

— Escolher é fácil. O mundo está cheio de gente ruim e carregada de remorso esperando a absolvição de Deus. As visões são um presente para você se sentir menos culpado.

— Não tem ajudado. Não sou um assassino. Não matei nenhuma das vítimas por vontade, o primeiro foi por acidente e a segunda foi por obrigação — lamentou mais para si mesmo do que para a mulher.

— Se o investigador descobrir, isso não vai fazer diferença.

— Eles não veem vocês como eu vejo.

— Não, eles nos veem como anjos enviados por Deus. Não é estranho que as pessoas mais maldosas sejam as mais tementes ao inferno. Só oferecemos a salvação através de uma história louca e religiosa sobre céu e inferno que vocês mesmos criaram, e as pessoas aceitam bem rápido.

— Como sabem o que fizeram?

— Nós sabemos de tudo, Alexandre. Sabemos até o que fez com sua esposa. Foi uma tremenda traição, seu safado.

— Como sabem disso tudo?

Ele olhou para a mulher, surpreso.

— Hum... não posso revelar isso. Você não entenderia de qualquer jeito. Mas não somos desse mundo inferior, apesar de já termos sido como vocês são hoje, subdesenvolvidos mentalmente.

— Eu quero minha família de volta! — lamentou num grito abafado, com os olhos marejados.

— Quer mesmo? Sabemos como é sua índole desde adolescente. Você nunca mudou de fato. Julia teve o dom de fazê-lo desejar ser outra pessoa, mas pelo jeito não durou muito. Mas, se acredita que quer, não vamos privá-lo disso.

— Quando?

– Quando for a hora.

Encarou-o friamente.

– Eu quero agora.

Ele apertou a arma ainda mais contra o corpo da moça.

– Tem certeza de que quer fazer isso?

– Eu vou fazer qualquer coisa para salvar a minha família.

# 40

— Alexandre, eu só estou controlando este corpo. Se atirar, a única coisa que vai conseguir é tirar a vida dessa moça.

Alexandre a olhou, surpreso.

— Você não é esse corpo?

— Não.

— Como podem fazer isso? — perguntou, confuso.

— É bem fácil, mas não funciona com todos, só com os maldosos. A mente humana ainda é pouco desenvolvida e cheia de vícios e fraquezas, que usamos para facilitar o controle.

— E por que nunca controlaram minha mente?

— Infelizmente, em você não podemos usar de algumas artimanhas. Você é o guardião. Seria bem mais fácil se pudéssemos.

— Quando isso vai acabar? — questionou a si mesmo.

— Estou te dizendo essas coisas para que você fique mais calmo e nos ajude da melhor forma possível, mas todas essas perguntas já estão me irritando.

— Acho que mereço respostas.

— Meu tempo está acabando. É melhor você voltar. Não faça isso de novo. Só trará sofrimento desnecessário a você e a sua família.

A mulher se levantou e andou até a ponta da colina, então o ser dentro dela pareceu admirar o oceano por um momento antes de se virar para Alexandre e expressar um sorriso ardiloso. Então, sem aviso, partiu. A moça assumiu o controle de sua consciência, ainda zonza, tentando entender como havia ido parar no mirante. Olhou para os lados, confusa, ameaçando entrar em desespero. Alexandre observava, curioso a princípio. Depois, preocupou-se por ela estar à beira do precipício.

Ela olhou para ele, assustada por não estar sozinha. Alexandre levantou as mãos.

– Calma – pediu em tom sereno.

Mas ela só conseguiu ver a arma na mão dele. Apavorada, deu um passo para trás, onde não havia mais terra firme. Esticou os braços, desequilibrada. Ele tentou segurá-la, mas não obteve sucesso. Ela caiu, gritando em desespero ao longo da queda, até encontrar a morte nas rochas duras e pontudas. Alexandre se apressou até a beirada, olhando para baixo. A onda batia nas rochas, espalhando o sangue pela espuma do mar.

Ele queria gritar. Olhou para o revólver em sua mão e só então entendeu o que havia assustado a moça. Levou a mão à cabeça em desespero, não era mais seguro ter alguém por perto, talvez nem sua própria família ficasse ao seu lado.

o

William seguia pela rua, olhando e procurando, quando freou bruscamente o carro. Deu ré até a rua sem saída paralela a que havia acabado de passar e avistou o carro de Alexandre estacionado. Olhou a elevação que dava acesso ao mirante e manobrou o carro, preocupado com a ideia que lhe cruzou a mente: teria ele se jogado lá de cima?

# 41

Alexandre enxugou as lágrimas do rosto. Ameaçou jogar a arma no oceano, mas voltou atrás ao pensar que ela ainda podia ser útil contra as criaturas. Prendeu-a no cinto, atrás da cintura, e cobriu com a camiseta. Sem mais o que fazer ali, saiu às pressas, olhando para os lados, conferindo se não havia ninguém por perto. Chegando perto de seu carro, avistou William.

— Alexandre, o que houve? — perguntou, vendo o desespero estampado no rosto do rapaz.

— Preciso ir embora, cara. Preciso voltar para casa.

Estava descontrolado, seu olhar não conseguia focar em um ponto.

— Por quê? O que aconteceu?

William tentou pará-lo, mas não conseguiu.

— As pessoas podem se machucar se eu deixar minha casa.

Ele tentava manejar o controle para destravar o alarme do carro.

— Do que está falando?

— Preciso ir. — Quase gritou. — Rápido.

O som de destrava do alarme fez os dois ficarem em silêncio. Alexandre hesitou por um momento com a mão na porta. Não poderia contar a William sobre a moça na colina. Não tinha certeza se ele acreditaria em sua inocência ou se o levaria preso. William disse que não havia registros de que Julia e seu filho haviam saído da cidade.

Com certeza eles deveriam estar com as criaturas, mas como isso era possível? Dimensões diferentes? Era difícil entender, mesmo para ele, que lia muitas histórias em quadrinhos. Já não tinha mais certeza de sua sanidade, e tudo que o tornava uma boa pessoa, suas decisões, escolhas, moral, estavam sendo postas à prova. Sentia-se tão culpado e interiormente destruído por tudo que estava acontecendo que em alguns momentos chegava a desejar a própria morte. Seria um meio fácil e rápido de acabar com tudo aquilo e evitar que as pessoas à sua volta sofressem com a maldição que o acometia.

Desejando a morte, começava a entender melhor porque aquelas pessoas vinham à sua casa cheias de remorso pelas maldades que cometeram, pois eles não pareciam mais tão diferentes.

– Escuta, eu estou tentando te ajudar, Alexandre. – Tirou-o de seus pensamentos. – Juro que estou.

– Você precisa sair daqui.

Alexandre temia que algo acontecesse a ele. As criaturas já haviam dito para ele se livrar do policial.

– Estou quebrando todas as regras para te ajudar. Poderia ter levado você em custódia por inúmeros motivos. Poderia te trancar numa instituição psiquiátrica, porque Deus é testemunha do quanto você está agindo como louco.

– E daí?

– E daí que não fiz nada disso, fiz? Eu confio em você. Está na hora de você começar a confiar em mim.

– Você vai acabar morrendo por tentar me ajudar.

– O quê? – O coração de William pareceu pular uma batida. – Quem vai me matar?

— Eles. — Alexandre teve vontade de dizer que seria ele próprio que teria de matá-lo.

— Eles quem? São as pessoas de máscara que foram na sua casa? São sequestradores, assassinos? Você está devendo para alguém que mandou matá-lo? Fale comigo — suplicou.

Alexandre suspirou fundo, temendo pela vida do investigador ao qual começava a simpatizar. Olhou no fundo dos olhos de William, confirmando a si mesmo: eles poderiam ser grandes amigos. Abriu a porta do carro devagar.

— Fique longe de mim — disse, firme.

— Tudo bem. — William levantou as mãos, dando um passo para trás, abrindo caminho. — Cansei. Se não quer me dizer tudo por vontade própria e confiar em um amigo para te ajudar, vai ter de dizer na sala de interrogatório. Vou conseguir um mandado e te levar em custódia.

— Faça o que deve ser feito — disse, ríspido, embora seu coração batesse descompassado pela ideia de ser detido.

William se inclinou sobre a janela do carro com o olhar mais frio e ameaçador que Alexandre já tinha visto.

— Eu realmente achei que tinha visto algo bom em você, mas parece que me enganei.

— Eu também me enganei comigo mesmo.

As palavras saíram com um gosto amargo. Não era o que ele queria dizer, mas precisava afastar William. Os dois se olharam como se quisessem dizer mais. Milhares de coisas presas em uma gaiola no fundo da mente. Contudo, nada foi dito, então William se virou e partiu.

Alexandre acelerou o carro, precisava ir para casa e descansar, pois teria de matar outra vez.

# 42

William entrou no carro e socou o volante várias vezes assim que Alexandre partiu. Gostaria de quebrar a direção, mas desistiu no meio do processo ao analisar o quanto aquele descontrole seria prejudicial a ele mesmo. Lembrou-se de Halvez dizendo: "O objetivo é manter o controle". Depois de suspirar fundo, ligou o carro e partiu, pois precisava esfriar a cabeça e pensar melhor em como agir.

Escolheu um *pub* já conhecido, que julgava limpo, organizado e pouco movimentado, perfeito para refletir sem ser incomodado. Pediu uma dose de uísque e cerveja, misturou tudo num copo e bebeu com uma golada. No pé do balcão, pediu a mesma coisa ao atendente. Ele carregou a bebida até uma mesa no canto e acendeu um cigarro, ficando em silêncio, sentindo o efeito do álcool invadir seu corpo e surtir o efeito relaxante.

Duas doses depois e um pouco mais calmo, pensou melhor em Alexandre e na situação em que estava. Ter um amigo, aquilo que Halvez tanto repetia, parecia tão difícil e impensável, mas estava acontecendo de maneira natural. Em algum momento deixara de ver Alexandre apenas como um suspeito e começara a se importar.

De repente, as memórias se misturaram, ele se viu com sete anos, a idade mais tenra que ele se lembrava. Estava sentado na sala, assistindo à televisão, enquanto seu pai trabalhava e sua mãe cuidava dos afazeres domésticos. Então o comercial aparecera na tela, um casal falando sobre uma deliciosa marca de manteiga. A cena era em uma luxuosa casa ao lado de uma piscina, ambos vestiam somente roupas de banho e, após os diálogos, levantaram-se e foram para água aproveitar o dia.

Fora naquele instante que algo atingira William: ele achara a mulher e o homem atraentes. Ele nem sabia o que isso significava, mas, naquele momento, deduzira que não era como a maioria das outras pessoas. Não era o que via ao seu redor. Seu pai, seus tios, os amigos de seus pais, eram todos casais, homens e mulheres. Por que ele não achara só a mulher mais bonita? Ninguém o havia ensinado a escolher de qual gostar, aquele sentimento simplesmente aparecera ali.

Seu pai que, assim como ele, era policial, sempre cheirando à cerveja, tinha um jeito irritado numa linguagem vulgar. Não conseguia completar uma frase sem usar um palavrão. Falava gritando e gesticulando, um homem inquieto e revoltado com tudo.

Certo dia, seu pai conversava com a mãe na cozinha quando William entrara e o ouvira contar sobre como havia prendido um rapaz afeminado.

– Era uma bicha! – gritava ele. – O mundo está cheio dessa merda.

A mãe só escutava, havia tempos que não tinha vontade de responder. No fundo, tinha medo do esposo, medo de apanhar – quando mais nova, sofrera agressões físicas do pai e dos irmãos. Simplesmente não suportaria mais um tapa. A sua única defesa era se tornar submissa e, como dizia o pai dela: "Gente obediente não apanha". Ela continuava lavando a louça enquanto o esposo tomava conta do ambiente com sua personalidade forte.

– Esses rapazes ficam aí nos parques procurando outros homens para levar para o mal caminho. Prendi e prendo quantas vezes forem necessárias. – Batia na mesa, irritado. – Tenho nojo dessas pessoas.

Ele não deixava de encarar a esposa, que continuava de costas para ele, mexendo a cabeça, fingindo concordar com cada palavra.

O pequeno William entendera, naquele momento, que um homem que gostava de outro homem era uma pessoa nojenta que merecia ser presa. Cassiano abrira a geladeira de maneira barulhenta, pegando outra garrafa de cerveja enquanto a mãe terminava o jantar. Dera um gole e coçara o nariz em seguida, fungando como se tivesse algo preso na garganta, enquanto William observava cada gesto, amedrontado. Andava gesticulando em volta da mesa, parecia querer explodir a qualquer momento, tal qual um urso preso na jaula.

– Você sabe o que fizemos com ele? – A expressão era alegremente diabólica. Ele não a esperara responder. – Demos uma boa surra naquele escroto. Depois foi só dizer que o encontramos daquele jeito. Qualquer um acredita, ninguém se importa com eles, nem mesmo a própria família. E estão certos de não se importarem, não merecem nada mais do que desprezo pelas escolhas safadas que fazem. – Ele batera a cerveja na mesa, fazendo o líquido espirrar pela boca da garrafa, espalhando ainda mais o cheiro de álcool pelo ar. – Deus me livre de ter um filho assim. Eu o mato. Eu mato!

William voltou à realidade. Olhou ao redor no *pub*, que continuava calmo e vazio. Deu mais um gole na bebida, coçou o nariz e em seguida fungou, chacoalhando a cabeça, tentando afastar as lembranças que viriam a seguir. Havia tempos que Cassiano tinha percebido o jeito de seu filho, então o ódio e o medo do desconhecido, somados à ignorância, levavam-no a extremos.

William não entendera muito quando seu pai o chamara para dar uma volta tarde da noite. O garoto se perguntava a todo momento aonde iriam enquanto olhava pela janela do carro, tentando reconhecer alguma daquelas ruas por onde passavam, afastando-se cada vez mais do grande centro. O pai continuava em silêncio, dirigindo sem olhar para ele, a expressão pesada e focada no horizonte. William começava a se questionar se tinha feito algo errado e se seria castigado. Todos sempre eram castigados por ele, mesmo sem saberem o motivo.

Pararam perto de uma mata, e seu pai desligara os faróis.

# 43

Cassiano descera do carro, fora até a porta de passageiro e tirara seu filho. Ajoelhando-se, segurara o garoto pelos ombros.

– Faço isso pelo seu bem. Você precisa virar homem. Como aquele programa que a gente assistiu dos índios, lembra? Que eles levam os garotinhos para virarem adultos. É a mesma coisa. Você vai ser corajoso, não vai?

– Estou com medo, papai.

Os olhos lacrimejaram.

– Não chore. Homens não choram. Seja valente.

Ele havia saído arrastando William, puxando o cassetete da cintura, esgueirando-se entre as folhagens, no escuro, ocultos pela noite. Pararam de repente assim que Cassiano avistara algo. William olhara curioso, tentando entender o que o pai havia visto. Dois homens estavam deitados no chão quase sem roupas, beijando-se, abraçando-se.

O pai fora devagar, tentando não fazer barulho ao pisar nas folhas e gravetos. Ao chegar perto, acertara o cassetete com força no rapaz que estava por cima. Ele caíra de lado, desorientado. O outro rapaz, assustado com o ocorrido, conseguira fugir, escapando por pouco das mãos de Cassiano, que tentara puxá-lo pelas roupas, mas para sua sorte o agressor escorregara nas folhas secas.

Cassiano partira para cima do homem ferido e batera mais vezes com o cassetete. O pobre rapaz gritara no começo, com as mãos em riste, mas depois não conseguira mais se defender das pancadas. Parecia desacordado. Cassiano levantara, a ponta do cassetete pingando sangue. Olhando para os lados, conferira se alguém ouvira os gritos, mas ninguém havia vindo ajudar a vítima da violência.

— Ratos — dissera para si mesmo em voz baixa, vitorioso.

William chorava. Tinha vontade de gritar, de suplicar para que o pai parasse, que o levasse de volta para casa, para a proteção de seu quarto. O garoto estava aterrorizado. Acompanhara Cassiano se levantar e ofegante ir em sua direção. Ele tirara a arma da cintura, ajoelhando ao lado de William em seguida.

— Sabe o que ele é? — perguntara, apontando para o corpo.

— Não — respondera com as lágrimas molhando seu rosto.

— Ele é uma bicha. Sabe o que é isso? — William negara com a cabeça. — É homem que gosta de outro homem. Você não é assim, não é?

— Não, papai — dissera, puxando ar para os pulmões.

— Ótimo. Porque pessoas como ele merecem apanhar e morrer. Você quer apanhar e morrer?

— Não. — A voz saíra falha e chorosa.

— Então se você não é igual a ele, deve fazer como fiz.

— Bater nele?

William chorava e, apesar da tenra idade, sabia que não devia contrariar seu pai e dizia exatamente o que ele queria ouvir.

— Não só isso. — Cassiano levantara a arma na direção do homem caído. — Segura a arma — ordenara. William balançara a cabeça negativamente. — Segura logo, você não é bicha!

Segura, seja homem. – As mãozinhas de William seguraram a arma. Cassiano apoiara a mão por cima da do garoto e apertara o dedo dele contra o gatilho. A arma disparara, acertando o peito do homem que estava no chão. William se assustara, soltando um grito contido. – Pronto. Um a menos. – Sorrira. – Não seja igual a ele, pois já sabe o que vai acontecer.

– Eu não vou, papai, eu juro!

William não sabia o que acontecera na mente de Cassiano depois daquele episódio e nunca saberia, pois ele falecera havia muitos anos. Depois do assassinato, a religião se tornara parte da rotina daquela família. William nunca mais fora o mesmo.

Cada um analisava a nova vida religiosa imposta por Cassiano de uma maneira singular. William preferia acreditar, e repetia isso para si mesmo várias vezes, que o pai havia mudado e queria se desculpar com Deus pelo que havia feito. Não só por aquele episódio, mas por todas as maldades que havia cometido durante a vida.

A esposa via na atitude de Cassiano uma mudança para melhor. Ainda conseguia manter a esperança de que o esposo melhoraria com o tempo, que se transformaria em um homem bondoso quando Deus tocasse sua alma. Jen, a irmã, apesar da idade, não conseguia entender as contradições daquilo que o pastor falava. Tudo parecia sem sentido e cheio de equívocos. Ela simplesmente não acreditava que Deus fosse aquele ser vingativo que pregavam.

Ela temia por William, pois sabia dentro de si que seu irmão era diferente e acreditava que fazê-lo crescer dentro de uma igreja rigorosa deixaria sequelas graves em sua personalidade; cresceria temendo o que era, temendo ser punido por Deus. Aprenderia que ser ele mesmo seria ruim e, por consequência desses ensinamentos, desenvolveria ódio por si mesmo, mas ela jamais diria algo que contrariasse o pai – só restava tentar fazer o contraponto na cabeça do pequenino irmão.

Por todos aqueles motivos, William teve uma vida de negação. Escondido, pois nunca teve o contato físico com garotos nem com garotas. Julgava-se quebrado, como se algo estivesse errado dentro de seu cérebro. Não parecia correto que ambos os sexos lhe atraíssem fisicamente.

Desse modo, fechara-se em uma redoma, evitando qualquer pessoa, torcendo para que o tempo fizesse a vontade, o desejo e os pensamentos sumirem, mas não adiantou. Evitar seus desejos naturais havia feito a energia libidinosa e a testosterona circularem em seu sangue com mais potência do que parecia possível. Ele era uma bomba sexual ambulante, prestes a explodir a qualquer momento. Proibir-se aumentava as vontades e o deixava constantemente excitado. William se aliviava assistindo a filmes pornôs, que, mesmo sozinho em casa, ainda o faziam olhar por cima do ombro com medo de alguém estar vigiando e descobrir sua abominação. Não conseguia relaxar, nunca.

O proibido o fazia evitar as mulheres. Não queria estragar a vida de uma moça com sua mente desregulada e seu pecado de ter assassinado um homem pesando em seus ombros, como um demônio empoleirado. Olhar para homens que achava interessante lhe dava calafrios, deixando-o sempre com o olhar para baixo e distante. Exatamente como fazia com Halvez que, ao olhá-lo com cobiça na última sessão, trouxera à tona seus desejos reprimidos, fazendo seu sangue ferver, e, naqueles momentos, puxava a almofada com medo de ter uma ereção descontrolada. Quando isso acontecia, sua mente também perdia o controle.

Seu pai estava morto, no entanto. Havia tido uma horrível morte por cirrose alcoólica. Não podia mais feri-lo nem fisicamente, nem verbalmente. Então por que ele ainda estava tão presente? Tudo aquilo que ele odiava no pai ia pouco a pouco o dominando. O homem corrupto que burlava o sistema ao não seguir regras e as manipulava de acordo com suas vontades. Um assassino.

William se sentia igual. Estava fazendo o mesmo com Alexandre, burlando o sistema para protegê-lo, mas protegê-lo do quê? Tinha direito de fazer isso só porque havia um sexto sentido que o alertava? Ajudando Alexandre, William estava se tornando seu tão odiado pai. Queria ao menos receber em troca o mérito da confiança, sentiria-se menos culpado. Afinal, era isso que queria de Alexandre, aquilo que não tinha em sua vida desde a morte de sua irmã.

Desde que Jen partira, não havia permitido outra pessoa em sua vida, porém, algo em Alexandre chamara sua atenção. Chegou a pensar que poderiam ser amigos, que poderia ajudá-lo na terrível situação em que se encontrava, acreditando que Alexandre devia estar se sentindo perdido e sozinho no mundo, um sentimento que entendia bem.

William estava cansado de viver sozinho, precisava de alguém, alguém com quem conversar. E, mesmo com toda a loucura e estranheza aparente de Alexandre, era ele quem mais se aproximava de ser um amigo para William.

# 44

Alexandre acordou às oito da noite, após dormir quase a tarde toda. Seu sono estava desregulado, assim como sua vida. Passava horas da madrugada pensando sobre os fatos que lhe acometiam e ficava com sono durante o dia. Tudo que ele conhecia havia acabado. Não trabalhava mais, não tinha mais família e o dinheiro logo acabaria, assim como sua paciência.

Não poderia viver daquele jeito. Até quando levaria aquela situação? Já havia assassinado duas pessoas e uma terceira havia morrido por sua causa. Sua cota de pecados estava aumentando. Deus era testemunha que ele já tinha vários antes de tudo aquilo acontecer.

Ele teria abandonado Julia e o filho, sim, Alexandre tinha certeza de que teria feito isso, pois estava apaixonado e esperançoso. Ele imaginava um futuro tão maravilhoso ao lado da outra que seria capaz de estragar seu casamento por uma ideia e tesão. Embora Julia fosse uma excelente amante, trazendo ao casal momentos impossíveis de serem esquecidos, a professora de natação havia trazido a nostalgia dos dias esquecidos, lembrando a ele como era ser um caçador; a adrenalina da perseguição e da conquista. E, como dizem, a grama do vizinho sempre parece mais verde.

Às lembranças do dia em que levara a professora para casa o invadiram. Alexandre se sentia como a onda de um tsunami, como se sua vida estivesse de ponta-cabeça enquanto era arrastado pela água salgada que invadia seus pulmões, sem chances de libertá-lo.

# 45

Ele acompanhava com o olhar admirado o jeito sutil e delicado de Ana transparecer paz e calma, o que o levou a pensar que ela devia ser assim o tempo todo — parecia ter uma aura à sua volta, fazia parte do seu ser. Ela olhou cada detalhe, andando pela sala. Alexandre sentiu seu corpo ficar tenso no momento que percebeu que Ana analisava o porta-retrato com a foto dele, Matheus e Julia.

Ele nunca disse a ela que era casado e não mentiria se fosse questionado, mas se arrependia de não ter contado antes ou mesmo escondido a foto. Era um péssimo momento para ela descobrir. Temeu que Ana partisse e não tivesse a oportunidade de senti-la em seus braços; torceu para que o desejo dela fosse forte o suficiente para ignorar aquela informação.

Ana, por outro lado, teve vontade de chorar e sair correndo — por causa do descuido de não tirar a fotografia ou por imaginar que ele não dava a mínima para isso. Aquela informação acabou com todas as esperanças de viver uma história bonita com aquele homem, que agora parecia nada mais que um ordinário. Ainda assim, um ordinário lindo que ela desejava com todas as forças. Ana precisava decidir se continuaria ali ou se partiria e nunca mais olharia para ele.

De costas para Alexandre, sorriu para si mesma. Passara a vida toda esperando e imaginando que a pessoa que se interessaria por ela seria a mais perfeita do mundo. Por que tinha aquela mania de esperar nada menos do que a bondade genuína em alguém? Era cansativo demais sobreviver a cada decepção. Naquele momento, como quem cria a própria história para deixar tudo mais fácil de ser digerido, ela decidiu ficar.

— Aqui estamos — Alexandre disse com um sorriso malicioso, premeditando o sexo.

Era isso que ambos queriam, afinal, ela continuou ali.

Ele temia que, depois de prová-lo, ela fosse mais uma daquelas que se apaixonavam e ficavam pegando no pé, pois nada o irritava mais do que uma mulher carente e pedinte. Ana, contudo, fazia seu sangue ferver. Estava excitado e começou a latejar no momento em que ela se virou para ele. Ele começou a desabotoar a blusa, não queria perder tempo. Fascinada, ela observava a desenvoltura e o corpo de Alexandre.

Aproximou-se, colocando a mão sobre a dele.

— Não, vai ser do meu jeito — ela afirmou.

Alexandre ficou sem reação, perdido pela primeira vez. Não sabia ser conduzido, muito menos se gostava disso, estava acostumado a ser o dominador. Ficaram parados, em pé, no meio da sala. A professora aproximou o nariz do seu ouvido e desceu por sua barba até o queixo. Depois, deslizou pelo pescoço até os pelos do tórax, expostos pela camisa previamente aberta. Ela afundou o nariz em seu peito e o tragou com gosto, com o desejo de marcar cada centímetro dele na memória.

Nada em toda sua vida o excitou mais do que ela o farejando. Assim como na adolescência, sentiu-se um Deus sendo idolatrado e, estranhamente, reviver aquela sensação o encheu de vida novamente. Ela aproveitava o momento com calma enquanto o despia por completo. Ele estava hipnotizado por ela; uma presa seduzida pela serpente antes do bote.

Ana se afastou um passo após deixá-lo nu para observá-lo melhor. Os músculos, a pouca gordura corporal, os pelos curtos, a barba, a mão grande, o antebraço grosso, as tatuagens, os detalhes masculinos que a enlouqueciam.

Ela perdeu o ritmo ao olhar a ereção dele. Mesmo que fosse um cafajeste, não era momento de pensar naquilo. Ana sorveu a boca dele, enquanto Alexandre se mantinha em estado de êxtase, sem movimento, esperando uma ordem. De repente, ela parou. Ana havia se despido lentamente, deitando-se no chão enquanto o corpo de Alexandre parecia sentir abstinência dela, mesmo estando somente a alguns segundos sem receber seu toque.

Pela primeira vez na vida, teve medo de ter uma ejaculação precoce. Ele olhou aquela desejada mulher nua à sua frente. Ambos se admiraram por alguns segundos, até que ela segurou a mão dele e o puxou para cima de si. Ele havia apoiado a mão no chão com medo de machucá-la com seu peso. Provava seus lábios com gentileza enquanto as pernas dançavam ao redor da cintura dele.

Ele a queria mais do que qualquer coisa. Percebendo isso, ela tirou a camisinha da bolsa e colocou em Alexandre, que ainda sustentava o corpo no ar com os braços esticados. Seu corpo tremia e se arqueava com o toque gentil dela vestindo seu membro. Com delicadeza, puxou a cintura dele contra ela, conduzindo-o como um motorista. Ele não passava de um passageiro aproveitando a viagem.

Sua boca salivou quando entrou por completo. Ela gemia, um misto de prazer e dor com o tamanho dele. Alexandre parou por um momento, acomodando-se em seu interior. Depois, continuaram aproveitando o momento em cada movimento e investida, lembrando uma bola de demolição contra uma parede. A cintura dele ia para frente e para trás ritmicamente. Ana dançava os dedos nos músculos dele.

Atingiram o orgasmo juntos enquanto abafavam os gemidos nos próprios beijos.

Contudo, não tinha sido uma transa casual e descompromissada. Ela fez amor com ele, calmo e suave, entre beijos e carinhos. Não era seu estilo, estava acostumado a dominar, penetrar, satisfazer-se, deixando somente ele satisfeito. Alexandre se deitou no chão ao seu lado, e ela colocou a cabeça em seu peito. Ana sentia a respiração e as batidas aceleradas de seu coração. Ele sentia o volume dos seus cabelos enchendo sua mão e os espaços entre os dedos.

– Você foi incrível. – Ele deixou a declaração sair sem analisá-la antes.

O casamento, porém, veio à sua mente após o tesão passar. Lembrou-se de seu filho, que se sentava para assistir exatamente onde estavam. De sua esposa e do quanto havia sido injusto com ela, que sempre fora excepcional no sexo, não deixando razão para ele procurar nada na rua. Ele sentiu vontade de afastá-la, e ela percebeu.

– Não se preocupe. – Ana se levantou e começou a se vestir. – Eu adorei você, mas não o quero.

– Não?

Surpreendeu-se, ajeitando-se nos cotovelos, levantando a cabeça.

– Não, pois isso não vai acontecer de novo. Eu precisava tanto disso quanto você, mas você é casado, não é meu estilo.

– Eu sei que vai acontecer de novo.

Alexandre sorriu, mostrando a verdadeira alma, que, entre tantas coisas, também era arrogante. Ela o olhou com os olhos carregados, como se fosse chorar e não pudesse ou quisesse. Então, ele finalmente entendeu: ela estava dando um fim ao caso. Ele escolheu não acreditar, seu íntimo queria vê-la de novo, várias vezes, por isso sua mente tentava negar o fim que ela insistia em deixar claro.

– O pior de tudo é que estava realmente me afeiçoando a você. – Ela sorriu, sem deixar claro se aquela felicidade era falsa ou verdadeira, se iria se tornar uma gargalhada ou pender para o choro. – Adeus, Alexandre.

Ainda assim, levantou-se satisfeito, mas triste. Agora que o tesão havia sido saciado, concordou com o adeus de Ana. Era melhor deixar assim mesmo, apenas uma diversão, uma lembrança, porque, se continuassem, ele se envolveria facilmente e seria capaz de fazer loucuras para mantê-la por perto.

Era mais fácil pensar do que fazer. Ao abrir a porta para ela partir, lamentava a concordância que transparecia, pensando no quanto devia estar chateada por ele não ter questionado o adeus que lhe dera, e isso estranhamente partiu seu coração.

# 46

Ele não conseguia entender por que estava infeliz no casamento, não encontrava motivo plausível para isso, apenas estava. E, após toda aquela aventura ter aparentemente terminado, sentiu-se triste por ter de fingir estar bem para Julia e seu filho. Sua mãe, embora ele não concordasse antes, estava certa. Ele enganava as pessoas ao projetar uma imagem para ludibriar. Parecia mais atraente ser visto como bom moço, porque parecia que era isso que esperavam.

Havia momentos em que pensava que não deveria ter casado, que aquela vida não era para ele e que, como comprovado, só traria sofrimento para sua companheira e para si mesmo. Foi quando Alexandre se lembrou de seu pai. De fato, ele nunca enganara a família e fora escolha de sua mãe aceitar ou não — e ela aceitara aquele homem por completo com todos os defeitos. Talvez devesse ter feito o mesmo, ter sido sincero desde o começo, e deixar Julia decidir se queria ou não, se poderia viver com ele ou não.

No entanto, de alguma maneira, aquilo parecia impossível, porque abriria espaço para ser rejeitado, e ele, o menino de ouro que todos adoravam, não poderia ser rejeitado, não poderia ficar em segundo lugar. Ele tinha de ser idolatrado a qualquer custo.

Alexandre nunca fora homem para casar, então tudo se tornara um teatro, ele era o personagem do bom marido. Em sua mente, no entanto, habitava o caçador vigoroso. Fosse como fosse, Ana tinha sido incrível. E, embora acreditasse que ela não cederia aos seus encantos novamente, continuar a vê-la alimentaria sua alma carente por atenção e idolatria.

Dias depois, quando chegou na aula de natação, havia um novo professor no lugar dela. Alexandre estranhou no primeiro momento, pois não entendeu o que aquilo significava. Criou em sua mente motivos mirabolantes para a falta dela: estava doente, teve um compromisso ou qualquer outra coisa que justificasse sua ausência. Não seria ele o motivo, não podia ser. Com dificuldade em se concentrar, terminou a aula de forma mecânica, sem vontade. Arrumou-se com pressa e não resistiu à curiosidade de tentar arrancar informação da recepcionista.

— A professora não pôde comparecer hoje?

— O senhor não está sabendo?

A mulher arregalou os olhos, sem deixar claro se era devido ao horror que contaria ou pela possibilidade de poder fofocar sobre o assunto mais uma vez. Não conseguia parar de falar sobre isso.

— Não... do quê? — perguntou, receoso.

— Achei que sabia, pois todos estão falando sobre isso.

— Minha nossa, você está me assustando. O que aconteceu?

— Ela faleceu ontem — informou, jogando o olhar para baixo, torcendo o canto da boca.

— Como é?

Alexandre piscou, levemente perturbado, soltando um sorriso de descrença.

— Faleceu. Estava vindo de moto para cá, mas perdeu o controle, caiu e um caminhão passou por cima, esmagando tudo. — Levantou as sobrancelhas antes de continuar: — Dizem que foi uma cena feia. Miolos espalhados e muito sangue. Acho que o peso do caminhão esmagou tudo.

Alexandre sentiu vontade de vomitar. Como aquela recepcionista podia dar detalhes de sua morte? Não queria pensar na cena, não com a mulher pela qual havia se encantado. Ele não conseguiu responder, saiu tonto, tentando puxar o ar que parecia ter desaparecido do mundo ao seu redor. Alexandre entrou no carro, ligou o ar-condicionado no máximo e chorou como uma criança enquanto o vento quase ártico batia em seu corpo.

o

Afastou a lembrança e desceu até o porão. Ele sabia que a passagem não era visível aos seus olhos. Determinado, puxou a máquina de lavar, pegou a caixa que tinha guardado antes e voltou para a cozinha. Ele abriu o pacote e retirou todas as facas, colocando-as no devido lugar. Arrumou a arma atrás da cintura, colocou uma faca na lateral, prendendo-as no cinto e cobrindo com a camisa. Sem expressão no rosto, foi até a prateleira de bebida e tomou dois copos de vodca pura, um seguido do outro. Alexandre olhou para o relógio de parede, ainda era nove da noite.

Ele vasculhou o lugar com os olhos, procurando outra forma de se equipar, e fitou a mesa de centro. Sem pensar duas vezes, colocou a mesa de pernas para cima, forçou uma das pernas e arrancou. Alexandre testou a madeira na mão, conferindo se serviria de porrete.

Decidido, tomou mais alguns goles de vodca e esperou.

# 47

Havia uma inquietação dentro de William que o seguia havia muitos anos. Algo que o deixava ligado, como se tivesse levado um choque, e a eletricidade ficasse percorrendo debaixo de sua pele, coçando e incomodando. Ele não se lembrava exatamente de quando isso começou, talvez na adolescência. Pensando bem, foi exatamente na adolescência, quando os hormônios começaram a entrar em erupção e a enevoar a mente. Sua inquietação vinha daí: da libido recolhida, da falta de sexo, do desejo reprimido.

Existia outro tipo de fome, aquela da qual ninguém fala, sobre a qual não se ensinam e para a qual ninguém está preparado: a fome de ser aceito e amado. Para suprir isso, para liberar a libido de dentro de suas veias e expulsá-la de seu corpo e mente, William recorria aos exercícios físicos. Boxe, principalmente. Passava horas batendo no saco de arreia, fazia-o com as mãos limpas, com força, até machucar, até os músculos queimarem e a dor física superar a emocional.

E, quando nada disso era o suficiente, levantava peso até que os músculos reclamassem de dor. Isso tinha um custo no dia seguinte, mas era um custo desejado. Andar com dores lhe tirava a atenção de outros assuntos, a dor se tornava aquela voz interna que ficava repetindo dentro de sua mente: "Ei, eu sou seu bíceps e estou doendo". Era exatamente isso que ele queria, seu corpo resmungando a ponto de não dar voz para o seu desejo.

Halvez, que de início não era nada mais do que um infortúnio, acabou olhando para ele com desejo, despertando-lhe a vontade que batalhava tanto para suprimir. O que William não imaginava era que as vozes estavam sobrecarregadas. O desejo recolhido, a saudade da irmã, o sumiço da esposa de Alexandre. Sentia-se a ponto de explodir e gritar para que o mundo parasse para que ele pudesse consertar cada coisa dentro de sua mente.

Naquela busca por pistas em aeroportos, rodoviárias, redes sociais e em depoimentos, tentava se ocupar para esquecer o olhar de Halvez sobre seu corpo. De propósito, acabou se esquecendo também de sua consulta.

Ir às sessões, por mais que fosse obrigado, começava a soar estranho agora que Halvez deixava o profissionalismo um pouco de lado. Não podia culpá-lo, sabia muito bem como funcionava a força avassaladora do desejo, mas não imaginava como deveria agir agora que as cartas tinham sido postas na mesa. Ficara evidente que Halvez o desejava, e ele havia dito que não poderia dar essa boa companhia. Como conversariam sobre tudo que ele sentia se na verdade o que ele mais queria era que as pessoas não soubessem do seu passado e do ato horrendo que ele e seu pai cometeram? Por esses motivos, já traçava planos de como esconder a verdade nas sessões.

Voltou à delegacia carregando a costumeira pasta com os papéis relacionados ao caso de Alexandre e se surpreendeu com uma algazarra que acontecia. Vários policiais, incluindo seu delegado, estavam ao redor do investigador Rodrigo. Todos estavam felicitando o rapaz por mais um caso solucionado: ele descobrira os atos cometidos por André.

Fora o caso que tentaram passar para ele, mas que recusara. O ódio tomou conta de si, pois permanecia em mais um caso que não conseguia resolver, mais uma investigação que o levaria a nada. William ainda era um mediano enquanto Rodrigo contava com a sorte, aumentando a fama.

Sem o menor interesse em parabenizar o outro, aproximou-se da algazarra para pegar um café e escutou o desfecho da história: André não fora capturado, e ninguém sabia onde ele estava, pois os rastros acabavam no mesmo bairro em que Alexandre morava. William riu mentalmente, o universo estava tirando sarro da cara dele, incluindo uma informação importante relacionada ao caso dele naquela história toda. "Não quis aceitar o caso, toma essa", era o que o destino parecia querer dizer.

Após pegar o café e ir até o computador, viu um post-it laranja colado na tela. Não era dele, pois usava o amarelo. Retirando o papel, conferiu os números ainda de pé.

*15:00h – terça-feira.*

Só podia ser de Halvez remarcando a consulta. Ele olhou na direção do corredor, que dava acesso ao consultório, e ele estava parado ali, olhando para William. O psicólogo sorriu e acenou com a cabeça para confirmar que o bilhete era dele.

William se manteve estático, sem expressar nada que denunciasse algum pensamento. Depois de alguns segundos, conectados pelo olhar, sem nenhuma resposta, sentou-se e virou as costas para Halvez.

Lamentando, o psicólogo continuou seu caminho. Ele lastimava ter baixado as barreiras em suas consultas, pois fora antes do tempo. A voz que ecoava em sua mente, dizendo "William é um homem legal, pode se sentir à vontade com ele" parecia estar errada. Ele não tinha sido um bom profissional. Apesar de saber como conduzir a consulta, faltou-lhe tenacidade para exercer o que aprendera quando se viu com um homem que desejava. Halvez estava pagando o preço pelo seu erro e não tinha previsão de quando conseguiria corrigi-lo.

# 48

Às dez da noite, o relógio carrilhão de parede começou suas badaladas, anunciando a hora cheia. O barulho ressoava pela casa, lembrando um anúncio macabro que não demorou a chegar. Pouco depois das batidas cessarem, a campainha tocou. Uma jovem estava à sua porta, aparentando no máximo vinte e três anos, mas isso era apenas uma dedução. Alexandre gostou do estilo dela logo de início, pois ela o fez lembrar de seu filho já que usava uma camiseta de um super-herói que Matheus adorava.

— Boa noite. Você é o serviçal dos anjos? — perguntou sem muito entusiasmo.

— Eu mesmo — Alexandre assumiu, engasgado.

Não esperava alguém tão jovem. André e Sandra tinham mais idade, e, por consequência, Alexandre acreditava que haviam tido mais tempo para cometerem pecados, mas uma jovem acumulando pecados a ponto de buscar a morte fez um arrepio subir por sua coluna. Como era possível alguém aceitar aqueles seres sem questionar? Chegou a pensar que nunca cairia em uma conversa daquelas, mas então riu de si mesmo. Ele já havia caído, estava matando por acreditar neles.

— Então é aqui que acontece?

Ela indicou com o queixo para o interior da casa.

— É, sim. — Dizendo isso, liberou a entrada para a jovem.

A moça adentrou, olhando para todos os lados, averiguando que se tratava de uma casa como qualquer outra. Não havia nada que remetesse ao sobrenatural.

— Posso escolher como vou morrer?

— Hum. Não sei. Não havia pensado nisso.

Fechou a porta assim que ela passou.

— Como aconteceu das outras vezes? — perguntou, encarando-o com curiosidade.

— Sei lá. — Os olhos dela estavam fixos nos dele, fazendo Alexandre titubear. — Simplesmente aconteceu.

— Você é estranho. Não parece alguém enviado por Deus.

Tirando a atenção dele, ela conferiu as fotos nos porta--retratos na estante da sala.

— O que pareço? — Alexandre quis saber, aproximando-se.

— Amador. — Colocou o cabelo atrás da orelha, revelando melhor a expressão tensa, mas firme. — Você é novo nesse serviço?

— Sim, me pegou — brincou com a situação.

— Então prefiro um tiro na cabeça. Acho mais rápido, indolor e sem erros. — Sorriu, preocupada. — Deus me livre ficar agonizando no chão.

Alexandre a olhou, sem saber o que dizer. A fé daquelas pessoas era tão cega que não demonstravam um único sinal de dúvida. Do contrário, eles pareciam realmente desejar a morte — apesar de a temerem —, a salvação dos seus pecados e a libertação da dor.

Não seria mais fácil continuar vivo e se redimir através da caridade, pagando os pecados através de boas ações? Contudo, o que ele percebia era que aquilo dava muito trabalho. Ele sabia bem, pois havia refletido recentemente sobre seus atos e tentava se redimir e salvar sua família. Parecia mais fácil acreditar em um anjo, morrer e ir para o céu, pois era uma absolvição rápida e indolor. Tal como rezar uma ave-maria ou pai-nosso depois de cometer adultério. A ideia era tentadora demais para ser recusada.

Alexandre tentou não tocar na moça, pois não queria saber o que ela havia feito.

— Não quer se sentar? — disse gentilmente, indicando o sofá.

— Prefiro acabar logo com isso. — Virou-se de costas para ele, indo em direção ao assento.

Todavia, assim que ela se aproximou, Alexandre pegou a perna da mesinha ao lado da estante, levantando-a. Tristonho, titubeou por um instante antes de descer o porrete com força, acertando a nuca da moça, que caiu no chão, inconsciente.

Ele respirou fundo, assustado. Sem saber exatamente como prosseguir, arrumou o cabelo, jogou o cassetete improvisado para o lado e foi até a porta do corredor que servia de dispensa. Alexandre pegou fios elétricos, fitas, luvas de jardinagem e voltou para a moça.

Colocando as luvas, para evitar contato com a pele dela, ajoelhou ao lado, amarrou os fios em volta dos pés e mãos e passou fita adesiva prateada ao redor da boca, deixando apertado o suficiente para que ela não gritasse. Alexandre a segurou pelas mãos e começou a puxar, subindo a escada, arrastando a mulher até seu quarto. Ele abriu a porta do guarda-roupa e a colocou dentro, fechando em seguida.

Depois, voltou para o corredor no térreo, perto da porta que dava acesso ao porão, e entrou na dispensa, esperando com a orelha colada na porta. Não demorou muito para escutar a criatura sair do porão, rastejando pela sala, estranhando a situação.

Alexandre podia escutar as unhas do ser raspando no assoalho enquanto andava de quatro. Os passos começaram a subir pela escada, em direção ao seu quarto. Alexandre saiu em silêncio, pisando com cuidado, torcendo para aquela coisa não olhar para trás. Assim que chegaram ao quarto, o ser percebeu a presença sorrateira atrás de si, mas não teve tempo de reagir. De supetão, empurrou o bicho contra a parede, levantou a mão da criatura ao alto e enterrou a faca na palma dele, prendendo na parede.

Em rápida resposta, a criatura mordeu o ombro de Alexandre com força, cravando os longos dentes até o osso. Ele gritou de dor. O sangue escorria, e o bicho não soltava enquanto o encarava com os olhos amarelados, raivoso pela afronta, enchendo a boca com o sangue do humano. Alexandre começou a bater violentamente no rosto do ser até conseguir se soltar. Cambaleou para trás, sentindo a dor aguda no ombro.

— O que pensa que está fazendo? — rosnou o ser.

— Cala a boca — retrucou, ofegante.

Com o outro braço, Alexandre deu um soco tão forte que sentiu a mão doer com o impacto. A criatura desmaiou, babando o sangue no chão e com o corpo preso à parede pela faca. Alexandre levou a mão ao ombro, sentindo muita dor. Aquela mordida estava feia e com certeza precisaria de pontos, mas pensaria nisso depois, pois precisava ser rápido.

Abrindo a gaveta, pegou uma blusa, enrolando-a no ombro e, com a boca, apertou o nó, tentando estancar o sangue. Alexandre correu até a cozinha, pegou uma nova e longa faca e foi até a porta do porão, que estava aberta.

Foi como ele suspeitou: o portal estava visível, pois a criatura o deixara aberto.

Não era mais seu porão.

# 49

A parede ao lado da escada parecia ser feita de corpos humanos sem pele, deixando carne e osso expostos enquanto sangravam. Desordenadamente entrelaçados, mexiam-se como se respirassem ainda, soltando sons abafados de agonia.

Alexandre desceu as escadas em silêncio, tentando ser rápido. Não sabia quando outros apareceriam. O cheiro era insuportável, mas ele se forçava a continuar. Quando chegou no fim da escada, seus olhos se acostumaram com o escuro, então enxergou melhor. O lugar era gigantesco, como uma imensa bolha do tamanho de um campo de futebol, lembrando uma grande caverna. Havia enormes pilares de rocha sustentando tudo.

Ele observou as construções rústicas, como uma cabana tribal, cobertas com o que parecia ser couro humano, cabelos e detalhes de ossos nas armações, além de vários materiais que deviam ter sido roubados das residências que visitavam. No centro, havia um aglomerado de casas. Uma em cima da outra, e poucas criaturas andavam pelo lugar. As árvores e as moitas tinham folhas avermelhadas, e os galhos pareciam veias bombeando sangue do chão. Algumas pingavam seivas feitas de sangue.

Alexandre se esgueirou entre elas, manchando-se de vermelho, e foi até o barraco mais próximo, onde um daqueles bichos usava um fêmur humano para lixar os dentes que nunca paravam de crescer.

— Está melhor? — perguntou ele a outro que saía da cabana.

O bicho analisou os dentes dele.

— Ainda está muito grande, precisa lixar mais — aconselhou, desdenhoso, e então levantou a cabeça. Parecia farejar algo. — Sente esse cheiro?

— Que cheiro? — respondeu, ainda prestando atenção nos próprios dentes.

— De humano.

— Claro. Eles estão trazendo mais carne. — Dizendo isso, apontou para o centro do lugar. Alexandre olhou na direção indicada e viu várias escadas que davam acesso para as diferentes residências espalhadas. Em algumas, as criaturas entravam e arrastavam consigo humanos mortos. — Como os humanos dizem: hora da janta.

Juntos, eles partiram rumo à cidade macabra. Alexandre aproveitou a situação para dar uma olhada dentro da moradia, procurando por qualquer vestígio que fosse de sua família. Deduziu que deveriam estar em alguma cabana próxima à entrada do porão.

Ele revirou tudo com pressa, buscando por algo, até que achou uma foto de sua esposa e filho jogada no chão. Alexandre começou a chorar, esquecendo-se do tempo enquanto entrava em desespero. Logo, um barulho começou a chamar sua atenção. Era algo frenético e repetitivo. O som seco de um osso batendo no outro se aproximava. Com medo, olhou ao redor, procurando o que causava aquele ruído. Alexandre paralisou, o som estava atrás dele.

Ele pressionou as pálpebras, nervoso com o que estava por vir, então se virou. Uma das criaturas batia os dentes com uma rapidez impressionante e macabra, sua boca parecia um triturador de carne. O ódio no olhar do bicho fez o coração dele parar por um momento. Sem muitas opções, Alexandre virou uma mesa feita de ossos e pele humana em cima da criatura e saiu correndo de volta a escada que dava acesso à sua casa.

O chão era liso e, a cada escorregão, Alexandre se manchava ainda mais com aquela tinta vermelha que lembrava sangue, mas ele não tinha certeza do que era. A criatura era ágil e estava cada vez mais perto. Saiu do porão, fechando a porta em seguida. Alexandre abriu a porta da dispensa e pegou uma cadeira de madeira para travar o trinco da porta.

Com receio, subiu as escadas o mais rápido que conseguiu. Sabia que aquele bloqueio não duraria muito tempo. Assim que entrou no quarto, assustou-se com a criatura tentando tirar a faca da mão.

— O que você fez? — o bicho perguntou, bravo.

Podia-se escutar a porta do porão sendo forçada. Os chutes violentos contra a madeira eram escutados no andar de cima. Alexandre tirou a moça de dentro do guarda-roupa e a colocou no chão. Suas mãos sem luvas a tocaram, então as visões apareceram, mas não havia tempo para pensar nelas.

A pancada violenta na porta soltou a cadeira, liberando a passagem das criaturas para dentro da casa. O barulho fez a mandíbula de Alexandre se contrair. O ser preso na parede o observava, curioso.

A casa foi invadida por cinco seres. Com passos apressados, eles se trombavam enquanto subiam as escadas ferozmente. O barulho da correria era notável, e Alexandre engoliu em seco quando ouviu o som das unhas raspando o chão. Ele encarou a porta do quarto, esperando a entrada triunfante do grupo.

O suor correu em sua testa.

— Você está ferrado — disse a criatura presa na parede.

Alexandre puxou a arma da cintura e apontou para a moça no chão.

# 50

A porta foi escancarada com um chute, e, em segundos, as criaturas invadiram o quarto, amontoando-se umas em cima das outras, prontas para atacar Alexandre.

— Esperem! — gritou — Tá bom, eu a mato! — Todos pararam. — Eu só queria ver minha família. — Alexandre se emocionou com a imensa tristeza que tomou conta dele. — Por favor, não machuquem minha família.

Uma das criaturas indicou a moça com a cabeça para que ele a matasse. Os outros continuavam o encarando com ódio, esperando o momento certo de acatá-lo caso não cumprisse com o trato, enquanto um deles foi ajudar o bicho preso na parede. Alexandre, sem escolhas, pegou uma almofada da poltrona, no canto do quarto, e cobriu o rosto dela. Sentindo sua humanidade se esvair, fechou os olhos e atirou.

Ele caiu ao chão, encolhendo-se em um canto, chorando copiosamente. Enquanto seu mundo despencava sobre sua cabeça, as criaturas levaram a mulher morta para o mundo deles. Contudo, um deles ficou para trás, aproximando-se o bastante do rosto de Alexandre, a ponto de ele sentir o hálito quente de alimento azedo.

— Se você não nos servir, não existirá acordo nenhum.

— Eu não aguento mais isso.

— E você acha que gostamos de depender de seres inferiores como vocês? Estamos presos uns aos outros. Preferíamos estar em camadas diferentes, acredite.

— Camadas?

— É como uma casa — a coisa ponderou. — A estrutura de uma casa é composta por repartimentos. Em alguns quartos ficam as pessoas intelectualmente desenvolvidas, em outros as pessoas ignorantes, na cozinha ficam os mesquinhos... Não escolhemos estar nesse "cômodo" terreno, estamos presos aqui, mesmo tendo consciência de que temos a capacidade intelectual para estar em um nível superior. Sentimos como se fosse uma maldição termos acesso somente ao seu mundo.

— Isso é loucura.

— É? A Terra tem várias camadas. Sempre teve e sempre terá, mesmo que você não as veja. Existe a camada dos que vivem como mendigos em países de terceiro mundo, comandados por líderes corruptos. Existe os países desenvolvidos, dos ricos e dos intelectualmente desenvolvidos. Em qual você está? Em qual camada você escolhe viver todos os dias? Aquela em que encontra iguais que estejam na mesma sintonia? Nossas camadas são muitos diferentes, Alexandre.

— Vocês são loucos...

A criatura passou a língua no rosto de Alexandre, lambendo a lágrima que escorria antes de continuar:

— Você tem a oportunidade de evoluir como pessoa, evoluir seus pensamentos e condutas para ser uma pessoa melhor, mas escolhe não fazer, muito menos se esforça. Ah, Alexandre, você quer ficar sempre na camada abaixo do seu potencial? Rodeado de pessoas que têm a mesma sintonia de pensamento egoísta e mesquinho?

— Eu só vou continuar se você devolver a minha família.

— Por que os quer tanto de volta? Vai abandoná-los de qualquer maneira. Você se engana achando que ama sua esposa, mas nós sabemos que o amor não existe mais. Você iria abandoná-la para ficar com outra.

— Minha ficha só caiu depois que fui ameaçado de morte — murmurou.

— Que filosofia tocante — debochou —, mas não vai salvar sua família com isso.

— Eu já disse meu preço — gritou. — Só vou fazer o que estão me pedindo se entregarem minha família — repetiu, chorando de raiva, pois sabia que o julgamento que a criatura fazia dele era verdadeiro.

— Acho que você não entendeu — a coisa sussurrou. — Se não fizer o que é mandado, não irá vê-los. Alexandre, você viu com seus próprios olhos, o nosso mundo não é seguro para humanos.

— Eu me mato — ameaçou. — Vocês não me deixaram nada, minha vida acabou. Não tenho mais família nem dignidade. Fui transformado em um assassino.

— Você é mesmo tão egoísta?

— O quê?

Alexandre prestou atenção, controlando suas emoções, curioso com o que o ser falaria.

— Você só pensa no seu sofrimento. — Deu uma pausa. — E o sofrimento de sua família?

— Eles estão sofrendo?

— Você acha que eles estão se divertindo no nosso mundo?

Alexandre o encarou, nervoso.

— Se eles não voltarem inteiros, juro que acabo com vocês.

Os dois se encararam. Por fim, a criatura fez um acordo.

— Quando matar dez pessoas, eu devolvo sua esposa.

— E meu filho?

— Depois de mais dez.

— Como sei que vai cumprir a promessa?

— Não sabe — alegou, gargalhando. — Terá de confiar em nós. Isso vai me dar tempo para achar outro portal e substituir esse.

— Temos um acordo — confirmou Alexandre.

— Não quero mais problemas de sua parte. Se continuar nos dando trabalho, sua esposa e seu filho morrerão, então deixaremos você viver para sofrer com as consequências de suas ações. Se eu fechar aquele portal, você nunca mais nos encontrará.

— Não vou causar problemas — afirmou, enxugando as lágrimas, tentando se manter firme.

A criatura partiu sem dar as costas para ele, descendo a escada de frente para o quarto com os olhos amarelados o encarando raivosamente. Assim que ficou sozinho no silêncio, Alexandre desabou; o choro brotou com uma força descontrolada.

# 51

Diante do espelho do banheiro, Alexandre tirou a camiseta e viu que a mordida da criatura tinha deixado um machucado mais feio do que tinha imaginado. Ele pegou o kit médico de baixo da pia. Assim que encontrou a água oxigenada para limpar o ferimento, puxou a tampa do frasco com a boca, cuspindo-a longe e despejou o conteúdo na ferida. O líquido espumou, e Alexandre gemeu, virando o rosto contorcido de dor. Passou uma pomada e tomou um anti-inflamatório, usando a água da própria torneira para ajudar o comprimido a descer. Por fim, enfaixou o ombro com ataduras e caiu na cama.

Foi quando lembrou da moça que havia matado. As memórias ainda estavam limpas em sua mente, perturbando-o.

o

Débora era seu nome. Havia acabado de entrar no curso de letras. Mesmo sendo uma garota romântica, não tivera relações com nenhum homem, pelo menos até aquele momento. Isso mudou quando conheceu Ricardo, o rapaz mais popular de sua sala. O discurso dele – que um dia se tornaria o novo Thomas Hardy da literatura – a encantara.

Havia de fato uma arrogância na fala repetida constantemente, mas Débora gostava da fé dele no futuro, que fazia questão de ilustrar sempre de maneira bela e florida. Ela achava uma grande sorte do destino que um rapaz como ele houvesse se interessado por ela. Pois, em sua visão, ela não passava de uma sem graça. Eles tiveram alguns encontros, todos quando saíam da aula, numa lanchonete próxima. Débora esperava que em algum momento ele a pedisse em namoro.

Certo dia, eles saíram juntos da faculdade, e Ricardo parou o carro em um lugar afastado da cidade, uma clareira no meio das árvores, próprio para namorados ficarem mais à vontade. O coração de Débora estava acelerado, pois acreditava que finalmente o pedido aconteceria. Rick tinha outros planos, no entanto.

Ele começou a beijá-la, ansioso e apressado. Logo, suas mãos desceram para seus seios. Ela afastou as mãos dele, mas Ricardo as colocou de volta. Débora tentou se afastar novamente, mas ele empurrou a mão dela e apertou os seios com tanta força que ela chegou a soltar um gemido de dor.

– Você não quer, Débora? – perguntou, irritado.

– Não, não agora, pois ainda estamos nos conhecendo – disse, alisando o seio dolorido. – E você me machucou.

– Vamos, gata. – Rick pegou a mão de Débora e levou para o meio de suas pernas, queria que ela sentisse sua ereção. – Olha como estou, não vai me deixar ir embora assim, né?

– Para com isso.

Ela se afastou com vontade de chorar, desacreditando no que acontecia.

– Se eu for embora de pau duro, vou ter de me aliviar com outra – desdenhou.

Ela o olhou, incrédula com sua atitude, mas não teve tempo de desabafar sua tristeza, pois Rick partiu para cima dela. A moça o empurrou com toda a força que conseguiu reunir, mas a irritação latente do rapaz o fez perder a cabeça.

— Olha para mim e olha para você — gritou. — Você devia dar graças a Deus que eu quero te comer.

Ela deu um tapa no rosto dele, arrependendo-se em seguida, mas não teve oportunidade de pedir desculpas. O forte soco no rosto de Débora veio rápido e certeiro, fazendo-a desmaiar. Quando acordou, os dois estavam sem roupa, e ele, em cima dela, penetrando-a bruscamente, com força e rápido.

Débora tentou se libertar, assustada, mas ele era muito forte e pesado. Rick segurou os braços dela e forçou a cintura, mantendo-a travada. Ela mordeu o braço dele com força, o que o fez sair de dentro dela, afastando-se com a face contorcida e massageando o braço.

— Garota idiota — resmungou. Ricardo abriu a porta do carro e a empurrou com os pés, como se fosse um saco de lixo, jogando suas roupas em seguida. — Você é louca. Se contar isso para alguém, eu mato você — ameaçou, apontando o dedo.

Ele partiu, acelerando o carro, jogando poeira em Débora, nua e com o coração partido. A raiva fermentava dentro dela sempre que via Ricardo paquerar e sair com outras mulheres, usando livremente seus galanteios.

Meses mais tarde, quando foi doar sangue para um parente em necessidade de cirurgia, descobriu que havia contraído o vírus do HIV. Débora se entregou a um choro incontrolável. A dor vinha da alma, de suas entranhas. O ódio cresceu incontrolavelmente cada dia mais depois disso, deixando-a sedenta por vingança.

A moça não poderia ficar sem fazer nada, pois além de ter destruído a vida dela, Rick faria o mesmo com outras mulheres. Pensando nisso, armou a tocaia e esperou até que ele retornasse à clareira da floresta com outra garota. Sabia que ele faria isso, era sua natureza e não conseguiria evitar.

Quando aconteceu, ela caminhou até o carro sorrateiramente, abriu a entrada de combustível, colocou um pano e acendeu com o isqueiro. Afastou-se em seguida, chorando e pedindo desculpas em voz baixa para a desconhecida que o acompanhava.

O pano foi tomado pelo fogo até entrar no canal do combustível, atingindo o tanque. A explosão barulhenta iluminou o local e os estilhaços acertaram os outros carros. Assustadas, outras pessoas saíram dos veículos, ligando para a emergência, tentando entender como o carro havia explodido e se ainda havia alguém dentro dele.

Depois disso, Débora nunca mais foi a mesma. Não por Ricardo, sentia um estranho prazer ao saber que o havia punido, mas pela garota e pelas pessoas que se machucaram no efeito colateral. Ela estava morta por dentro. Não queria mais viver com essa culpa, simplesmente não conseguia, nem os remédios que o psiquiatra receitou aliviavam a mente punitiva.

Morrer e ser liberada de seus pecados era a sua luz no fim do túnel.

o

Alexandre rolava na cama, pois se sentia confuso e abatido. O machucado doía e parecia tê-lo envenenado, pois se sentia febril. O quarto rodava e sua cabeça latejava. Com o sonho, Alexandre entendera o que eram aquelas criaturas. A mordida o conectara com a pura existência daqueles seres, os zephoraneos.

# 52

No sonho, Alexandre viu sua casa. Sentia sua alma flutuando sobre ela, afastando-se lentamente, parando apenas quando tinha uma visão geral dos arredores. O mundo começou a regredir, voltar no tempo. As casas, as ruas e os prédios iam mudando pouco a pouco. Os carros passavam de modelos novos para os antigos, assim como as roupas das pessoas e todo o cenário ia se desconstruindo, até só existir vegetação.

Admirou aquela paisagem vazia por um tempo, mas algo chamou sua atenção. Acompanhou um macaco pulando entre as árvores até se machucar em um galho pontiagudo. No vasto espaço ao lado da terra, surgiu um planeta igual ao nosso, onde o mesmo macaco continuava sua jornada, como se não tivesse se machucado. Agora havia dois planetas e dois primatas, cada um seguindo um caminho e uma evolução própria.

Alexandre se afastou rapidamente, observando a formação de uma extensa rede de planetas paralelos. No espaço de distância entre aqueles planetas, havia dutos luminosos interligando uns aos outros. Entre eles, encontrou o planeta das criaturas que o atormentavam. Aqueles seres viviam em um planeta perto da Terra, ocultado pelas leis desconhecidas do universo paralelo. Por algum motivo, conseguiam acesso aos dutos conectados à rede de planetas com várias realidades diferentes.

Eram criaturas carnívoras, evoluídas da própria espécie humana através do multiverso e que seguiram outro rumo e evolução. Os zephoraneos exauriram a natureza do planeta deles muito além do que poderiam fazer para reverter o processo de destruição. A tecnologia deixara de ter importância, e tudo que fora criado após o colapso só servira para acelerar o processo de destruição planetária, trazendo mais poluição, e nenhum maquinário conseguira resolver o problema. O planeta estava morrendo; seu núcleo já não produzia calor como antes, levando a fauna e a flora à beira da extinção. Aqueles seres, então, foram obrigados a evoluir apenas mentalmente, demorando séculos para dar um novo salto evolucional, desenvolvendo novos dons mentais.

A escassez de alimento fez com que se tornassem canibais, iniciando a autodestruição da espécie. A evolução cerebral os ajudou a entender melhor o multiverso e suas leis, possibilitando que desenvolvessem a tecnologia necessária para acessarem a bolha temporal do nosso planeta a fim de conseguir a carne humana.

Não podiam interferir ou passar muito tempo no outro lado e a razão disso era desconhecida. Desse modo, não conseguiam levar para o seu mundo os seres humanos que matavam, usando de artimanhas para conseguir os corpos. O universo era repleto de leis misteriosas, e levava tempo para entender sua complexidade, se fosse possível compreender sua totalidade.

A única certeza que tinham era que não tinham total arbítrio nos planos paralelos. Foi por isso que passaram a abusar da mente humana para conseguir alimento. Na bolha temporal, os responsáveis por recolher carne trabalhavam, lembrando uma comunidade de formigas. O formigueiro possuía vários buracos para todas as partes do mundo. Não somente a Terra, mas também outras raças humanas, que se desenvolveram de forma diferente.

Muitos corpos eram levados pelos buracos para o planeta deles, onde serviam de alimento para toda a população – era uma nova forma de sobrevivência, que mantinha a espécie a salvo da extinção.

O planeta era conhecido como Zephor. Foi o nome que deram. À distância, visto do espaço, lembrava a Terra. Tudo era igual, os continentes, os estados e as cidades. O que destoava era a cor cinza permanente. Em cada país, a população se reunia e vivia ao redor de enormes pirâmides, altas e majestosas, construídas especialmente de rochas, metais e placas que lembravam os painéis de energia solar; a diferença era que esses em específico captavam a energia do cosmo, que agora podia ser absorvida com mais facilidade devido ao fraco magnetismo gerado pelo núcleo do planeta.

Toda a energia captada era levada ao centro oco da pirâmide e dali se espalhava como um conduíte para outras pirâmides menores, cada qual em uma lateral. Ali, um xamã usava um dos seres do próprio planeta, vasculhando sua mente à procura de outro igual a ele na rede de universos paralelos. Assim que fosse encontrado, com as condições perfeitas de se ter uma mente fraca e manipulável, o ser na mesa era assassinado, pois aquela pessoa deixaria de existir naquele mundo, burlando assim a regra: dois corpos não ocupam o mesmo lugar no tempo e no espaço.

Alexandre teve seu igual assassinado no planeta dos zephoraneos.

A única maneira dos seres humanos descobrirem que eram vigiados e usados era através de fotos. Quando um duto começava a se alinhar entre a residência terrena e Zephor, a energia de ligação entre o humano e o ser podia ser captada pelo flash da máquina fotográfica ou do celular. Essa onda eletromagnética gerada revelava a projeção dos seres ligados a eles.

# 53

Alexandre acordou assustado com a revelação. Aqueles seres eram mais antigos do que podia imaginar. Agora estava claro como o dia que ele não se livraria daquelas criaturas tão facilmente. Mesmo que chegasse a conseguir tal feito, todo o processo de usar seres humanos como alimento continuaria em outros lares. Contudo, tudo o que lhe importava era salvar sua família. Ele sabia que o casamento estava acabado, mas amou a vida que teve ao lado dela, assim como amava o filho que tiveram. Por respeito e agradecimento à história dos dois, não a abandonaria.

Alexandre começou a acreditar que a única maneira de os salvar seria se sacrificando no processo. Depois da revelação, não existia mais dúvidas: ele morreria para salvar seu filho. Ele refez o curativo do machucado, que ainda latejava de dor, trocou de roupa, tomou analgésicos e foi até a porta do porão.

— Eu vou sair, mas volto logo — gritou para que ouvissem. — Não precisam se preocupar. Nosso acordo está firmado! — esbravejou, olhando a escada.

Sem resposta, preferiu acreditar que haviam escutado de alguma forma, pois não queria que os zephoraneos controlassem a mente de mais ninguém. A maneira descartável que tratavam a vida humana era horrenda demais para ele e, só de pensar nisso, seu ódio aumentava ainda mais.

Com o carro, atravessou a cidade até a casa de sua mãe, decidido a pôr um fim definitivo naquela loucura.

# 54

A mãe de Alexandre, Tina, morava em um conjunto de apartamentos pequenos e aconchegantes. Ele já havia pedido incontáveis vezes para que ela se mudasse devido às escadas. Na sua concepção, idosos e escadas não combinavam; eram tantos lances que até mesmo para ele, que praticava exercícios, era cansativo, isso nas raras vezes que a visitava. Mesmo assim, ela se recusava veementemente, dizia que aquela casa representava os anos felizes que vivera com seu marido. Alexandre achava aquela declaração um pouco bizarra, afinal fora naquele apartamento que seu pai passara muito tempo acamado devido à esclerose múltipla no fim da vida.

Estaria ela sendo sarcástica? Alexandre descartou aquela possibilidade quando recordou que naquela época o pai não traía mais a mãe, ele se conformara com a doença e entendera que deveria dar atenção à mulher que cuidava dele. Tina, com a atenção do marido só para si, alegrara-se. Era evidente que, apesar de tudo que seu pai fizera, sua mãe o amara incondicionalmente e o tratara como um rei por toda a vida, em especial no fim dela.

Alexandre podia não entender o real motivo, mas respeitava os desejos de Tina e não tocara no assunto desde então, embora pensasse em retomar aquela conversa toda vez que a visitava. Na verdade, esperava que Julia pudesse ter a mesma atitude de sua mãe, que o perdoasse e o aceitasse para que ele tivesse a chance de se dedicar ao casamento sem cometer erros novamente.

Antes de apertar a campainha, alisou o ombro. A mordida da criatura ainda reclamava com uma dor incômoda.

Tina abriu a porta e, assim que avistou seu filho, exalou um suspiro abafado de surpresa.

— Minha nossa! Isso é um milagre? — disse por fim.

— Menos, mãe. Não é para tanto — falou, sem graça.

— É, sim. Você raramente me visita — disse, pausando. — E não venha me dizer que é por causa dessa situação, pois antes disso acontecer você também não vinha. Nem quando seu pai estava doente.

— É mesmo?

Alexandre pensou sobre aquela informação, tentando lembrar o quanto daquilo era verdade.

Tinha passado muito tempo focado no trabalho, nas contas a pagar, na academia, nos problemas que o afligiam, em resmungar para os amigos do trabalho que a vida moderna roubava todo o tempo com seus pais e, quando finalmente tirava férias, ia para o mais longe da cidade, alegando que precisava descansar da correria do dia a dia.

Alexandre nunca parou para pensar naquela hipocrisia, nunca notou que passava meses e meses sem visitar seus pais. Só agora, com aquela bronca materna, passou a refletir sobre seus erros, chegando a essa conclusão.

Continuou olhando para a mãe, ainda sem dizer uma palavra. Pensava na quantidade de fotos que tinha nas suas redes sociais em várias praias do Brasil, em diversas festas e jantares, mas não tinha nenhuma com ela ou com seu pai.

Lamentavelmente, sem que percebesse, os pais deixaram de ser uma prioridade, de ter importância em sua vida.

Ele desviou o olhar, envergonhado, sentindo a tristeza brotar dentro dele tal qual uma semente brota entre as frestas do concreto. Era um infortúnio tomar conhecimento de seus erros justo naquele momento, quando não teria mais tempo para corrigi-los, pois ele tinha certeza de que deixaria o mundo naquela noite.

Entrou no apartamento sem cerimônia, sentando-se em uma confortável poltrona. Tina foi direto para a cozinha, de onde tinha a vista para Alexandre por sobre a bancada que fazia divisão dos cômodos. De imediato, começou a fazer um café. Sabia o quanto ele gostava do frescor da bebida recém-coada. Alexandre observou a mãe e se lembrou de Sandra; a memória embrulhou seu estômago. De algum modo, a sensação prazerosa que ele recebera quando tocara Sandra ainda estava dentro dele.

– Então... sabe que tenho me esforçado para não te ligar.

Ela jogou o café antigo dentro da pia.

– Eu imaginei, mãe – resmungou, desviando o olhar.

– Alguma notícia?

Ela não tirava os olhos dele enquanto lavava a garrafa.

– Sim, tive. Por isso vim aqui – mentiu, mas não completamente.

– Minha nossa. Graças a Deus. E você não me fala nada? E meu neto? Ele está bem?

– Estou falando agora. Está sim, você vai vê-lo logo.

– Graças a Deus – suspirou. – Eu tentei não me preocupar, sei que Julia cuida muito bem dele, mas mesmo assim... Coração de vó, né...

— Eu também pensei isso. Não é preocupação só de vó, não.

— Ela quem ligou?

Tina parou de fazer o café, prestando total atenção nele.

— Sim, foi — respondeu sem encará-la.

— E o que mais? Por Deus, fale logo.

— Vamos nos encontrar amanhã e acertar a situação.

— Então irão reatar?

Ela abriu o coador de papel, dobrando as pontas.

— Não, mãe. Isso não tem volta. Eu acho — lamentou.

Tina sentiu pela notícia. Colocou a água para ferver, o pó no coador e foi se sentar, empurrando o material de tricô para o outro lado do sofá.

— Tenho até medo de saber o que você aprontou para ter deixado ela tão irritada a ponto de sumir e não querer mais tentar manter o matrimônio. Tem mais coisa nessa história que não me contou?

Tina não tirou os olhos do filho, esperando uma resposta que não veio.

Alexandre encarava a parede em silêncio, tendo outro flash da briga entre eles.

o

— Você se apaixonou por outra pessoa? — Julia questionou, curiosa e irritada.

— Sim — lamentou Alexandre.

— Mas não tiveram nada?

Arqueou a sobrancelha.

— Não — mentiu, jogando o olhar para baixo.

— Seu mentiroso! Eu te conheço, sei que está mentindo. Como pôde? Por que fez isso?

— Eu sinto muito.

Os olhos refletiram sua alma quebrada.

— Você confirma? — gritou.

*o*

— E agora, como vai ser? — perguntou ela, olhando para a cozinha, imaginando se a água já estaria fervendo.

Alexandre voltou à realidade.

— Em que sentido? Você sempre faz perguntas que têm inúmeras respostas.

— Vai deixar a casa para ela? — Quis saber.

— Não sei ainda. Talvez ela volte para o sul.

Ainda sentado, Alexandre acompanhou a mãe voltar para a cozinha.

— Não, não pode deixar isso acontecer. E seu filho? Quando poderá vê-lo?

Tina levou a mão ao peito.

— Não sei se ela vai voltar, só pensei alto.

— Minha nossa. — Ela colocou a água fervida no coador. — Agora não vou conseguir dormir direito até que isso se resolva.

— Não sofra antes do tempo, mãe. Nós nem conversamos ainda, foi só um pensamento.

O cheiro de café se espalhou pela casa, e o silêncio se formou novamente.

Julia o olhou, curiosa.

— Onde vocês transaram? — Analisava a sala, tentando imaginar onde a traição ocorrera. — Você não iria para um motel, sei que não. Não correria o risco de usar o cartão ou sacar dinheiro, pois eu veria o extrato. Você é covarde demais para se arriscar. Sempre ficou esperando os outros se arriscarem por você. — Alexandre baixou a cabeça, olhando para o chão da sala. — Aqui? — Julia apontou provocando, seguindo o olhar dele. — Onde seu filho fica todo dia? — Ele não respondeu, então ela gritou: — Foi aqui?

— Não grite, vai acordar o Matheus.

— Se não responder, eu faço questão de acordá-lo para saber a índole do pai que tem!

— Sinto muito, Julia.

Alexandre se entregou à situação.

— O quê? Como assim?

— Eu estava realmente apaixonado e ia te deixar.

— Seu ordinário! Como tem coragem? Espera... — Ela parou de repente. — Ia?

— Ela morreu.

Ele estava a ponto de desabar em lágrimas. Estava se segurando para não deixar tudo pior.

Julia deu um forte tapa no rosto de Alexandre.

— Você alguma vez me amou?

— Eu sempre te amei e sempre vou amar.

— Mas não sente atração por mim?

– Não é isso. – Uma lágrima escorreu. – Por um momento esqueci do quanto te amava.

– Então, no fim das contas, se eu quiser continuar com você, tenho de agradecer a Deus por alguém ter morrido.

Julia andava pela sala, nervosa, gesticulando.

– Por que você fez isso comigo? – Ela chorava. – Você é o amor da minha vida. Por que tinha de me contar a verdade sabendo que isso mudaria tudo?

– Não quero mentir para você.

– Pois deveria – comentou. – Como vou confiar em você agora que sei a verdade?

– Você é o amor da minha vida.

– Mentiroso. – Ela sustentava o ódio descontrolado no olhar. – Por que continua repetindo mentiras? – O descontrole a fez esbofetear Alexandre várias vezes enquanto ele se defendia com os braços. – Eu fiz de tudo por nossa família. Tudo! Você nem imagina as coisas que fiz para nos proteger e é assim que você retribui? – Cuspiu nele. – Eu tenho nojo de você. Nojo!

– Perdão, Julia.

– Nunca mais eu quero te ver. Nosso casamento acabou.

# 55

— Mãe...

Ela levantou os olhos assim que terminou de preparar o café, sentindo dentro de si o lamento do filho.

— O que foi? Pode desabafar.

— Eu mereço tudo que está acontecendo comigo.

Tina suspirou fundo enquanto enchia as xícaras. Quando terminou, entregou uma para ele, sentando-se novamente.

— Não diga isso.

— Eu não sou a pessoa que pareço ser. Na verdade, acho que não sabia quem eu era até agora. Sinto como se alguém tivesse entrado na minha cabeça e tivesse bagunçado todos os móveis. Eu preciso colocar tudo no lugar, mas não sei qual é a posição certa de cada mobília.

— Isso não é completamente ruim — ela afirmou. — Pelo menos você está se descobrindo. Tem gente que passa a vida sem se conhecer. — Ambos deram um gole no café antes de Tina continuar: — Além do mais, ninguém é o que parece, meu filho. Todos nós temos nossos segredos e não saímos por aí os exibindo. Você acha que em mais de quarenta anos de casamento, eu nunca me imaginei com outro homem?

— Já? — Alexandre questionou, prestando atenção.

— Claro! Seu pai não me via, nunca estava em casa. Eu me sentia solteira, pois passei a vida implorando pela atenção dele. – Chacoalhou a cabeça. – A diferença é que nunca tive coragem de consumar nada.

– O pai teve coragem – murmurou. – Sinto muito por isso.

– Não sinta – repreendeu. – Ele não era uma pessoa ruim, apenas fraco. – Ambos se olharam por alguns minutos, pois os dois sabiam que a carapuça servia em Alexandre. – Eu sempre soube que você teria uma vida difícil – desabafou. – Assim como foi com seu pai.

– O que está dizendo?

– Pessoas bonitas e atraentes sempre se metem em confusão. – Alexandre balançou a cabeça, discordando da mãe, mas ela continuou: – É como um farol atraindo barcos desesperados por uma luz, perdidos.

– E o que isso tem a ver? – resmungou, ainda não comprando a ideia vendida.

– Isso lhe dá muitas opções. Como uma criança em uma loja de doces, onde todas as guloseimas competem para chamar a atenção do miúdo. Algumas pessoas não têm o dinheiro para pagar a compra e levar o que querem para casa. Você e seu pai sempre tiveram como pagar todos os doces que queriam. – Alexandre olhou para ela, tentando compreender a analogia. Diante da visível dúvida no rosto dele, Tina explicou: – O dinheiro ao qual me refiro é a beleza e atrativos.

Finalmente entendendo, o olhar de Alexandre caiu.

– O que devo fazer?

– Se o seu casamento não dá mais certo, deixe que acabe e viva da maneira que você quiser – frisou a mãe. – Mas se ainda quer tentar, vá e lute por isso. Lamentar e resmungar não vai resolver nada.

Alexandre engoliu em seco. Não tinha coragem de continuar a conversa. Não estava pronto para isso, embora pensasse o contrário. Aliás, estaria morto em breve. Ele não queria que a última lembrança de sua mãe fosse aquela. A única razão que tinha para estar ali era a despedida, embora Tina não fizesse ideia disso. Era penoso premeditar o fim da vida. Não conseguiria conter o choro se ficasse olhando para sua mãe por mais tempo.

– Eu preciso ir.

– Mas já? – lastimou.

– Sim.

– Me ligue assim que conversarem, promete? – Alexandre não conseguiu prometer algo que acreditava que não cumpriria. Limitou-se a abraçar a mãe com todo carinho que existia dentro dele, deixando Tina ficar emocionada com o afeto caloroso. – Vai ficar tudo bem, meu amor. Fiquei feliz com a conversa que tivemos hoje, há tempos não sentia essa conexão entre a gente – concluiu.

– Mãe, não importa o que aconteça, eu te amo. Nunca se esqueça disso.

Abraçou-a ainda mais forte.

– Também te amo, meu filho.

Pela janela, Tina observou Alexandre entrar no carro e partir. Estava emocionada e com uma leve preocupação. Apesar de ter gostado de ver o filho se abrir, receava que algo ruim estivesse provocando isso.

Algo muito pior do que o fim do casamento.

# 56

A delegacia lembrava uma feira a céu aberto, com o som dos gritos entusiasmados, junto com conversas aleatórias, fundindo-se em um barulho descomunal. Contudo, ele só estava na delegacia, acomodado na mesa costumeira, tentando controlar a respiração para não surtar com o excesso de barulho.

Ele mantinha a cabeça apoiada nas mãos, praguejando o quanto era difícil se concentrar. Toda vez que tentava ignorar a sinfonia, acabava focando sem querer nas conversas laterais, que puxavam sua atenção para algum meliante declarando que não era culpado e que o quilo de cocaína que a polícia encontrara não pertencia a ele, mas a um amigo cujo nome não lembrava.

William revirava os olhos sempre que escutava a mesma desculpa esfarrapada.

A verdade era que, depois de anos de trabalho, William tinha se acostumado com a rotina da delegacia, mas nos últimos dias tudo o irritava mais que o normal. Halvez tentava cavar seus segredos e despertar nele sentimentos que não queria lembrar que existiam dentro de si, mas não adiantava de nada. Além disso, sentia-se fracassado por acreditar que Alexandre era inocente, principalmente porque não adiantava investigar a cidade toda se a resposta que procurava estava com ele.

William amassou o último documento que encontrara e o jogou no lixo, jurando a si mesmo que não perderia tempo revirando papeladas. O documento se referia ao seguro de vida da família e, como suspeitava, não havia motivo ali. Pelo contrário, o seguro de vida que existia era para Julia e Matheus caso Alexandre morresse, não contrário. Ele passou as mãos nos cabelos, jogando os fios para trás. Depois, bateu no paletó, conferindo se ainda tinha cigarro. Como de costume, foi para a lateral do prédio, onde tudo era mais calmo e vazio.

A primeira tragada teve um efeito quase fármaco para a ansiedade, relaxando-o mesmo que por breves segundos. Quando deu a segunda tragada, sentiu um toque delicado em seu ombro; foi tão leve que ficou em dúvida se realmente era um toque humano ou apenas seu ombro tremendo devido ao estresse. Em nenhum momento percebeu alguém se aproximar.

Virou a cabeça vagarosamente, pronto para revelar o incômodo para a pessoa que o puxava de volta à realidade. Halvez estava parado ao seu lado. William ficou sem reação enquanto o rapaz sorria, sem graça.

– Devo deduzir que não comparecerá mais às nossas sessões? – Ele parecia nervoso. Ao perceber que William estava genuinamente confuso com aquele questionamento, completou, batendo o dedo no relógio: – Você tinha uma sessão comigo agora.

– Ah, droga – praguejou enquanto observava Halvez colocar uma pasta que carregava em cima do capô do carro. – Eu realmente esqueci. Muita coisa na cabeça. Foi mal – mentiu, desviando o olhar.

– Se você tivesse se lembrado, teria ido?

Cruzou os braços na frente do tórax.

# 57

O investigador olhou para os lados antes de responder.

— Acho que nossas sessões estão comprometidas — informou, dando um trago no cigarro.

William estava tenso com a situação que o acometia e com o que poderia acontecer. Halvez, por outro lado, observava o investigador fixamente. Ele realmente havia se interessado por William, um homem acima de suas expectativas que, além de bonito, era uma boa pessoa.

Riu de si mesmo naquele momento de tensão, porque se interessou de tal maneira a ponto de deixar de lado o que aprendera na arte de clinicar. Ele investiu, arriscou e foi recusado. Agora, precisava juntar os cacos quebrados e continuar em frente, policiando-se para não cometer os mesmos erros.

— Olha, vou ser sincero... — começou Halvez, mas titubeou ao ver que William o olhou diretamente, o que o deixou apreensivo, pois não era uma atitude frequente. Mesmo assim, continuou, pois precisava aproveitar o momento e resolver a situação. — Eu peço desculpas pela forma como conduzi nossa última sessão. Não foi a melhor abordagem, me deixei levar por sentimentos e não agi de forma profissional. Foi um erro e ele não vai se repetir. Gostaria muito de sua compreensão a respeito disso.

William o encarava completamente, sem desviar os olhos. Halvez começava a sentir um leve tremor de tensão nas extremidades, mesmo assim, ou talvez exatamente por isso, continuou a falar sem parar, pois, era a sua melhor defesa contra William, que conseguia desestabilizá-lo completamente.

— Também sei que nossas sessões se tornaram difíceis de continuar depois que revelei minhas intenções com você. Acredite, estou muito sentido comigo mesmo pela minha falta de profissionalismo.

Halvez parou por um segundo, dando a chance para que William pudesse dizer algo. Esperando por uma palavra de consolo que não foi dita, recebia do investigador apenas um olhar direto, quase sem piscar, o que fazia Halvez se sentir cada vez menor, enquanto William parecia aumentar de tamanho, tomando conta de todo o espaço ao redor deles.

William olhou para os lados, tenso por estar sozinho com Halvez. Apesar da lateral do prédio ser deserta e terem como companhia apenas uma viatura estacionada, ele não conseguia relaxar. Os outros policiais estavam ocupados dentro do prédio, apenas um ou outro entrava e saía da delegacia de vez em quando, sem notar os dois.

— De qualquer forma... — Halvez tirou um papel da pasta. — Eu assinei sua liberação. Só peço que me prometa que não vai perder a cabeça de novo ou ficarei em maus lençóis.

Esticou a mão, entregando o papel para William, que o pegou educadamente, ainda sem dizer uma palavra. William tinha o poder de desativar a razão de Halvez, que passava a ser guiado apenas pela emoção. O investigador olhou para o papel cautelosamente e devolveu ao psicólogo.

Justo naquele momento, três policiais saíram do prédio e olharam para eles, o que foi o suficiente para assustar William e deixá-lo ainda mais apreensivo. Um rumor podia surgir e se espalhar como rastro de pólvora aceso por todos os departamentos.

— Ainda hoje entrego o parecer para o sargento — revelou. — Só peço que o que aconteceu aqui, permaneça aqui — pediu Halvez.

William o olhou por um momento, cheio de pensamentos para expressar, mas sem coragem de soltar uma única vírgula que fosse. Halvez era um rapaz que chamava a atenção e tinha exatamente tudo que ele apreciava. Era cuidadoso com a aparência e consigo mesmo, tinha uma beleza única que se encaixava com sua personalidade.

Mesmo de forma inconsciente, William começou a pensar como seria se aquela amizade se estendesse até o sexo. Como faria aquilo, no entanto, era uma incógnita, pois nunca sequer pegou na mão de alguém com outras intenções. Tudo que sabia sobre sexo era resultado dos vídeos pornô que assistia. Ele era inteligente o suficiente para saber que aquilo que via não refletia a realidade.

Ele deveria parar de ver pornografia, pois ela só aumentava seu desejo que, naquele momento, era tão forte quanto uma locomotiva a trezentos quilômetros por hora se chocando contra um muro.

Respiraram fundo antes de William quebrar o silêncio.

— Te agradeço — disse por fim. — É algo a menos para eu me preocupar.

Sorriu, olhando discretamente para os lados. Ele deu mais uma tragada no cigarro, jogou a bituca no chão, pisando em cima, rindo para si mesmo — o tipo de sorriso de quem está prestes a perder a sanidade. Olhou para os lados, arregalando os olhos e respirando fundo. Halvez observava o investigador travar uma luta interna, pronto para dizer algo que insistia em ficar preso na garganta.

— Diga algo, por favor — implorou Halvez. — É óbvio que você não está bem. Eu te liberei das consultas, não sou mais seu psicólogo, mas posso te ajudar como amigo. Eu sei que você é hétero...

— Halvez... — Tentou interromper.

— Não, espera. Eu preciso falar isso. Eu sei que você é hétero e não tenho nenhuma intenção com você além da amizade.

Halvez riu para tentar quebrar o gelo. William balançou a cabeça negativamente, agoniado consigo mesmo, revoltado com o fato de não conseguir expressar suas emoções.

— Eu não sei... talvez em outra realidade eu seja um cara menos fodido mentalmente, entende? Onde possa viver livremente, sem me punir por meus pensamentos ou desejos. Sei lá, tanta gente se gosta e se aceita... Por que não posso ser assim?

— Outras realidades são reflexo de nossa própria mente. Temos uma infinidade de mundos dentro de nosso cérebro, William, todos conectados como portais. Em uma dessas realidades, podemos escolher ser um bom pai de família ou um boêmio. Se alguém nos magoa, podemos escolher uma realidade em que revidamos ou uma em que perdoamos. Só precisamos aprender qual acessar e nos manter firmes na escolha, firmes o suficiente para que nossa escolha se torne hábito. Não podemos viver todas as opções, assim como dois corpos não ocupam o mesmo lugar no tempo e espaço. Escolha em qual dos seus mundos quer viver e foque nisso, pois o resto nada mais é do que ramificações que só te desviam do caminho.

— Esse é o problema: passei tanto tempo em um único mundo que, mesmo sabendo que ele não é o melhor para mim, agora tenho medo de cruzar a linha para o outro lado. Não sei o que vou encontrar lá.

— Eu posso te mostrar a linha, mas cruzá-la depende de você.

— Eu realmente agradeço a amizade oferecida, mas... não perca seu tempo com caras como eu. Você pode acabar sendo arrastado para o buraco comigo.

— Você, com todo seu mistério e silêncio. — Riu sozinho antes de continuar: — Você pode achar que é o tipo de pessoa que passa despercebida na multidão, mas não é. Você é muito mais atraente do que alguém que se esforça para se destacar. Você é o tipo de cara que torna a vida interessante. Os outros tiram fotos bonitas nas redes sociais, são malhados, estão cheios de curtidas e de mulheres e se acham importantes, mas não passam do comum, do banal e do simples. Você tem profundidade nas suas personalidades, sente tanto que chega a doer. Você transmite vida, não aparência.

William olhou para Halvez, surpreso com o desabafo sincero e ainda mais surpreso porque não via a si mesmo daquela maneira. A tensão aumentou dentro dele, seus olhos não paravam de ir da direita e para a esquerda, sempre conferindo se alguém estava olhando. Agora que Halvez falava tudo que queria, ficou ainda mais preocupado de alguém escutar a conversa.

— Mas não acredito que sou assim, Halvez.

William se mexeu, inquieto.

— Não importa, as pessoas ao seu redor acreditam em você.

Halvez respirou fundo ao terminar de se expressar, feliz por ter desabafado, mas um pouco preocupado se tinha exagerado.

— Eu sei que deveria ficar feliz por você me ver assim e por todos esses elogios, mas eu não sinto nada. Nada — alegou, batendo no próprio peito.

— Sim, você sente. Sente tanto que precisa fingir que não sente para poder suportar.

Ambos se olharam em silêncio.

William pensava no quanto Halvez seria o cara perfeito para ele, ainda mais por ser psicólogo e conseguir entendê-lo caso resolvesse se aceitar. Halvez pensava no quanto corria risco de se interessar ainda mais por William conforme ele entrasse mais em sua vida. Chegou a titubear se deveria levar adiante aquela amizade.

– Eu realmente preciso ir, William. – Olhou para o relógio. – A gente se vê por aí.

Havia uma tristeza visível em Halvez, o que fez William sentir uma pontada de desânimo também, pois a última frase parecia uma despedida. Começava a ver Halvez não como um inconveniente que queria descobrir seus segredos, mas como a melhor chance que tinha de um dia se sentir bem consigo mesmo. Tomou a decisão de fazer aquilo que lhe restava, já que não conseguiria se declarar, não ainda. Ele resolveu deixar uma dica que demonstrasse explicitamente o que ele era e o que possivelmente faria Halvez não desistir dele.

# 58

Desconfiado, olhou para todos os lados novamente. Mesmo não havendo ninguém próximo deles, estava apavorado, sentindo a pele queimar e o suor se formar na palma de sua mão. Lutando contra o medo, desencostou da parede e esticou a coluna antes de descruzar os braços e andar até Halvez, que ficou encurralado e sem reação entre a viatura e o enorme homem à sua frente.

Confuso e surpreso, o psicólogo olhou para o investigador, seu cérebro trabalhava intensamente, repassando a conversa para encontrar uma justificava da investida de William. Sentiu calor exalar de seu organismo, enquanto William se aproximava, ficando apenas a um palmo de distância. Mesmo tremendo, William invadiu completamente o espaço pessoal do rapaz.

Queria sussurrar no ouvido de Halvez: "Obrigado mais uma vez, Halvez. Vamos marcar de tomar uma". Contudo, a voz não saiu, e o celular tocou, deixando os dois em alerta, como se tivessem ouvido uma sirene. Ambos se olharam confusos, sem saber qual celular estava tocando. Somente no segundo toque William se deu conta de que era o seu, e, ainda assim, só porque Halvez indicou o bolso de sua calça com os olhos.

— Acho que nós temos o mesmo toque de celular — Halvez disse, envergonhado.

— É o toque padrão do aparelho, nada demais.

O investigador tirou o celular do bolso, conferindo o número que ligava; Halvez notou que a mão de William tremia.

— Alô? — atendeu, virando-se de costas para o rapaz.

— Preciso de sua ajuda. — A voz de Alexandre estava embargada.

— Eles fizeram contato, Alexandre? Já sabe o que querem?

William tapou o outro ouvido com o dedo.

— Eles sempre fazem contato.

— Vou acionar alguns amigos para dar reforço.

— Não, por Deus! Não diga nada a ninguém.

— Só eu e você? Perdeu o juízo?

Halvez apenas ouvia, curioso e preocupado com a conversa.

— William, não tem como eu te preparar para isso. Você precisa ver com seus próprios olhos.

— Você está me preocupando, cara.

— Me encontre em casa. Eu explico tudo.

— Estou indo para lá.

O investigador desligou o celular, colocando-o no bolso. Pensativo e nervoso com a situação, acabou se esquecendo momentaneamente de Halvez.

— Está tudo bem? — Halvez questionou, pois prestara atenção na conversa.

— Está, sim. Coisas do trabalho.

William tentou não passar preocupação em sua voz. Ele mirou os próprios pés, pois a distração da ligação deu tempo para o investigador se arrepender de sua investida. Ele fraquejou e deixou o medo se apossar de seu ser novamente. Suas expressões vocais e corporais haviam mudado ao se direcionar para Halvez, e a última frase não passara nada além de uma resposta automática, que servira de muro para se defender do exterior.

Os dois se olharam antes de William partir sem dizer nada.

Halvez desabou sobre o capô da viatura, imaginando se realmente existia algo acontecendo entre eles.

# 59

Quando Alexandre chegou em sua casa, William já o esperava. A delegacia era mais perto de sua residência do que a casa de sua mãe. Ele desceu do carro e caminhou até o investigador com um olhar firme e preocupado.

– Aonde vamos? – perguntou William, curioso.

– Para dentro de casa. – Apontou Alexandre. Os dois olharam para o sobrado. Parecia mais assustador do que realmente era. – Você precisa confiar em mim, William – suplicou. Os dois entraram na casa, parando no meio da sala. Alexandre encheu dois copos de uísque e ofereceu um para William. – Tome. Você vai precisar. – Dizendo isso, virou o seu copo, engolindo toda bebida em um único gole.

William o olhou com curiosidade.

– Está tudo bem?

– Toma – ordenou Alexandre. – Senão, não vai aguentar a realidade.

– Quer me falar o que está acontecendo?

Alexandre se serviu de outra dose, mas desta vez não bebeu tudo. Perdido em pensamentos, caminhou até a parede e, de costas, deslizou até o chão, desabando e permanecendo sentado.

William observou Alexandre pensar, insatisfeito com aquele silêncio. O homem do outro lado da sala tinha um olhar vazio, e o investigador se identificou, pois Alexandre parecia quebrado, assim como ele. William tirou o paletó, deixando-o em cima do sofá, e ficou apenas de camisa e coldre. Sem saber exatamente como agir, sentou-se ao seu lado.

— Me diga a verdade de uma vez. Deixe que eu faça meu trabalho e prenda os bandidos.

Alexandre o olhou, emocionado, e bebeu um longo gole de uísque, molhando as palavras que viriam.

— Sabe no que estava pensando sem parar esses dias? — Ele não esperou William responder. — Na verdade, analisando retoricamente minha vida, concluí que já infringi quase todos os dez mandamentos. Só faltava um. — Era o quinto mandamento, não matarás, mas isso ele não confessaria para William, pelo menos até o investigador descobrir sobre os seres. Alexandre respirou fundo, lamentando a própria índole. — Agora não falta mais, porém o que é religião? O que é Deus, anjos ou demônios agora que sei de tudo? As pessoas vêm aqui acreditando em um anjo, em um plano superior e na salvação, quando na verdade nada disso existe, é apenas uma ilusão. Eu vi a realidade dos seres tal qual são e agora tenho certeza de que nada disso existe. Nem anjo, nem céu, nem inferno. Apenas um medonho universo paralelo. Mas as vítimas não sabem disso e, mesmo sem a certeza, continuam acreditando na religião. — Riu de si mesmo. — Não sei por que estou preocupado com os crimes cometidos sobre os dez mandamentos já que nada disso existe — finalizou.

William retribuiu o sorriso em sinal de simpatia e coçou a barba enquanto analisava as palavras de Alexandre.

— Nada do que disse faz sentido, mas vou entrar nessa reflexão hipotética. Você fala sobre religião, mas na verdade o que descreve é a fé. São coisas diferentes. Não importa se existe ou não, mas a vida é melhor se acreditarmos em algo. Há pessoas que não matam, pois não querem ir contra a lei de Deus. Outras, aprendem com os pais que é errado. Algumas têm medo de ser presas. Seja lá qual for o motivo, o resultado é o que importa.

Ele deu um pequeno gole no uísque e continuou:

— Eu já vi homens espancarem mulheres e cometerem assassinatos a sangue-frio porque não acreditavam em nada, não tinham nenhum tipo de fé ou esperança, ou medo da punição. Então acho que a fé é importante, sim. Seja em Deus, seja no ensinamento paterno ou fé na justiça da lei.

De repente, William parou de falar, deixando o silêncio tomar conta do lugar. A contradição que brotou em sua mente naquele momento era refletida na sua expressão. Sim, a fé era um bom motivo para impedir alguém de cometer delitos. Ele lembrou de seu pai, pois este não fora o mesmo depois de ter encontrado a igreja. Contudo, a fé também podia destruir uma pessoa, como fizera com ele, que não se aceitava e vivia amargurado porque tinha fé que Deus o odiava.

— Na verdade — concluiu Alexandre —, não existe o bem sem existir o mal. A gente fica no meio desses extremos, sendo puxado pelos dois lados.

— Acredite, você não é o único cheio de problemas e pecados — admitiu, chacoalhando a cabeça.

— Você tem pecados? — Alexandre se surpreendeu. — Quer falar sobre eles?

— Nem pensar — resmungou, olhando para o chão.

Alexandre se levantou e se ajoelhou diante de William, balançando os braços de maneira tensa.

— Certo. Aqui estamos. Eu confio em você e agradeço por ter acreditado em mim, por estar disposto a me ajudar e não ter me levado preso, mas preciso confirmar suas intenções.

– Do que está falando?

William tinha uma sobrancelha levantada.

– Só me deixe fazer isso enquanto a campainha não toca.

Alexandre colocou as duas mãos no rosto de William e firmou seu pensamento. William o olhava sem entender o que realmente estava acontecendo. Sem resposta, Alexandre mudou de posição, subiu a mão para o topo da cabeça, mas continuava sem visões.

– Droga. Não está funcionando.

– Cara, você está estranho.

– Mas é claro. Eles não apareceram para você... nem... fizeram... O que será que eles fazem para a pessoa acreditar neles? Só aparecem como anjos ou também usam alguma espécie de poder? – Alexandre falava consigo mesmo, William só observava. – Isso quer dizer que talvez você não morra.

# 60

— O quê? Do que está falando? Ninguém vai morrer enquanto eu estiver aqui.

— Alguém vai chegar por essa porta hoje à noite. Eu preciso matar essa pessoa, seja lá quem for, aí as criaturas saem do porão e pegam ele ou ela para comer.

Ambos se levantaram. Alexandre continuava falando para si mesmo, bolando um plano, girando sobre o próprio corpo.

— Você está sob o efeito de alguma droga?

— Estou falando sério. Os bichos vão sair e pegar o corpo. Eles estão com a minha família. É nisso que você precisa me ajudar. Tem um chefão. Eu já o vi. Acho que é o chefe porque ele era diferente dos outros. — Alexandre andava em círculos, tentando falar rápido. — Acho que se o pegarmos, posso usá-lo para resgatar minha família.

William finalmente virou outro copo de uísque na boca.

— Cara, você está me assustando. Parece completamente pirado. Achei que a coisa era séria.

— É séria.

— Eu vou ter de chamar alguém para te dar um calmante. — William ameaçou sair, mas Alexandre puxou a arma do coldre de William com rapidez, pegando o investigador de surpresa. — Ei... Calma, Alexandre. O que é isso? — Levantou as mãos. — Você está completamente fora de si. Cuidado com isso.

— Você não pode ir embora. Na hora que vir, vai acreditar e tudo fará sentido.

— Melhor você abaixar essa arma. Não seja louco de me matar, pois viriam atrás de mim, encontrariam meu corpo e você seria preso.

— Sem corpo, sem crime — disse Alexandre, arregalando os olhos com o que acabara de pensar.

Ele jamais seria culpado por algo. Poderia, um dia, ter problemas com a polícia, mas nunca seria condenado por nada, arrastando processos investigativos por anos.

— Espera... você disse que já cometeu todos os pecados. Incluindo o de não matarás?

William raciocinava rápido, com as mãos ao alto.

— Eu fui obrigado... — assumiu, emocionando-se.

— Onde estão os corpos?

— Não tem corpos, pois as criaturas os pegam. Você vai conhecer eles, então vai acreditar em mim.

Alexandre afrouxou o braço, quase desviando a arma. William aproveitaria o momento para desarmar o amigo, mas, antes que tivesse oportunidade, a campainha tocou.

Eles se olharam, assustados.

— Chegou.

Alexandre encarou a porta com os olhos arregalados, devolvendo a arma para William, que segurou o revólver, assustado.

# 61

## Anos antes...

Cassiano, pai de William, entrou na casa soltando berros de alegria, com o braço apoiado no ombro do filho, praticamente o arrastando. Seu entusiasmo era tamanho a ponto de não notar que o rapaz estava incomodado com seu toque. Ele gritava, chamando a atenção da mãe e da irmã.

— Adivinhem quem é o mais novo policial da família? — esbravejava, orgulhoso.

A mãe se emocionou de alegria, indo ao encontro do filho, abraçando-o com gosto. William olhava para a irmã, Jen, esperando a vez das felicitações. Pouco afastada, ela sorria para ele com profunda sinceridade. A mãe se distanciou, segurando o rosto do filho e olhando nos olhos dele.

— Você é igualzinho ao seu pai. — Alegrou-se, repetindo firmemente: — Igualzinho.

William lamentou ter escutado tal coisa, pois não gostava daquela comparação.

Cassiano apoiou a mão no ombro dele enquanto a mãe se afastava.

— William — o filho olhou para o pai —, você ouviu isso? Igualzinho a mim. Policial e homem. Macho igual ao pai. — Olhou-o firme e sério. — Nunca se esqueça disso.

William encarou a irmã com a expressão de quem desabaria a qualquer momento. Notando o pedido de socorro, ela interferiu.

— Posso abraçar meu irmão também? — Sem esperar resposta, puxou o rapaz para os braços dela. A mãe olhava a cena, contente; o pai permanecia firme. Jen, no entanto, não o soltou, pois tinha medo de que alguém falasse mais alguma coisa inconveniente. — Vem, irmão, vamos para seu quarto.

Assim que os dois saíram, Jen verificou se ninguém estava por perto antes de fechar a porta. William sentou desanimado na cama, e sua irmã se acomodou ao seu lado.

— Ei, que carinha é essa?

Ela levantou o queixo dele com o dedo para que a olhasse. Sem dizer nada, encarou-a choroso. A irmã sentiu uma pontada no coração, ela sempre sentia isso quando notava aquela expressão no irmão, o que acontecia com frequência. Jen sabia que ele se sentia morto por dentro.

— Não é dia de ficar triste, pois finalmente aquilo que sempre disse aconteceu — arrumou o cabelo dele —, que você aguentaria firme até o dia em que arrumaria um emprego. Agora você não precisa mais depender de ninguém, pois terá seu próprio dinheiro e alugará seu cantinho. William, você vai viver sua vida do jeito que quiser, longe desse homem.

— Mas e você? — lamentou. — Não quero ficar longe de você.

— Não seja bobo. É óbvio que vou te visitar sempre. — A sua fala foi acompanhada de um sorriso. — Você nunca vai se livrar de mim. — Os dois se abraçaram, mas Jen continuou desabafando: — Nunca se esqueça, meu irmão, você é lindo, inteligente e merece ser feliz como todo mundo. É uma nova vida que começa hoje. Conhecerá pessoas, fará novos amigos e quem sabe encontrará um grande amor. – Ela sorriu, sincera, inclinando a cabeça. – Um cara bonitão como você.

– Não diga bobagens. – Afastou a irmã, irritado. – Sabe muito bem que isso é pecado, escuta todo domingo na missa e ainda insiste nisso. Não podemos afrontar Deus. É pecado, Jen – reafirmou, virando o rosto.

– Não sei se você frequentar a igreja, ir a um lugar em que não é bem-vindo, é o melhor.

– Lógico que é – repreendeu. – Eu não sei o que sou. – Ele deu uma pausa. – Talvez Deus, em algum momento, faça o parafuso solto que tem aqui – bateu na própria cabeça – funcionar, e eu passe a achar somente mulheres interessantes.

– Tá bom. – Suspirou fundo, pois não queria irritar o irmão. – Só me prometa uma coisa, se inscreva para trabalhos burocráticos, não fique na rua fazendo rondas. Você já viu violência demais nessa vida. Está na hora de ter um pouco de calma. Deus me livre você se envolver em algum tiroteio. Esse é o verdadeiro pecado, tirar a vida de uma pessoa. Prometa que nunca fará isso.

Jen alisou o rosto dele com ternura enquanto ele confirmava com a cabeça.

– Você não está cometendo erro nenhum, meu irmão. Nunca se esqueça disso.

# 62

William decidiu não reagir à aparente insanidade de Alexandre. Estava tão curioso que preferiu esperar para ver o que aconteceria antes de tomar alguma atitude. Recolheu o revólver trinta e oito, acomodando-o novamente no coldre, enquanto Alexandre ia até a porta, apoiando a mão na maçaneta, titubeando para girar. Suspirou fundo e olhou para o amigo, que retribuiu a encarada de maneira apreensiva.

Um homem alto e largo o encarou sem entusiasmo.

– Borges? – William disse, avistando o visitante.

Os dois se olharam, surpresos e confusos.

– Vocês se conhecem? – estranhou Alexandre.

*Droga, isso vai complicar as coisas.*

– Sim – explicou William. – Ele é policial. – Retornou sua atenção para Borges. – O que faz aqui?

– Vim morrer, ora – assumiu, desconfiado. – Não estavam à minha espera? Aliás, o que você faz aqui?

– Quê? – William olhou para Alexandre. – Como assim morrer? Do que está falando? – inquiriu, rindo de nervosismo.

Alexandre podia ver a confusão transbordando pela face contorcida de William; naquele momento ele parecia diferente da primeira vez que o vira. Havia passado do investigador frio e destemido para uma criança assustada e confusa. Sem convite,

Borges entrou na casa, passando por Alexandre que, intimidado, admirou o tamanho do homem. Havia muitos músculos sobre ossos largos, acomodados em um metro e noventa. A barba e a sobrancelha o deixavam ainda mais imponente. O homem parecia um touro bravo indo em direção à bandeira vermelha. A bandeira, naquele caso, era William.

— Isso é muito estranho. — Borges pensou por um momento, sacudindo o dedo no ar com uma mão e alisando a barba com outra. — Por que tem dois aqui? Não foi isso que me disseram.

— Minha nossa, quantas perguntas... Você está louco, cara? Está todo mundo louco?

William chacoalhou a cabeça negativamente.

— Ele não sabe de nada ainda — interferiu Alexandre. — Eu sou o responsável. — Entrou no meio dos dois, ficando de frente para Borges. — William está aqui para me ajudar, é o meu aprendiz. Depois de tantas mortes, preciso ser purificado também — mentiu ardilosamente.

— Faz sentido. Eu acho — concordou Borges, finalmente relaxando os ombros. William olhou para Alexandre sem entender por que ele havia feito um sinal para que se calasse. — Quem vai me matar, afinal?

— Para com isso, cara. — William caminhou até o policial. — Ninguém vai matar ninguém.

— Espero que não seja você. — Borges encarou William. — Seria ruim morrer pelas mãos de outro policial. Tenho medo de morrer, confesso, apesar da certeza irrefutável de que esse é o melhor caminho. — Começava a se emocionar e até a mostrar um pouco de dúvida. — A única coisa que me faz manter a calma é a clareza de que existe o outro lado e que tudo não acaba aqui, pois serei perdoado.

— Eu não sei que merda está acontecendo aqui, mas tem algo de muito errado — vociferou William. — Sinto muito, Alexandre, vou chamar reforços.

— Reforços? — resmungou Borges, contorcendo o rosto junto com o corpo. — Isso é algum truque? — A emoção anterior desaparecia gradualmente, dando lugar à irritação e desconfiança. O olhar vazio de Borges era de causar calafrios. — Vocês armaram para mim? — concluiu, deixando os músculos do corpo tensos, parecendo maior do que já eram.

Seus olhos viajavam entre Alexandre e William enquanto cerrava o punho.

— Não armamos nada. Você veio por conta própria.

Alexandre estava nervoso com a possibilidade de Borges continuar vivo. Sem sua morte, o portal não abriria. Ou pior, Borges poderia matar alguém, irritado com a emboscada.

— É, mas não esperava encontrar um colega aqui. — Borges continuava encarando William. — Afinal, qual de vocês faz parte dos planos divinos?

— Eu! — exclamou Alexandre.

— O que faz aqui então, William? Esse cara te chamou? — Borges apontava para Alexandre. — Querem me prender? É o trato? Pensei que os anjos cumpriam com sua palavra.

— Mata ele, William! — Alexandre quase gritou.

— Mas não é você quem deve me matar? — Borges estava a ponto de estourar. — Isso é uma furada. Vocês vão me pagar.

Borges chutou o peito de Alexandre com seu enorme pé, como um cavalo quando dá um coice. Ele caiu para trás, perdendo a respiração. William sacou a arma tarde demais. O imenso corpo de Borges voou em cima dele, jogando os dois no chão. O toque dele fez William ter uma inesperada visão.

# 63

Era uma noite chuvosa e escura, e borges estava em seu carro, usando o uniforme da polícia, passando em frente a uma universidade. Vigiava uma moça havia tempos. Esta caminhava na calçada, debaixo de uma fileira de árvores, tentando se proteger dos pingos, evitando se molhar ainda mais. Todavia, naquele dia estava acompanhada de um homem, ambos encobertos pelas sombras das folhas das árvores, que bloqueavam a luz dos postes. Borges sabia que era ela, apesar de não conseguir ver o rosto dos dois, por causa da mochila que ela carregava.

Ele seguiu os dois com o carro, e, como deduziu, logo o homem se despediu e partiu, deixando a moça sozinha. Ao perceber que ela atravessaria a rua, acelerou o carro, parando um pouco à frente. Assim que a moça passou pelo veículo, ele saiu e foi atrás. Ela escutou os passos de alguém e se virou, sorrindo, acreditando que o homem que a acompanhava havia se esquecido de dizer algo.

Chocou-se ao ver um cara barbudo, enorme e musculoso se aproximar com um olhar frio e diabólico, mas não teve tempo de gritar. Ele a dopou com um lenço umedecido com uma substância sonífera, segurou a nuca dela com uma mão e o pano com outra. Ela se debateu, lutou bravamente, tentando empurrar os braços dele, chutando o carro, mas o efeito foi rápido, deixando-a amolecida em segundos, impotente.

A moça acordou no chão de um galpão. Borges preparava uma mesa cirúrgica. Os dois estavam nus. Assim que viu a moça acordada, caminhou em sua direção. Ela estava com mãos e pés amarrados, seu desespero era nítido. Ela implorou para que ele não a fizesse mal.

Borges a pegou com as duas mãos ao redor do pescoço, suspendendo-a no ar e apertando o máximo que podia. Seu tamanho era colossal perto da garota. Ela não conseguia sentir os pés no chão e o ar se esvaía de seus pulmões aos poucos. O homem a olhava dentro dos olhos, o rosto bem próximo do dela. Borges sorria com satisfação ao ver o terror nos olhos da mulher, pois adorava a sensação de se sentir um Deus e ter o poder de decidir sobre aquela vida.

Não demorou muito para ela morrer sufocada. Ele a colocou na mesa. Cuidadosamente, deu banho com esponja, penteou o cabelo e passou batom. Contudo, a expressão de horror eternizada nublava a beleza de seu rosto, o que o fez fechar os olhos dela antes de continuar. Satisfeito, passou perfume e beijou o rosto da moça com carinho, como se tivessem intimidade. Isso o excitou.

Borges subiu em cima dela e começou a penetrar aquele corpo imóvel, puxava os braços da garota em sua direção enquanto entrava e saía, fazendo as mãos imóveis percorrerem suas costas e acariciarem seu rosto. Logo ele se satisfez sexualmente.

Saiu com calma de cima do corpo, respirando fundo e se recuperando do orgasmo. Caminhou até uma caixa de ferramentas velhas, gastas e enferrujadas. Abriu-a vagarosamente, como se cumprisse um ritual, pegou um alicate, admirando o objeto e voltou para a moça. Sem pesar, abriu a boca dela. Posicionou o alicate no dente, o toque do metal contra o osso fez um som agradável para Borges. Com força, puxou firme para frente e para trás, mas sem pressa, como se fosse realmente um dentista; não queria quebrar o dente, queria extrair com perfeição, com raiz, com toda a beleza que ele conseguia admirar na brancura daquele osso.

O corpo foi descartado em uma cova de cemitério depois. Algum caixão seria colocado em cima e com sorte não a encontrariam. Mas, inconscientemente, ele desejava ser encontrado, por isso não se preocupava com o esperma deixado nos corpos. Ele gostava do que fazia, mas a sociedade não, e por isso chegou a pensar: "Se há tantas pessoas que acham errado, e só eu acho certo, então deve ter algo de errado comigo, não com elas". O dia que se sentisse suficientemente culpado e digno de ser castigado, daria um jeito de colocar seu esperma no banco de dados da polícia e seria encontrado com facilidade.

Por muito tempo, divertiu-se ao ver os amigos policiais revoltados por terem em mãos uma prova tão importante para solucionar os casos, mas não conseguirem identificar o assassino.

As imagens mudaram para a sua casa.

Ele limpava o dente, lavando-o completamente e removendo cada pedaço de carne ou nervo preso ao osso. Depois, esfregou com uma escova e bicarbonato de sódio para deixar tudo ainda mais branco. Borges abriu o fundo falso do guarda-roupa, puxou uma caixa, dentro havia uma furadeira cirúrgica com uma broca fina como um palito de dente. Colocou óculos especiais que ampliavam a visão para fazer um furo com perfeição. O ritual era visível e o prazer que sentia também.

Fez um pequeno buraco no dente que extraiu da moça e o prendeu em um colar com outros dentes. Borges pegou um jornal e recortou uma matéria. William viu a manchete. A matéria explicava sobre um novo criminoso na cidade apelidado de Estuprador Fada-dos-dentes.

Borges guardou o recorte e o colar em uma nova caixa de lembranças.

# 64

William usou o joelho para acertar o meio das pernas de Borges com toda força que podia. Por causa da dor, ele afrouxou as mãos ao redor do pescoço de William, que aproveitou a situação para bater o cotovelo na boca do agressor. Borges caiu para trás, gemendo de dor, babando o sangue de algum dente quebrado ou da boca cortada, não dava para saber. Com as mãos no meio das pernas, sentindo o escroto mandar ondas de dor para todo seu corpo, ele se contorceu. Era como colocar um dedo na tomada.

William se levantou rapidamente com o ódio no olhar e sacou sua arma, apontando-a para Borges. As lágrimas riscavam o rosto do investigador, como vidro cortando a pele. Ele estava tomado de emoção, quase perdendo o controle.

– Que diabos foi isso?

William estava perdido, tanto pela revelação que havia acabado de ter, como por estar sentindo a excitação que Borges sentira ao assassinar sua irmã. Era torturante para William sentir na pele a satisfação da morte de Jen. Ele chacoalhou a cabeça, tentando afastar o pensamento.

Borges se recompôs, assustado.

– Você viu, não foi?

– Borges, isso é verdade? – questionou William.

— Sim, é. — Abriu os braços e depois os fechou no próprio peito em sofrimento. — E os anjos me fizeram sentir cada uma das dores que causei. Foram muitas, cara... — William o olhou com fúria. A expressão de seu rosto era medonha. — Todas as dores — continuou Borges. — Mesmo quando elas estavam mortas, ainda sentiam o sofrimento. Não somente da dor, mas o desespero de terem sido arrancadas de suas vidas e das pessoas que amavam. — Borges gesticulava com desespero para William. — Eu senti a agonia delas, cara, dentro de mim! O medo e o desespero. A preocupação com a família. Ainda está tudo aqui. — Batia no peito. — Sinto dentro de mim.

— Você matou minha irmã! Era eu quem a acompanhava no dia que a raptou — gritou, emocionado. — Ela estava apaixonada e feliz. Naquela noite, ela ia se encontrar com o namorado... Eu... eu me ofereci para acompanhá-la, mas ela insistiu que não precisava...

— Sim. Não sabia que era sua irmã, não vi que era você. Só fiquei sabendo depois. Se serve de consolo, não teria feito mal a ela se soubesse disso.

— Você não vai prendê-lo, não é, William? — Alexandre precisava dele morto para o portal se abrir. — Mate ele.

— Preso? Não! — Borges se assustou com a possibilidade. — Você precisa me matar. O anjo me mostrou tudo. Me mostrou que se eu não escolhesse esse caminho, continuaria a sentir esse sofrimento eternamente. A dor não passa, William — lamentou em desespero.

Alexandre analisou melhor a situação, então entendeu por fim o que acontecia com as pessoas que apareciam pedindo a morte. Não era somente a fé inabalável ao acreditar ter visto a verdade sobre o mundo após a morte, mas os seres também faziam as dores que as vítimas sofreram serem sentidas incessantemente dentro deles, como um disco enroscado. Estariam fadadas até o fim dos dias a sentir a dor que causaram. A morte começava a parecer menos penosa.

– Os gritos delas são como uma sirene na minha mente. Só morrendo aqui, pela mão de vocês, poderei entrar no paraíso, me redimir e me livrar da dor.

William afastou a emoção de saber que acompanhar sua irmã naquele dia poderia ter salvado sua vida.

– Você matou todas aquelas moças... matou minha irmã! – William soava insano, exibindo as presas.

– Vai, cara, me mata! – Borges estava ajoelhado, de braços abertos em formato de cruz para William. – Acaba com os gritos na minha cabeça, eu não aguento mais!

William agachou na frente de Borges, segurou o pescoço dele com uma mão e, com a outra, encostou a arma em sua testa.

# 65

— Olha para mim, seu imundo! Quero ver os seus olhos. Não é somente você que sente o que minha irmã sentiu. Eu sinto o que você sentiu. O prazer que percorreu seu corpo e mente. — Pressionou ainda mais a arma. — Que sensação asquerosa, seu ordinário.

Os olhares se conectaram. William estava tomado pela insanidade, e Borges agora se amedrontava com a morte baforando na sua nuca. As lágrimas lavavam o rosto, mas continuou olhando para William, sem desviar.

— Isso, atira — implorou. — Ninguém encara a escuridão sem que ela encare de volta.

— Eu não tenho medo do seu olhar demoníaco — desdenhou William.

— Sou eu quem está encarando a escuridão. Vejo o mal em seus olhos, assim como o ódio. Era exatamente assim como eu olhava para as minhas vítimas. A morte me encara de volta, portanto estou pronto.

A lembrança de sua irmã o consolando veio à mente com a clareza de um farol quando cruza a luz no oceano escuro. Sua amiga, confidente, aquela que o amava como era e o aceitava incondicionalmente. A única pessoa que fazia o mundo ser um lugar melhor e mais suportável. Uma lembrança tão intensa que podia jurar escutar a voz dela. "Eu sempre vou te amar do jeito que você for", ela dizia.

William atirou à queima-roupa. O sangue espirrou em seu rosto, deixando-o estranhamente satisfeito. O corpo de Borges caiu no chão como uma fruta podre cai da árvore. Depois do ato, o investigador se levantou, dando um passo para trás. Firmando a mira, atirou de novo. Depois de novo. Atirou pela quarta vez. Sem remorso, continuou apertando o gatilho, mesmo quando a arma já estava descarregada. O rosto estava frio, sem expressão.

A porta do porão se abriu lentamente, e o zephoraneo saiu rastejando, olhando para os dois. William estremeceu, assustado. Apontou a arma por instinto, apertando o gatilho, mas não havia mais munição.

— Que porra é essa? — gritou, chocado.

— São eles, William, eu disse. — Alexandre abafou a voz para não gritar.

— Você chamou nossa atenção, rapaz. — O zephoraneo agora se dirigia a William. — Nós sabemos da vida que tirou quando criança. Embora não tenha sido sua culpa, você foi contaminado pela maldade. O mal não é somente de quem o comete, mas também de quem o vê e o aceita. Seu sangue está impregnado por maldade, tornando-o ainda mais saboroso. — O bicho olhou o corpo de Borges no chão e continuou sarcástico: — Bom, agora você é um assassino e cometeu o ato com satisfação.

O zephoraneo virou-se para Alexandre.

— Obrigado por inventar a mentira para Borges, sobre William te substituir. Nós ouvimos, e isso chamou nossa atenção para o investigador. Infelizmente, tivemos de matar o igual dele em nosso mundo para que seja o novo guardião. No fim das vinte mortes, terá sua família de volta e ele ficará em seu lugar. – Olhou novamente para William. – Você é corajoso e mata sem remorso. Você viu por meio das imagens o tipo de pessoa que vem aqui para morrer. Eles merecem ou não ser assassinados?

William tremia, horrorizado. Tentou colocar mais balas dentro do tambor da arma, mas algumas caíram no chão. O zephoraneo se surpreendeu com a atitude dele e partiu para cima do investigador com a mão direita no pescoço, empurrando-o contra a parede. A arma caiu no chão devido à pancada da cabeça de William contra o quadro, quebrando o vidro.

Alexandre saiu correndo para dentro do portal, aproveitando a distração.

*Desculpa, cara, mas preciso salvar minha família.*

# 66

Alexandre sabia que as criaturas recolhiam os corpos dos outros portais, mas o porquê de tudo sempre acontecer no mesmo horário, ele não sabia. Talvez, dez horas da noite na Terra fosse o meio-dia em Zephor. De qualquer forma, isso não importava.

Ele correu pela lama suja e escorregadia e avançou para além da casa onde encontrara a foto na visita anterior, avistando algumas gaiolas feitas de ossos humanos. Alexandre tinha absoluta certeza de que sua esposa e filho não estavam mortos. Ele podia não entender nem conhecer todas as regras, mas, quando se conectou aos zephoraneos, entendeu parte do funcionamento daquela simbiose.

Se os zephoraneos quiserem controlar a mente de alguém na Terra, precisam usar o igual no planeta deles. Ainda assim, só conseguiam manipular a mente de quem tinha alguma fraqueza: um vício, a consciência pesada por alguma maldade cometida ou pouco desenvolvimento intelectual. A conexão durava no máximo vinte minutos.

Só conseguiam se afastar fisicamente até dez metros do portal.

As criaturas podiam machucar e até matar alguém no planeta Terra, mas elas não conseguiam levar ninguém vivo para Zephor. Elas só conseguiam levar para Zephor humanos mortos por outros humanos.

Ele precisava se apressar. Alexandre foi de gaiola em gaiola, tentando fazer tudo rapidamente. Quase todas estavam vazias, até que os viu. Sua esposa abraçava seu filho em uma cela mais distante, os dois pareciam dormir. Alexandre esticou a mão através das grades de ossos, tocando os dois, sussurrando para que acordassem.

– Alexandre.

Julia ficou feliz ao vê-lo. Tentou abraçá-lo por entre as grades, pois, naquele momento, todos os problemas que tinham como casal não importavam.

– Papai!

Matheus chorou com um misto de felicidade e medo.

– Precisamos ser rápidos. Eles logo voltam – informou, forçando a grade, suado e nervoso.

Sem sucesso ao tentar quebrar com as mãos, começou a chutar os ossos amarrados com uma corda que parecia feita de cabelos trançados. A vontade de libertar os dois era tanta que não media forças.

– Mais forte, papai – Matheus gritava, desesperado com o pavor de não ser liberado.

O clamor do filho amplificou sua força. Alexandre mirou um chute tão forte que seus joelhos tremeram. As grades de ossos se quebraram, e um deles rachou, formando uma lasca que entrou em sua panturrilha. Alexandre segurou o grito. Com a respiração ofegante, tirou a lasca, permitindo que o sangue escorresse e manchasse o chão. Julia e Matheus saíram, ajudando-o a se levantar.

– Para onde devemos ir? – questionou Julia.

Ela estava desesperada, olhando para todos os lados.

— Para lá. — Apontou Alexandre, a dor excruciante em sua perna fazia seu rosto se contorcer, tornando difícil raciocinar. — Vamos nos esgueirando pelos arbustos vermelhos... — gemeu. — Temos de ir rápido, antes que o portal feche. Chegando em casa, William pode nos ajudar...

Alexandre caminhava com dificuldade, pois a perna doía e sangrava. Julia olhou para trás a fim de conferir se não estavam sendo seguidos. Pôde ver que poucas criaturas começavam a retornar dos outros portais, arrastando os corpos em direção ao centro da bolha pela qual podiam transferir tudo para seu mundo. Ela respirou aliviada, pois provavelmente conseguiriam sair dali. Os seres estavam ocupados, e a escada do porão já era vista.

— Quem é William? E por que ele está em casa? — perguntou Julia enquanto ajudava Alexandre a andar.

— Um policial conhecido. A criatura se interessou por ele, e eu aproveitei a distração. Não sei quanto tempo vai durar.

— Precisamos ir mais rápido — ela disse, ficando tensa.

— Matheus, corra na frente. Se não conseguirmos, pelo menos você se salva.

— Não, papai. Não quero ficar sozinho.

— Vai, Matheus. Assim que passar pela porta, saia correndo de casa até algum vizinho e peça ajuda.

— Não quero, estou com medo — sussurrou, mas se animou quando avistou o portal. — A escada está perto.

Alexandre firmou a perna, tentando ignorar a dor, e acelerou o passo. Não colocaria tudo a perder. Matheus alcançou as escadas, e Julia ajudou Alexandre a subir. Finalmente passaram pela porta.

William estava ofegante enquanto a criatura estava caída aos seus pés com o crânio aberto. Ele segurava uma estátua de metal, que Alexandre reconheceu de sua estante, pingando sangue.

– Caramba, você é forte mesmo!

Alexandre estava surpreso com a cena.

– Minha nossa, sua família.

William soltou a estátua, chocado com a verdade revelada.

– Julia – Alexandre olhou para ela com compaixão –, fuja daqui. Eu e William vamos acabar com isso.

Alexandre colocou a mão no rosto da esposa, mas imagens brotaram rápidas e desconexas em sua mente.

# 67

A primeira vez que o portal apareceu em sua casa, Alexandre estava viajando a trabalho. Julia estava sozinha com o filho e foi a primeira a avistar as criaturas. Eles a chantagearam, como de costume, ameaçaram torturar e matar Matheus se ela não colaborasse ou pedisse ajuda a alguém. Era o que faziam, apelavam para a fraqueza, obrigavam a obedecer a ordens através do medo.

Julia havia se tornado guardiã do portal a contragosto. As criaturas se encarregaram de impedir que Alexandre estragasse seus planos. Elas se esgueiravam tarde da noite pelo corredor parcamente iluminado pela luz que entrava pela janela, lançando sombras bruxuleantes nas paredes brancas. Silenciosas, entravam no quarto do casal e se aproximavam da cama em que Alexandre dormia; usavam os longos dedos para massagear o próprio pescoço, estimulando as glândulas amidalíticas para produzir um gás com efeito sonífero que garantiria que Alexandre não acordaria tão cedo. Depois, faziam o mesmo com Matheus. Era o acordo dela com os seres para que as visitas acontecessem de madrugada, pois a família não veria nada.

Voltavam em seguida para o porão, passando por Julia, que esperava a próxima vítima bater à porta. Ela odiava, sofria internamente, e sua alma chorava, mas o que poderia fazer contra aqueles seres? Alexandre viu a esposa matar as pessoas de maneiras diferentes. Muitas pessoas. Exatamente como acontecia com ele: batiam na porta, e, ao atender, ela precisava assassinar alguém. Como sempre, as criaturas vinham em seguida para buscar os corpos.

Em uma das imagens, viu um homem em cima de Julia, tentando sufocá-la enquanto Alexandre dormia, sem saber o que estava acontecendo. Com uma mão, tentava impedir que os dedos do homem se apertassem ainda mais ao redor de seu pescoço; com a outra, tentava alcançar a faca antes que apagasse com a falta de ar. Finalmente, depois do esforço de esticar os dedos, pegou a faca e a enfiou no pescoço do homem. O sangue espirrou em Julia, enquanto o homem caía para trás, sufocando no próprio sangue com o instrumento ainda preso na garganta.

As lembranças mudaram para o dia em que Julia arrumou as malas, partiria após a briga com Alexandre, pois tinha decidido deixá-lo. Todavia, as criaturas apareceram na sala antes de ela sair.

– Você não pode partir.

– Posso e vou – afirmou, categórica.

Outras criaturas apareceram e, como uma tribo canibal, rodearam Julia e Matheus, segurando-os com força antes de arrastarem mãe e filho para o portal. Ela gritou o máximo que pôde, e Matheus fez o mesmo – gritos desesperados para que Alexandre os ajudasse, mas ele nunca acordaria do sono induzido pelos seres.

Alexandre viu Julia e Matheus na gaiola. Ela alimentava o filho com folhas, pedaços de raízes e água que as criaturas traziam uma vez por dia de alguma garrafa retirada sabe-se lá de qual casa das inúmeras que eram conectadas à bolha temporal. Julia chegou a comer pedaços de carne humana no ápice da fome. Ela deixava os pedaços secarem em uma rocha ao lado, pois o lugar era quente e aquecido. Quando percebia que o sangue já havia se exaurido ao máximo, engolia o pedaço quase sem mastigar. A fome era maior do que o nojo, maior do que o gosto de ferrugem.

Mesmo assim, nunca permitiu que Matheus comesse um pedaço, mesmo com o olhar faminto dele.

# 68

Alexandre tirou a mão do rosto de Julia. Ele chorava de desespero, pena e tristeza por tudo que sua família passara. A mente treinada para as situações de emergência de William o fazia recarregar a arma mesmo sem prestar atenção ao movimento dos dedos. Olhava para o casal enquanto o resto do seu corpo trabalhava no automático.

— Por que nunca me disse nada, Julia? — lamentou Alexandre de coração partido.

— Não podia. Como explicaria? Eles me obrigavam. Se não fizesse... eles matariam você e Matheus.

Alexandre olhou para o filho, que chorava, sentindo-se perdido no meio de toda aquela loucura, esperando que os adultos o protegessem. Aquela criança tão pura sendo sugada para aquele mundo cruel sem a menor chance de escolha.

— Você precisa sair da casa, Julia. Se consegui ter visões ao te tocar, provavelmente te querem morta.

— Meu Deus, Alexandre! — William estava chocado ao analisar melhor o amigo. — Sua perna.

— Não dá tempo de pensar nisso. Temos de acabar com esse portal. — Alexandre estava firme, tentando não chorar por sua família, resistindo à dor que sentia na perna. — Que outro portal abra em qualquer parte, não me importo.

Outro zephoraneo passou pela porta, olhando a cena. William reagiu sem pensar e atirou na cabeça do bicho, que caiu morto como um animal desvertebrado. Matheus tapou os ouvidos e pressionou os olhos com o barulho do tiro.

— Nós podemos matá-los?

Julia se surpreendeu.

— Pelo que entendi, sim — concluiu Alexandre.

— O que faremos, então?

William acreditava em tudo e estava disposto a ajudar.

— Julia e Matheus, vocês precisam sair de casa — Alexandre repetiu, abrindo a porta para a esposa e o filho fugirem.

— Mas e você? Mal consegue andar.

Julia olhava para a perna dele como se fosse capaz de sentir a dor.

— Vai ficar tudo bem, confie em mim. William vai me ajudar. — Respirou fundo. — Vão! — gritou Alexandre.

— Estaremos na calçada te esperando.

— Não, Julia. Afaste-se da casa o máximo que conseguir. Me escute, por favor.

Alexandre fechou a porta assim que os dois partiram e foi até a cozinha com William atrás dele.

— Me ajuda aqui... — Os dois puxaram o fogão, expondo o botijão. William pegou uma longa faca de cima do balcão e cortou a mangueira, deixando o gás vazar. — Tem um botijão reserva na despensa da cozinha. — Alexandre lembrou. — Ele está cheio também, traga-o para cá — pediu.

William limpou o suor da testa, tentando manter a sanidade. Colocou a ponta da faca na válvula e, com a outra mão, deu uma pancada no cabo, quebrando o lacre de proteção. O gás vazava pelo ambiente.

– E agora?

– Vamos colocar o outro perto do portal.

Saindo da cozinha, ele foi até a porta do porão, onde depositaram o outro botijão. O portal estava aberto, mas nenhuma criatura estava à vista. Alexandre abriu a porta da despensa e pegou um galão de querosene. Com a ajuda de William, jogou o líquido no começo das escadas, na porta e foi voltando em direção à sala, despejando tudo pelo caminho.

William tentava ajudá-lo a ficar de pé.

– Então vamos explodir tudo?

– Sim, William. Quero queimar esses bastardos! Esse portal eles não vão usar mais. – Alexandre cambaleou até a cozinha da maneira que pôde, deixando um rastro de sangue pelo chão, e voltou para sala com uma faca. – Precisamos detê-los até que o gás se espalhe. Não use sua arma agora.

– Como você vai lutar com esse ferimento na perna? Mal consegue ficar em pé e já está ficando pálido.

– Tenho de tentar, William, pois isso tem de acabar – murmurou. – Não vou permitir que saiam impunes pelo que fizeram com a minha família.

William tirou o cinto da calça. Agachando-se diante de Alexandre, fez um torniquete na coxa dele, apertando o máximo que podia. A dor era excruciante, mas pelo menos o sangramento diminuiu.

– Não posso deixá-lo aqui – William alegou, apontando para o corpo de Borges no chão.

– Minha nossa, havia me esquecido desse cara. – Os dois olharam para o corpo. – O que ele fez? – perguntou Alexandre.

— Como assim?

— Na visão que teve. O que ele fez?

— Assassinava e estuprava as vítimas, e, infelizmente, minha irmã estava na lista dele — lamentou. — Eu o procurei por anos, minha vida se baseou nisso, jamais imaginei que era policial e, pior, alguém que nos conhecia — William jogou as palavras, balançando a cabeça, punindo-se por acreditar que deveria saber do fato.

— Então deixe ele servir de comida para as criaturas.

— O quê? Não vou conseguir fazer isso, Alexandre. Todos precisam saber o que ele fez.

— Como não? Prefere ser devorado pelas criaturas?

— Santa Mãe de Deus, isso tudo não pode ser verdade! — Mesmo depois de tudo, era difícil acreditar. — Eu queria que Borges não fosse o culpado desses assassinatos.

— Mas é, você viu com seus próprios olhos.

O som de dentes batendo fez com que eles se calassem. Uma criatura passou pela porta vagarosamente. Seus dentes batiam com força e rapidez, como um triturador. O som era horripilante, e eles ficaram assustados com a ideia daqueles dentes os triturando. O bicho rastejava devagar, encarando-os nos olhos. Logo outros passaram pela porta, e, por fim, o zephoraneo que parecia ser o líder. Ele olhou as duas criaturas mortas no chão, seus olhos brilharam de raiva.

— Então é esse o caminho que escolheu? — sibilou. — Você prefere a morte?

Alexandre empunhava a faca, pronto para a luta. William fazia o mesmo.

— Pode apostar que levo você comigo!

— Cansamos de você, Alexandre. Cansamos desta casa. Você realmente foi um distúrbio em nossa interação com este planeta. Se sinta orgulhoso por ter conseguido me irritar.

— Eu quero a sua cabeça — rosnou Alexandre.

— Você acha que vai conseguir ganhar algo com essa faca e essa perna falha?

De súbito, William sentiu alguém puxar sua arma da cintura. Ele e Alexandre se viraram, assustados. Julia segurava Matheus e apontava a arma para o garoto, que chorava de medo. Ela parecia estar fora do corpo, esvaziada de qualquer emoção. Alexandre reconheceu a atitude da esposa e soube que ela estava sendo controlada pelos seres.

— Filho da puta! — xingou Alexandre, encarando a criatura.

— Não tem como você ganhar.

O ser sorriu com os olhos cerrados, exibindo as presas na expressão diabólica.

Havia finalmente chegado o momento que Alexandre temera: só conseguiria salvar sua família se morresse no processo. Ele empunhou a faca na altura do rosto; os olhos molhados refletiam a luz, lembrando os olhos de um gato no escuro, conferindo a ele uma aparência de bravura insana. Por dentro, contudo, estava apavorado com a certeza de que deixaria aquele mundo.

*Eu não estou pronto para morrer...*

# 69

– Eu disse que você não ganharia. – A criatura sorriu. – Agora seja um bom humano e pare o vazamento de gás.

William observava Julia, estática, sem emoção e sem alma, apontando a arma para o filho. Se fosse rápido e pegasse todos de surpresa, incluindo os seres, ela não teria tempo de responder ao comando de atirar.

– Não tenho como parar o vazamento. Mesmo se tivesse, não o faria. Se a arma disparar, todos nós queimaremos – ameaçou Alexandre.

– Escuta aqui, seu merdinha... – gritou o ser, apontando.

William aproveitou a discussão e partiu para cima de Julia com um movimento rápido, acreditando que conseguiria desarmá-la. Bateu em sua mão, fazendo a arma desviar da cabeça da criança. Contudo, a arma disparou ao lado da orelha de Matheus, fazendo o garoto se jogar no chão com um zumbido ensurdecedor reverberando dentro de seu cérebro.

Alexandre, William e os zephoraneos se olharam, assustados com o tiro, esperando que a faísca propagasse as chamas e explodisse a casa toda. Ficaram poucos segundos se olhando e, ao confirmarem que nada aconteceria, partiram para o ataque.

Um dos seres pulou na perna de Alexandre, a mesma que havia machucado ao resgatar a esposa. Ele a mordeu com tanta força que foi possível escutar o osso quebrando e entortando em um ângulo nada natural. O grito de Alexandre foi tão alto e aterrorizante que tirou Julia do transe.

William atirou a faca com maestria na outra criatura, acertando-a perfeitamente na testa. Ela o olhou, assustada, mas a faca não havia entrado o suficiente na pele grossa para matá-la. Antes que ela tivesse tempo de reagir, William chutou o cabo da faca, fazendo com que o metal terminasse de entrar, dividindo o cérebro do bicho ao meio.

O líder das criaturas pulou em cima de Alexandre, tentando morder seu pescoço. A dor era excruciante, do tipo que fazia o cérebro querer desligar. William agarrou com as duas mãos o ser que mordia a perna de Alexandre, puxando-o com ódio e força suficiente para conseguir soltá-lo, e o jogou contra a parede. Ainda zonzo, com a batida das costas contra o concreto, o zephoraneo empurrou a estante ao seu lado, fazendo o móvel cair em cima de William.

– Você não faz ideia contra o que está lidando! – rosnava o líder, cuspindo saliva em cima de Alexandre.

Os longos dedos da criatura o sufocavam na tentativa de mordê-lo, mas isso não impediu que Alexandre esbravejasse entredentes:

– Você que não faz... Eu sou um humano!

– E o que tem isso?

Desistindo de morder, a criatura decidiu que sufocá-lo teria de ser o bastante.

– Podemos ser generosos, mas também podemos ser a pior raça do universo.

Alexandre segurou a faca e levantou a mão sem conseguir mirar em um ponto específico. Preso debaixo da estante, William só podia assistir o amigo lutar contra o líder daquelas criaturas, esfaqueando-o repetidas vezes. O zephoraneo que o derrubara voltou a prender os dentes na perna de Alexandre, balançando a cabeça tal qual um cachorro raivoso a fim de ajudar o chefe.

A longa lâmina da faca entrou na barriga da criatura alfa pela quinta e última vez. O ser, já agonizando, rolou para trás. Foi então que o grito de Matheus roubou a atenção de Alexandre, fazendo-o se esquecer da própria dor e infortúnio. Ao olhar para trás, viu que um dos bichos caminhava em direção ao filho. Julia se colocou entre a criatura e a criança sem pensar duas vezes. Alexandre esticou a mão e segurou a perna do ser, mantendo-o no lugar. Ele voltou sua atenção para o que o impedia de chegar até o menino.

William sentiu o tremor na mandíbula se espalhar por todo seu corpo ao ver a cena. Seu amigo morreria. Com um grito gutural, apoiou as mãos no chão e empurrou a estante com as costas, finalmente se libertando. Apesar de temer pela vida de Alexandre, Julia temia ainda mais pela vida de Matheus. Pegando-o no colo, correu para fora da casa.

William correu até Alexandre, usando o ombro para empurrar a criatura que ele segurava em direção ao porão. Em um gesto rápido, fechou a porta e usou a da despensa para mantê-la fechada. Sem perder tempo, voltou correndo até o amigo; aproveitando-se da velocidade, chutou a cabeça da criatura que o mordia, mandando-a para longe. Ao ouvir os urros de dor de seu líder, agonizando ali perto, o zephoraneo se levantou, zonzo, e o ajudou a se reerguer, conduzindo-o em direção ao porão lentamente.

Segurando Alexandre pelos braços, William o arrastou para fora da casa. A perna sangrava muito e parecia quase soltar do corpo com cada puxão.

– Julia, me ajude! – gritou William, assim que chegou à porta.

Matheus ficou na calçada, perto de um carro, enquanto Julia correria para ajudar a carregar Alexandre, que ainda gritava de dor, dando sinais de que desmaiaria.

— Droga! O corpo de Borges — resmungou William.

— Deixe-o, me ajude com Alexandre.

— Não posso, simplesmente não posso.

O gás continuava a se espalhar. O cheiro ficava mais forte a cada segundo. William entrou na casa. A criatura voltava para o porão, ainda carregando seu líder ferido. Aproveitando-se de sua distração, William puxou o corpo de Borges com rapidez, levando-o para fora. Julia já estava a meio caminho da calçada, esforçando-se para arrastar Alexandre.

William largou o corpo de Borges perto de Matheus e fez menção de ajudá-la.

— Não precisa, eu dou conta — grunhiu ela, fazendo força. — Exploda esta casa e esses bichos.

O zephoraneo finalmente carregou o líder até a porta do porão e se desesperou ao perceber que ela era travada pela outra porta. Tentava desvencilhar das duas, mas o nervosismo só fazia com que se confundisse. Ao seu lado, o líder morria. William acendeu o isqueiro e o arremessou na casa. O fogo se espalhou rapidamente.

Sem mais o que fazer, pegou Alexandre enquanto ordenava que Julia corresse. Estavam quase chegando na calçada quando houve uma grande explosão. Estilhaços foram arremessados, acertando William no ombro, fazendo o sangue espirrar no chão, mas ele não sentiu nada. Julia puxou Matheus, protegendo-se atrás do carro, enquanto pedaços da casa batiam no capô do veículo.

William colocou Alexandre de pé, apoiando-o com o braço para que pulasse em uma perna só e chegassem mais rápido até a rua. A fumaça e o fogo atingiam níveis assustadores quando aconteceu uma segunda explosão, ainda mais forte. Mais destroços voaram para todos os lados. Um objeto pontiagudo atingiu Alexandre nas costas com força o suficiente para arremessá-lo até a calçada.

# 10

Julia berrou ao vê-lo caído no chão, imóvel, com os olhos vidrados fitando o vazio. William correu até o amigo, desesperado. Tentou fazê-lo reagir, mas não conseguiu. William olhou para Julia e viu que o rosto dela também estava marcado pelas lágrimas. Matheus chorava copiosamente, olhando para o pai. Julia berrava em desespero, e William, ajoelhado ao lado do corpo, abaixou a cabeça completamente derrotado.

Julia puxou o filho para seus braços e ali ficaram, sofrendo, ouvindo as sirenes ecoarem ao longe. Uma ambulância parou mais afastada. Os paramédicos correram até o carro junto com alguns bombeiros, ajudando Julia e Matheus a saírem dali.

— Meu marido está na calçada! — gritou ela, desesperada, lutando contra o paramédico que tentava levá-la para longe.

Todos ainda consideravam a possibilidade de acontecer uma nova explosão.

Outra ambulância estacionou perto de Alexandre. Os paramédicos o colocaram de bruços em uma maca, o destroço da casa ainda preso em suas costas. Um dos paramédicos se ajoelhou ao lado de William, tratando o sangramento em seu ombro.

De onde estavam, Julia e William viram Alexandre ser levado até a ambulância. Sem piscar, observaram todos os aparelhos serem ligados ao corpo desacordado. O caos ao redor deles parecia acontecer em câmera lenta, com pessoas correndo e gritando por todos os lados.

Julia entrou na ambulância junto com Alexandre e Matheus, tentando perceber qualquer movimento do corpo na maca – a mão balançando, a cabeça se movendo, qualquer coisa que denotasse que Alexandre estava vivo. Então a porta foi fechada, e a ambulância partiu às pressas, deixando William destruído emocionalmente.

Pela janela, Julia olhou a casa completamente destruída se distanciar. Era de partir o coração ver aquele lar tão cuidadosamente escolhido virar cinzas. Mas pelo menos estavam livres daquelas criaturas. Não seriam mais obrigados a matar as pessoas. O filho finalmente estava à salvo daquela infância sofrida imposta pelas criaturas. Ao pensar nisso, voltou a chorar, percebendo que Matheus não teria a oportunidade de crescer ao lado do pai.

# 71

## Anos antes

Aos sete anos, Alexandre brincava na casa em frente à sua com um amiguinho, o mesmo com quem estudava. A mãe de Hugo, dona Elizabete, uma mulher simpática e gentil, estava sempre de olho nos meninos quando estavam sob seus cuidados e preparava o lanche da tarde, enquanto jogavam videogame.

Naquele dia, no entanto, os garotos tinham a atenção atraída para o fundo da casa, onde havia materiais de construção, ferramentas e maquinários para a construção de uma edícula. Eles se divertiam imaginando que o misturador de cimento era um foguete. Hugo entrou no maquinário primeiro, dizendo alegremente que seria o primeiro homem a pisar na lua. Alexandre, do lado de fora, ansiava por sua vez quando o peso de Hugo fez o equipamento tombar, chocando-se contra a barriga de Alexandre. O menino caiu, levando o pesado maquinário consigo e ficando prensado no chão.

Ele não sabia, mas uma hemorragia interna começou no mesmo instante. Alexandre não sentiu dor, pois estava tão assustado que a adrenalina causou hipófise, liberando no sangue a endorfina. Esse analgésico natural obstruiu a comunicação entre os nervos, impedindo que os estímulos de dor passassem. Apesar do desconforto, conseguiu sair debaixo da máquina e, andando curvado, foi para sua casa sem se despedir de ninguém.

Sua mãe lavava a louça quando entrou. De imediato, notou que algo não estava bem com o filho. Ele não conseguia ficar com o corpo ereto e seus lábios apresentavam uma cor levemente arroxeada.

– Tudo bem com você, filho? – questionou, enxugando a mão.

– Eu estou com sono, mamãe.

– Ainda não é hora de dormir – afirmou, agachando na sua frente.

Tina começou a ficar preocupada com Alexandre, que mantinha as mãos cruzadas na frente da barriga. Ela tentou segurar as mãos dele, mas o menino soltou um leve grito de dor, como um gatinho chorando. De imediato, ele se curvou ainda mais e pressionou o estômago.

– Eduardo! – gritou ela, virando a cabeça sem desviar os olhos do filho.

O pai, que estava de folga e se recuperando da ressaca da noite anterior, veio ao seu encontro e franziu a testa ao ver o pequenino Alexandre se encolhendo com uma expressão de dor.

– O que aconteceu? – Quis saber, notando que algo não estava correto.

– Não sei. – Os dois o analisaram. – Chegou assim, com a mão na barriga, falando que está com sono. Será que é bom deixar ele dormir?

– Isso está estranho.

Eduardo pegou Alexandre no colo, e ele soltou o mesmo gritinho de dor, dessa vez um pouco mais forte. Ele empalidecia cada vez mais, fazendo parecer que seus lábios estavam ainda mais roxos. Algo gritou dentro de Eduardo, forte o suficiente para fazer todos os seus sentidos entrarem em alerta: *salve seu filho*.

Sem dizer uma palavra, ele saiu da casa com Alexandre em seu colo. Tina o seguiu, perguntando o que estava fazendo. Ainda sem responder, dando atenção apenas ao grito dentro de sua mente que denunciava o perigo, chegou à rua. Sem veículo próprio, já que quase todo dinheiro era gasto nos luxos noturnos, sua única opção foi suplicar desesperadamente para o primeiro carro que passava na rua. Para sua sorte, um senhor parou. Ele explicou que seu filho não estava bem, e o senhor logo notou que tinha algo de errado com o garoto, que parecia desacordado.

Todos entraram no carro e partiram às pressas para o hospital mais próximo. O tempo estava passando, e a vida de Alexandre estava por um fio. Eduardo entrou correndo no hospital com Tina em seu encalço.

– Ajuda, pelo amor de Deus! – gritava.

Como se o universo estivesse conspirando para ajudar aquela criança, um médico passava bem no momento de desespero dos pais.

– O que aconteceu? – indagou o doutor, os olhos já examinando a criança enquanto indicava a maca mais próxima para que Eduardo colocasse o filho. – Isso não é bom – resmungou o médico para si mesmo, sem esperar por uma resposta, ao analisar a pele branca e a boca roxa do menino.

– A gente não sabe, ele chegou em casa assim – Eduardo contou, suando e passando a mão na testa, pronto para desabar de preocupação.

As lágrimas escorriam pelo rosto de Tina, pingando na mão que segurava o crucifixo em seu pescoço. O médico apertou o lado esquerdo da barriga de Alexandre, e ele gemeu de dor. Ao fazer o mesmo no lado direito, o menino soltou um grito que ecoou pelo corredor e sangue saiu de sua boca.

– Prepare a sala de cirurgia! – gritou para a enfermeira.

A correria começou enquanto o médico sumia com maca para dentro de um corredor. Uma enfermeira veio ao encontro dos pais, dizendo que tudo ficaria bem, que eles deveriam esperar e que traria notícias logo. Mas eles não a escutavam, apenas assistiam ao filho sumir dentro de uma sala com a visão turva de lágrimas; rezavam silenciosamente para que aquela não fosse a última vez que vissem o filho.

O dia demorou a passar. Eles ficaram em silêncio, andando em círculos pela sala de espera quando cansavam de ficar sentados. A cirurgia demorou mais de oito horas. Somente à noite o médico chegou com informações. Eduardo e Tina o olharam, apreensivos, segurando o choro.

– Ele perdeu um litro e meio de sangue por causa da hemorragia interna. Metade do pâncreas foi esmagado e fizemos tudo que podíamos.

– O que quer dizer, doutor?

Tina começava a desabar.

– Ele está vivo, mas infelizmente em coma.

– Meu Deus do céu! – Tina tomava a frente, enquanto Eduardo tentava se manter forte. – O que isso significa?

– Se vocês souberem rezar, por favor, rezem. Agora está nas mãos de Deus.

O médico os levou até o quarto. Alexandre dormia e parecia não ter problema algum. Somente quando olharam com mais atenção notaram os olhos arroxeados e dois drenos, um de cada lado da barriga. Eles desabaram a chorar na cama. Ficaram no hospital durante o primeiro dia, revezando-se apenas para irem tomar banho em casa e voltar.

No segundo dia, esperaram ansiosamente pela visita do médico; no terceiro, o médico informou que o quadro era estável. Naquela mesma noite, Eduardo não aguentou a pressão. Ajoelhado ao lado da cama, entregou-se ao choro sincero e profundo.

— Por favor, Deus, não leve meu filho — suplicou.

Tina ajoelhou ao seu lado, tentando acalmá-lo.

— Ele tem de acordar, Tina... não é justo! O que ele fez de errado para merecer isso? — Ela alisava suas costas. — Eu dou minha vida para salvá-lo! — Olhou para o teto. — Está ouvindo, Senhor? Eu faço esse acordo com você aqui e agora, me leve no lugar do meu filho.

As lágrimas lavavam a face, escorrendo pelo pescoço.

— Por favor, Eduardo, se acalme.

Tina chorava ao ver o esposo completamente indefeso, expondo seus mais profundos sentimentos pela primeira vez.

— Ele ainda tem muito o que viver, Tina. Crescer, ser um bom homem. Ter uma boa família, fazer as coisas certas, ser melhor do que eu. Por que estão indecisos se ele tem direito a isso ou não?

— Quem está indeciso?

— Os anjos, Deus, seja lá quem está no comando disso. A vida do meu filho não deveria ser barganhada, já deviam ter decidido e o tirado do coma. Ele é só uma criança que nunca fez mal a ninguém.

— Ele vai sair dessa, vai sobreviver, ter uma vida maravilhosa, cheia de amor, e morrer velhinho — Tina disse, abraçando o esposo, ambos se consolando.

E, como um milagre, Alexandre acordou no dia seguinte. Devolvendo aos pais a esperança de que o filho teria uma vida maravilhosa, melhor do que a que eles tiveram.

# 72

Alguns dias se passaram, mas Alexandre ainda não estava cansado do hospital. Na verdade, tudo que menos desejava era sair dali. Podia citar inúmeros motivos que o seguravam naquela cama. O primeiro, e o mais evidente, era a gaiola de metal que cercava sua perna. Os pinos penetravam a carne até o osso, os quais ficariam à mercê da lenta recuperação de seu corpo. O osso um dia "colaria", rendendo-se à batalha contra os ferros que os forçavam e os seguravam no lugar. Era apenas uma questão de tempo e paciência.

Além disso, Alexandre não tinha mais uma casa. Não havia opções de moradia que não fossem com sua mãe. Por mais que a amasse e ela tivesse demonstrado que cuidaria dele com toda pompa e carinho, estar debaixo do mesmo teto era totalmente diferente do que as visitas de algumas horas. Sabia a língua pesada e ágil que a mãe tinha, esta que sempre acertava Alexandre em suas feridas emocionais. Comparava-a aos pinos de sua perna, que o forçavam a se curar.

Era uma das situações desagradáveis que a intimidade entre as pessoas trazia: não conseguia esconder os defeitos de quem o conhecia bem, tornando isso, às vezes, motivos para discussões. Ele estava sendo bem tratado no hospital, pois tinha tudo ao seu alcance e, após os acontecimentos dos últimos dias, o que mais queria era descansar livre de qualquer responsabilidade.

Ele se lembrou do dia em que quase morreu, quando ainda era criança. Estranhamente, não se lembrara de nada quando acordara do coma. Não se lembrava do acidente, nem das dores, nem do sofrimento. Apenas do rosto feliz de seus pais no momento em que abriu os olhos e do quanto mudaram por um tempo, antes de tudo voltar ao normal. Depois de uns meses, o pai voltou a beber, e a mãe a sofrer com o marido boêmio.

O que ele sabia daquela época era o que Tina contava. O médico tinha dito que a parte esmagada de seu pâncreas se regeneraria com o tempo. Falara que se ela tivesse deixado Alexandre dormir, ele teria morrido e, o mais grave, o ferimento reduziria seus anos de vida. Ele acreditava na história dela, pois não tinha opção já que era a única fonte de informação disponível.

Levantado o lençol, olhou o próprio abdômen; a marca quase imperceptível era a única lembrança confiável daquele dia fatídico. As opções do que poderia ter acontecido com ele a partir de um único evento o fez lembrar dos multiversos aos quais teve acesso. Mesmo não tendo a lembrança, era agradável saber o quanto seu pai se importava com ele.

Julia bateu na porta levemente, receando acordar Alexandre. Na verdade, seria um alívio se ele estivesse dormindo, assim ela poderia usar de desculpa um "eu tentei falar com você, mas estava dormindo, eu não quis incomodar".

Embora eles precisassem conversar com honestidade e sinceridade, ela não se considerava pronta e provavelmente nunca estaria. Mesmo assim, aquela era uma daquelas situações das quais não se pode fugir. Ele se ajeitou na cama, sentindo o incômodo da perna repuxando na gaiola de metal.

— Pode entrar — disse sem ter certeza de quem era.

Assim que Julia entrou, ele abriu um sorriso enorme e tenso; ela retribuiu da mesma maneira.

# 13

Olharam-se por alguns segundos, como se um enorme elefante branco estivesse ali com eles. Eles se sentiam estranhos e pensavam em como as coisas se transformavam: um dia, tinham intimidade e, no outro, parecia que tinham acabado de se conhecer. E talvez fosse isso mesmo. Às vezes, as pessoas mudam por causa de um evento traumático e é preciso conhecê-las novamente.

— Como você está?

Ela se sentou na beirada da cama com a mão inquieta, tentando decidir se devia ou não fazer um carinho gentil nele. Por fim, decidiu manter a mão no próprio colo.

— Bem. Estou me curando e muito feliz de saber que todos estão vivos.

— Foi uma aventura e tanto.

Riu, sem graça.

— Fico com a sensação de que essa história toda começou antes dos seres aparecerem. Agora que tudo se acalmou e, aparentemente, estamos livres deles, a vida vai voltar ao normal...

— Sim — interrompeu-o. — De uma maneira ou de outra.

Os dois se olharam timidamente, inseguros com a conversa inevitável que estava se formando.

— Onde está Matheus?

— Está com sua mãe. Foram tomar um sorvete.

— Ele está bem?

— Está — assegurou, sorrindo. — Sabe como são as crianças, se adaptam rápido em todas as situações. Ele ainda não entende completamente o que aconteceu. Falei que eram pessoas fantasiadas que nos fizeram mal em troca de dinheiro, como em um sequestro. Ele acreditou depois que fiz uma associação com filmes de terror.

— Melhor assim. E você? Como está?

— Cansada mentalmente. Você está certo. Essa história começou antes dos seres. Se tirarmos essa parte, estávamos prestes a viver uma fase turbulenta de qualquer jeito.

— Eu me arrependo muito de tudo. Você não acreditaria no quanto. Refleti bastante sobre mim e vi os erros que cometi. Erros que não percebia quando os estava cometendo. E posso garantir, estou cansado. — Emocionou-se. — Cansado de me odiar por minhas péssimas escolhas.

— Deveríamos ter conversado mais vezes — lamentou Julia. — A honestidade teria nos ajudado.

— Deveríamos. Em especial quando você pareceu distante e assustada. Por que não me contou dos seres?

— Eu estava apavorada, querendo proteger a todos. E você pareceu se afastar, aproveitando a situação para se sentir um pouco livre.

— Sim — assumiu. — Fui terrível.

— Você sempre foi terrível. Sempre soube da sua índole mesquinha e arrogante — comentou, levemente nervosa —, mas eu te amava e não me importava como você era com as outras pessoas desde que continuasse me tratando bem. Amava seu corpo, a forma como fazia sexo comigo. — Ela virou o rosto antes de terminar a frase. — Mesmo assim, um dia isso parou de acontecer.

Julia respirou fundo antes de continuar, percebendo que havia acabado de verbalizar a resposta para muitas questões. Ao admitir a atração que sentia por Alexandre, refletiu se um dia o amara de verdade ou apenas a química entre eles. Ela voltou o olhar para ele, que a observava.

– Todo aquele tempo na jaula fez com que eu percebesse que só conseguia sentir saudades da sua beleza e do sexo, não necessariamente de você como pessoa. Cheguei à conclusão de que foi como um troféu para mim.

Alexandre a olhava, surpreso. Não esperava ouvir tal coisa porque nunca havia pensado daquela forma.

– Como assim? – indagou, curioso, tentando entender.

– Ah... Você era o rapaz desejado que nunca se prendia a ninguém. Hoje entendo que virou quase uma questão de honra feminina te fazer mudar por mim. Ser a mulher que conseguiu fisgar o grande Alexandre. – Sorriu de leve. – Você não imagina o quanto as pessoas comentaram sobre isso na época, e eu ficava toda orgulhosa de mim mesma. Bobeira, né?

– Julia...

– Sim. Doeu quando você me traiu – continuou o desabafo –, mas doeu ainda mais a sensação de perder o jogo para outra mulher.

– Eu não sei o que dizer. – Ele abaixou a cabeça, atordoado. – Eu sei que não fui um bom marido, que fui machista... – confessou, confuso. – Quer dizer, hoje eu sei... entendo que éramos um casal bonito somente nas fotos, que causávamos inveja. – Olharam-se, e Alexandre seguiu o raciocínio. – E na verdade a gente se esforçava para isso, não é? – Era uma pergunta retórica. – Passávamos uma imagem incrível nos churrascos com amigos e nos deliciávamos quando alguém dizia que queria ter o mesmo que a gente, mas quando chegávamos em casa, cada um ia para um cômodo. Quando não, usávamos Matheus para interagimos.

— Alexandre, você foi importante para mim. Provavelmente teríamos continuado juntos por mais alguns anos se eu não tivesse descoberto a traição. Mas esse casamento começou por tesão e não evoluiu para amor. Nunca fomos ligados mentalmente, amigos honestos e sinceros. Não nos conhecemos porque nunca conversamos sobre nossos sentimentos. Sem cumplicidade, amizade e intimidade sentimental, nosso casamento não se sustentaria por muito tempo. E não se sustentou.

— Tanto que te traí.

— Exato. Mas eu vou lembrar sempre dos nossos primeiros anos juntos. Eu me sentia feliz e é essa lembrança que quero ter. Mesmo com as imagens que vi de você.

— Que imagens?

— Você não percebeu? Quando éramos os guardiões, víamos a maldade das pessoas escolhidas ao tocá-las, mas elas também viram as nossas. Você viu o que aconteceu comigo, mas eu também vi o que aconteceu com você. As mortes que cometeu, o adultério e o sexo na nossa antiga sala.

— Minha nossa...

Alexandre quase levou a mão à boca, assustado e aliviado por não ter visto nada ao tocar em William, caso contrário, o investigador veria os assassinatos que ele cometera, e isso poderia despertar em William a vontade de fazer justiça e prender Alexandre por outras mortes.

— Mas não quero mais pensar nisso — continuou Julia. — Temos um filho lindo, não vamos nos punir porque nosso casamento não foi eterno. Vamos aprender com os erros para não os cometer novamente. — Os dois sorriram de leve. — Você é um bom homem. Eu sou uma boa mulher...

— Por que será que, mesmo sendo bons, acabamos fazendo maldade?

— Não sei. Talvez porque algumas vezes nos esquecemos de continuar bons.

— Estou tentando digerir tudo isso. Talvez leve algum tempo. — Alexandre suspirou fundo. — Estava esperando uma reconciliação, uma discussão, qualquer outra coisa.

— Estava? — Julia repetiu, surpresa.

— Sim, estava.

— Sei lá, Alexandre. Acho que quando estamos em uma relação, acabamos acreditando que o outro nos ama tanto a ponto de sempre nos perdoar. Achamos que o outro tem um amor platônico por nós, não importa o que façamos, sempre vai nos amar. — Ela sorriu para si mesma antes de continuar. — Mas amor platônico só é bom para quem recebe, quem oferece sempre sofre.

— É, ninguém aceita tudo para sempre. Nem deveria. — Olhou de lado, concordando com o pensamento dela.

— Sinto muito, estou cansada de tudo. Cansada de lutar e gastar energia por um casamento que não vai durar. Além disso, aquele lugar horrível me deixou exausta. Tudo que quero... — olhou para o nada, pensando — é sumir. Ir para longe, esquecer de tudo. Preciso me recompor senão não conseguirei continuar com minha própria vida.

— Mas e Matheus?

— Ele precisa ficar com você. Não tenho condições de cuidar dele nesse momento. Não estou forte o suficiente.

— Eu também não.

— Você não foi forte para evitar uma traição, mas foi forte para enfrentar tudo e nos salvar. — Os olhos dela se encheram de lágrimas. — Eu não posso, Alexandre. Não conseguirei expor nosso filho a uma vida turbulenta ao lado de uma mãe descontrolada, prestes a ter um colapso.

Ele tentou abraçá-la, mas teve dificuldade. Ela foi ao seu encontro, concluindo o abraço sincero, e Alexandre sentiu o descontrole de Julia no tremor de seu corpo.

— Calma, vai ficar tudo bem. Eu vou cuidar do nosso bebê. Descanse, relaxe e reflita. Eu não consigo imaginar pelo que passou naquele lugar. Sei que precisa de um tempo.

Alexandre chegou à conclusão que, embora não fosse o mais confiável dos homens, tinha um longo caminho a percorrer para aprender a se controlar. Não sentia verdadeiramente dor ao saber que Julia se afastaria. Era triste saber disso, afinal, passaram anos juntos. Durante um tempo, pensou em reatar com a esposa, ainda acreditando que a amava, mas agora tinha certeza de que era apenas o medo da mudança. Medo do novo e do recomeço.

Matheus estava finalmente bem. Alexandre respirava aliviado quanto a isso, mas o garoto precisava crescer ao lado de um pai estável e que servisse de exemplo. Ele precisava melhorar para poder criar uma boa pessoa. Não queria perpetuar as más qualidades que seu pai havia passado para ele; esse ciclo precisava terminar. Alexandre entendeu perfeitamente, depois daquela conversa, que o divórcio havia de fato se concretizado.

— Quando nos veremos? Quando verá Matheus? — Alexandre perguntou com curiosidade, encarando Julia.

— Só me dê uns dias. Eu entro em contato assim que me arrumar em algum lugar. — Ela se levantou, começando a andar em direção à porta. — Agora vou conversar com ele e explicar que vou fazer uma viagem a trabalho, ok?

Despediu-se com uma expressão apática.

— Combinado — concordou, triste.

# 74

William acompanhou pessoalmente todo o processo para levar a público a identidade do *serial killer*. Exames de DNA comprovaram que Borges era o assassino, e as buscas realizadas na casa do policial confirmaram os detalhes finais de cada morte. A história oficial era que o investigador William planejara uma emboscada para Borges, que tramava contra a família de Alexandre; as coisas tinham saído do controle, causando a explosão da casa da família. Mas os crimes haviam sido solucionados e a série de assassinatos bizarros que chocava a sociedade chegara ao fim.

No entanto, quatro dias já tinham se passado, e William ainda não o visitara. Alexandre se sentia incomodado, já que acreditava que tinham virado amigos – a falta de contato era no mínimo inquietante. Assim como fizera nos últimos dias, Alexandre assistia à última entrevista que o investigador dera aos repórteres dos mais diferentes jornais. O homem que tanto se esforçara para passar despercebido, que nunca gostara de expor sua vida, agora era o mais falado da cidade. Num dia, só mais um rosto na multidão; no outro, um herói.

Usou o controle remoto para desligar a televisão no exato momento em que a porta foi aberta lentamente.

– Olá, posso entrar?

William estava com o braço apoiado em uma tipoia.

— Que coincidência, estava vendo você agora mesmo no jornal.

William tentou sorrir de volta, mas fracassou.

Alexandre olhou melhor para o investigador, que mantinha a cabeça baixa, aproximando-se timidamente. Sua aparência não era das melhores, os cabelos estavam despenteados, como o de quem acorda e sai de casa sem ao menos ajeitar com as mãos. O cheiro de cigarro estava mais forte do que o normal, as roupas amassadas e as olheiras só agravavam a feição cansada.

O investigador puxou a cadeira para perto da cama, arrastando os pés de metal no piso, fazendo o barulho tomar conta do lugar.

— Nossa, que bom te ver, William — Alexandre revelou, observando o investigador se acomodar.

— Como se sente, Alexandre? — Falava mexendo as mãos, esfregando uma na outra apesar da dificuldade, como se estivesse com alguma coceira.

— Estou bem. Apesar de que minha perna vai demorar um pouco para cicatrizar, mas estou vivo, não é?

— Estamos vivos, todos nós. Sua família. Minha nossa... ainda não acredito em tudo que aconteceu.

— Nem eu. É de enlouquecer saber que existem outros mundos e seres.

— É mais loucura ainda saber que precisamos guardar isso conosco. Ninguém acreditaria. — Bocejou, cansado. — No máximo iriam nos internar como insanos.

As risadas forçadas ecoaram pelo quarto por alguns segundos antes de o silêncio cair sobre eles, desconfortável. William não conseguia encontrar seus olhos, e Alexandre percebia seu estresse.

— Acha que estamos livres deles?

William raspou as mãos na coxa de maneira nervosa.

— Acho que sim. Eu tinha uma estranha conexão com aquelas criaturas. Sinto que, com o portal destruído, perdemos essa ligação. Não os sinto mais no fundo da minha mente. — Alexandre olhou para ele com compaixão. — Sinto muito por sua irmã, William.

— Me sinto melhor agora. Vingado por mim e por ela — contou, coçando a barba.

— Tem certeza de que está bem?

— Sim. Por que pergunta?

Como um péssimo ator, tentou fazer a tensão ser vista como curiosidade.

— Sei lá. — Ajeitou-se na cama, fazendo uma careta ao mexer a perna. — Você parece agitado e inquieto. Achei que estaria mais relaxado ao solucionar o caso de sua irmã. Depois de termos nos livrado dos seres...

— De você se livrar dos seres, você quer dizer.

William apoiou o cotovelo que não estava machucado no joelho e não notou a expressão contrariada de Alexandre.

— Ok. Verdade, obrigado por ajudar, William.

— Preciso te perguntar uma coisa — disse depois de mais alguns minutos de silêncio.

— Claro. Fique à vontade.

— Quantas pessoas você matou?

Alexandre respirou fundo.

— Nenhuma. Eles me ameaçaram, falaram que alguém iria até minha casa e que eu deveria matar essa pessoa para ter minha família de volta. A primeira pessoa que apareceu foi Borges — terminou, sem desviar o olhar do investigador.

William levantou da cadeira e foi até a janela, olhando a cidade abaixo dele.

— Desculpe por isso. — Apoiou a mão na cintura. — Quais são seus planos agora? — Tentou mudar de assunto.

— Julia vai passar um tempo com a família, eu acho. Ela viveu um inferno naquele lugar. E antes disso também. — Criticou-se mentalmente. — Eu vou ficar com Matheus — Alexandre torceu o nariz antes de finalizar — na casa da minha mãe.

— Não quer morar com ela?

William continuava de costas. Alexandre estranhava cada vez mais a situação.

— Não.

Ele se esforçou para ver o rosto de William no reflexo da janela.

— Eu estou fazendo o possível para que o município te ressarça com outra casa. Coloquei nos documentos que o dano da propriedade foi ocasionado pela polícia e acho que vai dar certo, mas sabe como é a burocracia neste país, tudo é demorado.

— Te agradeço muito por isso. Eu não teria dinheiro para comprar uma casa nova. Ainda mais agora, sem poder trabalhar. — Ainda de costas, William abaixou a cabeça. Alexandre acompanhava cada movimento dele com preocupação. — Quer conversar, contar o que está acontecendo, William? — Os dois coçaram a barba, a inquietude contaminando o ambiente. O investigador inspirou, expirou, passou a mão nos cabelos, trocou o peso do corpo de perna, mas não disse nada. — Ei... amigo, pode conversar comigo — disse Alexandre, receptivo.

— Amigo? Tem certeza de que somos amigos? — questionou William.

— Por que está dizendo isso?

Alexandre cruzou os braços na frente do peito, receoso com a reação.

— Amigos se conhecem, são honestos um com o outro, Alexandre. Sabem da vida um do outro. Nós não temos isso. Não somos amigos.

Ele colocou a mão livre no bolso, cansado de tanto esfregar uma contra a outra.

— Eu te considero um amigo. Até fiquei chateado por você só ter vindo me visitar agora. Não falei nada antes, mas senti sua falta. — William continuava de costas, mudo e olhando para o horizonte. — Você é a única pessoa que posso dizer que me conhece, não completamente, mas sabe mais de mim do que qualquer outra pessoa. Sabe do tiro que levei, da traição que cometi, da loucura da minha casa invadida. E eu sei algumas coisas de você... sobre a sua irmã. — William começou a andar em círculos ao redor de si mesmo. — Podemos não saber tudo um do outro, mas um dia chegaremos lá.

— Não, não chegaremos. Você acha que somos íntimos porque eu sei que você traiu sua esposa... — Virou-se com os olhos marejados. — Meus segredos são muito, muito piores do que uma traição. — Uma lágrima escorreu pelo seu rosto. William virou a cabeça e a secou com o dedo de maneira brusca. Alexandre o olhou, preocupado. — Na verdade, não seria uma surpresa se eu acabasse batendo na porta da sua casa, pedindo para ser morto só para me livrar da dor que carrego comigo. — Os olhos de William estavam vermelhos, cheios de lágrimas que ele lutava para não derramar. — Eu realmente espero que você melhore logo e que tudo funcione bem de agora em diante.

Não houve despedida. William saiu do quarto, deixando Alexandre perplexo e ainda mais curioso com o que poderia ter deixado o amigo daquela maneira.

# 75

William ainda se sentia atordoado com os últimos acontecimentos. Havia recebido mais informação do que conseguia processar; presenciar o multiverso foi como uma confirmação de que o mal existia e, por oposição, o bem. Em algum lugar existia uma versão dele que vivia feliz em um mundo melhor, e isso, além de o deixar com inveja, também o chateava por pensar de maneira depreciativa sobre suas escolhas. Sentia-se preso entre essas versões, apenas sobrevivendo.

Olhou-se no espelho e, após alguns segundos, não se reconheceu; não existia nada valiosamente importante em sua personalidade que o destacasse. Ele não fizera nada do padrão estabelecido pela sociedade; não se casara, não tivera filhos nem ajudaria, um dia, a criar os netos. Por outro lado, também não fora rebelde o suficiente para romper alguns padrões e viver como bem desejava.

Pelo contrário, via-se em um limbo. Não tinha amigos, amores, um motivo para aguentar as rasteiras da vida e seguir em frente. Ele estava sozinho, recebendo todas as pancadas da vida e dele mesmo, sem ninguém para compartilhar a dor. Por um tempo, considerou-se forte, mas agora percebia que suas feridas ainda estavam abertas. Focar no trabalho como fuga da realidade foi o mesmo que tomar um analgésico: não sentia mais o incômodo, mas a origem da dor permanecia sem tratamento, até que o efeito do fármaco se extinguisse e a dor retornasse.

Pensou em Halvez, no quanto o rapaz havia se esgueirado em seus pensamentos, aos poucos despertando sensações, ganhando importância a cada encontro, servindo de gatilho para seus desejos reprimidos. Contudo, como se aventuraria a viver algo com Halvez quando os holofotes estavam voltados para si? Era isso que queria? Como poderia ter certeza de que gostava de algo, de que apreciava mais uma fruta do que outra, se nunca provou nenhuma?

Ele estampava a primeira página do jornal, estava nos noticiários quase todos os dias, e seu medo de ser exposto o fazia acreditar que os repórteres queriam descobrir seus segredos para ter mais material para entreter leitores. Será que seria questão de tempo até o público começar a se interessar por sua vida pessoal? Será que eles achariam importante saber com quem ele ia para a cama? William se sentia enjoado só de pensar nessas possibilidades, pois o medo de ser exposto sempre fora algo que temera. Ele tinha vontade de visitar Halvez, ir à casa do rapaz, tomar uma cerveja e conversar à vontade. Ver se algo se desenvolvia naturalmente entre eles ou se tudo era somente delírios de sua imaginação. Porém, o medo de ser seguido o impedia de seguir adiante. William realmente acreditou que, quando vingasse Jen e prendesse seu assassino, a vida ficaria mais leve, que seu débito estaria pago e que poderia enfim seguir adiante com sua vida. Mas isso não aconteceu, o alívio não veio. Sentia-se o mesmo de sempre, dando valor ao que falavam sobre ele, com medo das piadinhas que os policiais fariam quando passasse pelos corredores, de que seria tratado como um ser inferior, digno de piadas.

A vida era mais fácil e simples com Jen. Ela bastava. William nunca se preocupara em ter amigos ou encontrar um amor, porque sua irmã fazia com que ele se sentisse parte do mundo. Esse pensamento o levou a outro.

Em algum mundo paralelo, Jen continuava viva. Essa ideia o acertou em cheio no centro do coração. As lágrimas brotaram naturalmente ao imaginar que poderia vê-la de novo, mas perdera a oportunidade quando ajudara Alexandre a selar o portal. Embora soubesse que ela seria outra pessoa e talvez não o reconhecesse, revê-la seria um presente, pois sentia muita falta do seu abraço, do seu sorriso, até mesmo de suas broncas e dos afagos em sua cabeça. Sentia falta de sua voz repetindo que tudo ficaria bem. Aquelas lembranças eram tão reais que ele quase podia sentir o cheiro da irmã ao lembrar da cena.

*Te tiraram de mim cedo demais,* pensou.

Agora sentia pena das pessoas que provavam da verdadeira felicidade e a perdiam, fadadas a uma vida em busca de suprir essa necessidade. Amor e felicidade deviam ser apreciados com moderação. Sentado em sua poltrona depois de beber algumas doses de vodca, encarando o vazio e o silêncio em sua casa, sentia-se triste por não ver uma luz no fim do túnel. Inclinou-se para pegar o coldre com o revólver na mesa ao lado. William tirou a arma do suporte e não conferiu se havia balas, pois ela sempre estava carregada.

O investigador encarou o revólver e, lentamente, levou-o até a boca. Ele sentiu o metal gelado tocar seus lábios e, depois, a ponta da mira encostar no céu da boca. O metal batia no dente com a leve tremedeira de suas mãos. Não havia lágrimas, pois, para ele, não havia nada no mundo a perder, nem um motivo para continuar existindo.

O olhar dele estava frio e sem vida. Seria rápido, fácil e indolor. A bala atravessaria seu cérebro antes que seus nervos o avisassem da dor. Ele não sentiria nada e em menos de um segundo William Santis Ferraro e suas preocupações deixariam de existir.

Apertou o gatilho.

# 76

Alexandre andava pelo shopping de mãos dadas com Matheus. Era uma sensação gostosa de liberdade poder passear com seu filho sem se preocupar com nada a não ser agradá-lo. Seu foco estava em Matheus, e isso, por mais incrível que pudesse parecer, era maravilhoso. Era como se o peso de seus próprios pensamentos tivesse desaparecido, porque não tinha mais tempo de se importar com nada que não fosse as necessidades do filho. O egoísmo que um dia fizera parte da sua personalidade parecia não mais existir.

Sentia-se cada dia melhor. Ele estava se recuperando bem, apesar de os músculos de sua perna se contraírem vez ou outra. Alexandre até conseguia andar, apesar de ainda mancar um pouco.

Era o primeiro dia de aula do ano letivo, e Matheus ainda precisava de um tênis novo. Precisava também de uma nova mochila para levar a quantidade absurda de materiais escolares. Entraram na primeira loja de tênis. Matheus correu na frente, olhando cada par colorido com os seus personagens preferidos de desenho animado.

Uma atendente se aproximou.

– Posso ajudar?

Alexandre travou por um segundo, pois ela era linda, curvilínea e atraente, exatamente com o atraía.

— Procuramos um tênis para meu filho. — Apontou para Matheus. — Ele vai começar na escola e está todo animado.

— Ah, que lindo, pai e filho fazendo compras! Normalmente quem vem é a mãe.

— Eu sou divorciado.

— Ah, entendo. Meu nome é Regina. — O sorriso dela se alargou ainda mais. Apoiou a mão no ombro dele, apertando levemente para conduzi-lo. — Vou ajudá-lo a escolher.

Alexandre se arrepiou, sabia o que aquele gesto significava. A atendente se abaixou para ficar da altura de Matheus, ajudando-o a escolher um tênis. Às vezes, enquanto conversava com o garoto, virava o rosto para fitar Alexandre e sorria, receptiva. Ele sentiu as mãos suarem assim que Matheus se sentou ao seu lado, e ela o ajudou a calçar o garoto. Naquela posição, Alexandre podia ver o colo dela com perfeição. A pele lisa e volumosa despertava sua imaginação.

— Pronto, ficou perfeito. — Ela sorriu e piscou para Alexandre, depois voltou sua atenção para o garoto — Gostou?

— Muito — respondeu ele, admirando o novo tênis. — Posso ficar com ele, pai?

— Pode, sim, filho.

Ele sorriu sincero e feliz com a alegria de Matheus, que andava enquanto luzes piscavam na sola do tênis.

— E quanto a você, me acompanhe. — Dizendo isso, ela apoiou a mão na coxa dele para se levantar.

Eles foram até o caixa, e ela passou o cartão enquanto o encarava. A loja estava com pouco movimento, e a outra vendedora sabia como reagir quando via Regina cobiçar um cliente; ela nunca se intrometia.

— E quanto a você, pai? — Regina disparou. — Não precisa de um sapato novo? Tem alguns no estoque se quiser conferir.

Alexandre suspirou internamente, com um monstro querendo ganhar vida dentro das calças. Olhou para a outra atendente, pensando seriamente em pedir para que olhasse seu filho enquanto ia com Regina para a parte de trás da loja. Mas isso faria Matheus se atrasar para o primeiro dia de aula, e ainda precisavam passar na casa de Tina antes.

Com tristeza no olhar, respondeu:

— Hoje não, infelizmente.

Ela anotou o número do celular em um papel, entregando-o a Alexandre.

— Quem sabe um outro dia — falou, gentil.

Ele pegou o papel e acenou, guardando-o no bolso em seguida. Saiu com Matheus, que segurava a sacola com o sapato velho. O garoto estava tão entretido com o novo tênis que não percebeu como seu pai estava desconfortável. Pouco à frente, mais aliviado, pegou a sacola da mão de Matheus.

— Podemos jogar esse fora, já estão muito gastos.

Alexandre riu com gosto, tentando esquecer a libido que inundava seu organismo, como um viciado tentava ignorar a abstinência. Ele pegou o papel com o número de telefone da mulher, colocou dentro do tênis velho e abriu a tampa da lata de lixo.

— Não, pai! — repreendeu Matheus.

— Matheus, você não vai usar mais esse tênis, por que quer guardar?

— Mas outra criança pode usar.

Ele sorriu para o filho, genuinamente feliz.

— Tem razão, filho. Vamos doá-lo.

Retirou o papel com o número de telefone e o jogou no lixo, orgulhoso de si mesmo.

— Vamos deixar na escola caso alguém precise.

— Isso. — Matheus sorriu, contente, mas logo o rosto do garoto se entristeceu. — Eu estou com saudades da mamãe. Quando ela volta?

— Ela me ligou ontem. Está trabalhando muito.

— Eu vou ficar morando com você e com a vovó agora? — Olhou para o pai, curioso.

— Isso é ruim? — questionou, afagando o ombro do filho.

— Não.

Matheus gostava de estar com o pai. Alexandre abaixou, apoiando as duas mãos no ombro de Matheus. Olhando diretamente para ele, disse com tranquilidade:

— Sua mãe logo vem nos visitar. Enquanto isso, vamos nos divertir. Agora vamos, precisamos comprar a mochila antes de irmos embora.

— Eba! — Matheus exclamou e saiu correndo.

Alexandre abriu um largo sorriso e foi atrás.

# 11

## Bauru, São Paulo

Isabel tinha oito anos. Era uma garotinha adorável; chamava a atenção por onde passava. Sempre educada e sorridente, atraía a admiração de todos os professores. Eles desejavam secretamente ter uma filha igual a ela. Mesmo os que já possuíam filhos e estavam, por algum motivo mesquinho, desgostosos, imaginavam como seria bom ter Isabel como filha.

Aquela garota encantadora tinha seus motivos para sorrir na escola. Era o único lugar que seu pai não tinha acesso. Não podia tocá-la nem a fazer mal. Ali, Isabel estava livre das gritarias, dos palavrões e, principalmente, dos tapas – tanto os que levava, quanto os que sua mãe sofria constantemente. Era o único lugar em que ela se sentia plenamente feliz e segura.

Assim que sua mãe, Elena, ia buscá-la no fim do período, seu rosto mudava de expressão. Sabia que teria de aguentar seu pai mais uma vez, até o dia seguinte. O pai ainda demoraria a chegar, pois trabalhava até tarde e sempre gastava horas no bar antes de retornar para casa.

Ela conhecia a rotina e aproveitava o momento para admirar a preparação do jantar, pois adorava ver as mãos hábeis de sua mãe preparando tudo. Para qualquer pessoa que perguntasse, ela logo dizia que queria ser cozinheira.

— Se diz *chef* — corrigia a mãe, brincando. — E um dia será uma chef incrível.

Mas os olhos de Isabel estavam sempre no relógio da parede. Quando marcava nove horas da noite, corria para seu quarto e dali não saía mais. Não queria estar no mesmo cômodo que seu pai quando ele chegasse. Queria ser invisível. Ela brincava com algumas bonecas velhas, perdida em sua imaginação fértil, quando escutou sua mãe conversando. Estranhou a situação, já que não havia escutado o telefone tocar e seu pai ainda não estava em casa.

Curiosa, abriu a porta devagar. A conversa vinha do quarto de sua mãe. Caminhou com passos leves até a porta que não estava completamente fechada. Pela brecha, podia ver sua mãe encostada, encolhida em um canto, chorando. Da posição em que estava, não dava para ver de quem era a outra voz.

— É assim que deve ser. Você deve matar por nós. Se não o fizer, mataremos você e sua filha.

— Não. Por favor! Tudo menos isso.

A mulher implorava com as mãos juntas, em prece.

— Você precisa provar. Precisa ser digna de nossa confiança. Somente assim teremos compaixão por sua família.

— Como? O que devo fazer para que não machuquem minha filha? — suplicou.

— Iremos começar pelo seu esposo. Você deve matá-lo.

— Mas serei presa. E ele... ele é muito forte. Não conseguiria.

— Cuidaremos disso.

Tudo ficou em silêncio. Isabel percebeu que sua mãe olhava para a pessoa com curiosidade. Mexeu-se vagarosamente, tentando ver melhor quem estava no quarto com ela. De repente, a criatura apareceu na fresta da porta com seus olhos amarelados e dentes grandes, surpreendendo Isabel com seu mau hálito de carne podre.

Isabel soltou um grito ao ver a criatura tão próxima. O ser escancarou a porta e puxou Isabel para dentro do quarto. A mão grotesca e assustadora tapou a boca da garota para que ela parasse de gritar.

– Você vai fazer! – afirmou a criatura. – Ou nós vamos esfolar essa garotinha viva.

Passou a enorme unha na pele da menina.

– Eu faço. Faço o que quiserem.

A mulher chorava desesperadamente, esticando os braços, chamando a filha para sua proteção. Isabel correu para a mãe assim que foi libertada. Elena tentava acalmar a menina quando escutaram a porta de entrada bater.

O pai havia chegado.

– Se prepare, pois ele logo vai pedir para que o mate.

– Como?

– Iremos conversar com ele.

A coisa encostou o dedo na boca como uma ordem para que fizessem silêncio. A criatura saiu pela porta do quarto, e as duas ficaram ali, temerosas, enquanto escutavam a conversa.

– Minha nossa! O que é isso? – gritou o pai da sala.

– Como vai, Edvaldo?

– Você é um anjo. Um anjo de verdade. – A voz estava embargada.

As duas só escutavam, sem ter a visão do que acontecia. Olharam-se, surpresas. Não havia nada de angelical naquela criatura.

— Deus me enviou, Edvaldo.

Ele se ajoelhou no chão. Choroso, com as mãos juntas, estupefato com o anjo que tinha imponentes asas brancas à sua frente.

— Misericórdia! — clamava.

— Sim. É o que precisa depois de tudo que fez, não é?

— Ela era uma prostituta. Tentou me roubar... Perdão — confessou de pronto.

— Ela também pediu perdão, mas você não o concedeu.

— Estava tomado pela ira. Sinto muito pelo meu erro.

— Você sabe o que deve fazer, não sabe? Agora que me vê, tem a certeza de que Deus, o céu e o inferno existem. Achou que ficaria impune?

— Eu faço qualquer coisa para receber o perdão. Não posso ir para o inferno.

O ser se inclinou, segurou a cabeça de Edvaldo com as duas mãos e o fez reviver o dia em que assassinara uma prostituta. Ele sentiu em seu estômago cada uma das sete facadas que aplicara contra a moça, sentiu o medo da morte que antecipara, o desespero de não ver mais a filha que deixaria órfã. Agora tudo isso fazia parte dele. A criatura que mantinha a aparência angelical se regozijava com o medo que embutia dentro daquele homem.

Edvaldo se encolheu em posição fetal no chão. Aquela sensação não desaparecia. Sentia a faca penetrá-lo incontáveis vezes.

— Faça parar, por favor! — gritava, agoniado.

— Só quando você se redimir.

— Como?

— Você precisa morrer por uma mão santa. Uma mão angelical, sem pecados. Só assim poderei levá-lo ao reino dos céus para se livrar do sofrimento eterno no inferno.

— Meu Deus.

— Só assim a dor e o sofrimento acabarão. Sentirá as facadas sem parar até o dia de sua morte.

— Quero sair deste mundo que me corrompeu. — Ele continuava gemendo, pois não conseguiria aguentar aquela sensação por anos, até que a morte o levasse. — Quero ficar livre da dor e dos meus pecados.

— Então peça. Implore à sua esposa que o mate.

— Minha esposa? — Tentou controlar o gemido, surpreso.

— É a mão angelical desta casa.

— Mas minha esposa...

— Você se atreve a questionar e recusar os planos de Deus para você? — esbravejou.

— Não. Farei o que me pede. Não posso suportar essa dor por muito mais tempo.

Elena e Isabel caminharam lentamente até a porta do quarto. Podiam ver os dois na sala, tentando entender por que o homem se dirigia àquele ser abominável como anjo.

— Venham — chamou a criatura. — Ele está pronto.

Elas caminharam receosas até a sala. Edvaldo ajoelhou, implorando em meio às lágrimas:

— Me mate, por favor. Acabe com a dor e salve minha alma.

A criatura olhou para Elena, inclinando a cabeça para indicar Isabel, em um claro aviso do que aconteceria se a ordem não fosse cumprida. Ela hesitou por um momento, e os olhos amarelados da criatura brilharam cheios de ódio. O ser caminhou até Isabel, pegando-a para si. Elena podia ver os enormes dentes e unhas próximos ao rosto da filha, que chorava silenciosamente, desesperada. O pai não questionou; não via maldade em um anjo abraçar sua filha. Continuava com as mãos juntas em súplica, chorando na tentativa de esquecer a agonia que sentia.

— Tem uma arma na caixa de sapato azul em cima do guarda-roupa — contou a criatura.

Elena a olhou, surpresa. Não fazia ideia de que existia uma arma dentro da casa, muito menos que a criatura sabia disso. Ela caminhou até o quarto e usou uma cadeira para alcançar as caixas. Lá estava o revólver. A mulher segurou a arma, hesitando por um momento.

Não perderia a filha por causa daquele homem agressivo que só trouxera tristeza. Chegou a pensar que, anjo ou não, aquele ser grotesco estava fazendo uma espécie de justiça. Por um momento duvidou se esse súbito pensamento vingativo era seu ou era induzido pela criatura. Um homem como aquele, com a alma maldosa a ponto de ser capaz de espancar uma garota amável como Isabel... E pior, ele havia assassinado uma mulher. A ideia de ter morado com um monstro por todo aquele tempo a nauseava.

Não... Era pecado tirar a vida de alguém. Ele merecia ser punido, mas pela justiça. Podia escutar os apelos Edvaldo na sala enquanto olhava para o telefone na cômoda ao lado da cama. Ela precisava ligar para a polícia. Foi quando escutou sua filha gemer e todo seu corpo se contraiu.

— Elena — chamou a criatura da sala.

Ela saiu do quarto devagar, com medo de ser obrigada a matar o próprio marido, mas com mais medo por Isabel; a criatura agora a segurava pelo pescoço delicado. Assim que Elena se aproximou deles, o ser a encarou.

— Anda logo — sussurrou, apertando os dedos em volta do pescoço da menina, fazendo-a soltar mais um gemido de dor.

Elena compartilhava as lágrimas desesperadas da filha.

— Feche os olhos, bebê — pediu com ternura, e Isabel obedeceu. Apontou a arma para ele. — Me desculpe, Deus. — Dizendo isso, virou o rosto e disparou.

Edvaldo caiu no chão, sem vida, com um buraco pequeno na testa e um rombo na nuca, por onde vazava sangue e pedaços de massa encefálica.

— Ótimo. É assim que será — concluiu a criatura, soltando Isabel.

As duas se abraçaram, ajoelhadas no chão, chorando pelo que tinha acabado de acontecer. A criatura arrastou Edvaldo até o portal no guarda-roupa do quarto.

— Outras pessoas virão, implorando para morrer. Deverá assassinar todas. Enquanto fizer isso, você e sua filha estarão seguras.

A coisa puxou o corpo, fechando a porta em seguida. Elena observou a porta por um tempo, assustada, curiosa e incrédula. Por fim, criou coragem para abri-la, mas não havia nada além de roupas e sapatos.

# 78

Halvez chegou na delegacia apressado, carregando uma bolsa de couro estilo carteiro no ombro e pastas nas mãos. A alça escorregava, e ele lutava para equilibrar tudo, evitando que as pastas fossem para o chão e as folhas se espalhassem com os segredos mais profundos dos policiais que tratava.

A saída encontrada para evitar o desastre foi a mesa com um enorme bolo que alguns policiais se serviam, lembrando pombos em cima do milho em alguma praça da cidade.

– Sua esposa faz os melhores bolos.

Halvez apoiou as pastas na mesa enquanto escutava a conversa e arrumava a alça da bolsa.

– E você? – perguntou o que trouxe o bolo. – O que sua senhora vai fazer na semana que vem?

Os policiais da recepção, responsáveis pelos boletins de ocorrência, traziam comida toda quinta-feira e revezavam entre si.

– Espero que não seja aqueles lanches de mortadela de novo. Eles me dão azia – resmungou.

– Pega um pedaço. – Um deles ofereceu para Halvez.

Os outros olharam com o canto de olho.

– Não, obrigado. Fiquem à vontade – respondeu da forma mais simpática que pôde.

Halvez estava prestes a pegar o amontoado de pastas, após alinhá-las novamente, quando escutou:

— Alguém sabe o que aconteceu com William? O cara sumiu, já faz dias que não aparece.

— Sei lá. Já perguntou para o sargento? — respondeu um deles, dando uma garfada no bolo.

— Com o humor que ele está hoje, nem me arrisco — concluiu o que perguntou primeiro. — Só achei estranho porque ele parecia bem abatido e de repente sumiu.

— Igual ao Roberto — um deles ousou falar.

Todos fizeram silêncio após isso. O que só aumentou a curiosidade de Halvez, que, incomodado com a ansiedade estourando em seu sangue, perguntou:

— O que aconteceu com Roberto?

Ele nem conhecia o nome em questão, mas isso não importava.

— Não aguentou a pressão e deu um tiro na cabeça — respondeu um deles, dando mais uma garfada no bolo, acabando de vez com o pedaço que tinha em mãos. Limpou a boca com o dorso da mão antes de continuar: — Todo mundo viu que estava derrotado, mas ninguém conversou com ele. — Ele pegou mais um pedaço de bolo, ainda olhando para Halvez, e concluiu: — É por isso que você está aqui. Para evitar que isso aconteça. Tem falado com William? — questionou o comilão.

— A última vez que falei ele parecia bem. — Apoiou as pastas no braço. — Havia até recebido alta das consultas — explicou Halvez. — Tenham um bom dia.

Ele saiu da roda de fofoca matinal, disfarçada de café da manhã, preocupado.

A última vez que teve contato com William eles apenas acenaram. Quando Halvez fizera menção de ir até ele, notara William dizer com os lábios: "Adeus". Naquele momento, essa palavra mais confundiu do que esclareceu. Um adeus, dito assim a esmo, poderia significar muita coisa quando dita por uma pessoa inquietante. Seria um adeus usado no lugar de *até mais*? Adeus, nossa amizade acaba aqui. Ou adeus, vou estourar meus miolos.

Halvez já havia decidido seguir adiante, o interesse e o flerte com o investigador fora colocado para trás e agora era usado tão somente como aprendizado. Algumas coisas, simplesmente não funcionam. O psicólogo sempre pensava: saber desistir de algumas coisas é tão importante quanto saber quando investir.

Essa firmeza de pensamento, no entanto, não o tornava apático. O medo de que William pudesse ter atentado contra a própria vida brotava em seu pensamento. Ele precisava saber se ele estava bem. Assim que chegou na sala, colocou tudo que carregava em cima da mesa e foi até o armário de arquivos no canto do escritório. Procurou a ficha de William, folheando até achar o telefone.

Conferiu o número, ligou, mas caiu direto na caixa postal. Halvez caminhou de maneira incontrolável até a sala do sargento, mas bateu gentilmente com os nós dos dedos na porta. E só abriu quando escutou o convite vindo do lado de dentro.

– Desculpe incomodar, sargento.

– Seja rápido, estou com o dia cheio – respondeu sem desviar os olhos do laptop.

– É sobre William Santis Ferraro. – O sargento levantou o olhar. – Estou tentando entrar em contrato com ele, pois alguns de seus documentos ficaram no meu escritório – mentiu.

O homem corpulento se acomodou na cadeira reclinável jogando o corpo para trás, cruzando os braços e respirando fundo.

– Não está sabendo o que aconteceu com ele?

– Não.

Halvez sentiu seu coração pular uma batida assim que se sentou para escutar a notícia.

# 19

William arrumava a mesa, deixando tudo meticulosamente organizado. Em alguns momentos parava para admirar seu nome no vidro da porta.

*Investigador-chefe William Santis Ferraro.*

Cubículos nunca mais, pois finalmente tinha uma sala da qual se orgulhar, consequência de ter pegado Borges, o *serial killer*. Agora sua reputação o precedia; não era mais visto como mais um investigador entre tantos que apenas subiam de cargo por conta de anos de serviço. Ele havia sido designado como chefe por seu genuíno esforço. Bem, não necessariamente. Havia uma voz no fundo de sua mente que dizia que tudo não passava de sorte — ele estivera no lugar certo, na hora certa. William nunca fora autorizado a investigar o caso de sua irmã, já que era considerado pessoal demais, e isso poderia interferir no seu discernimento durante a investigação.

*Dane-se,* era o que ele pensava. William arriscara a vida, quase morrera e perdera o amigo para arrastar o corpo de Borges para fora da casa e expor o assassino.

Ele admirou novamente o escritório e se deu por satisfeito, pois tudo estava na devida ordem. Só então tirou o coldre do ombro e pendurou na cadeira. Olhou o revólver e se lembrou do dia em que o colocara na boca. A lembrança deixou sua mandíbula tensa. Ainda não conseguia identificar com firmeza o sentimento que brotava dentro de si cada vez que revivia a cena. Sentia pena de si mesmo ou raiva? Como pudera desejar a morte e tentar suicídio?

Sua irmã teria ficado decepcionada com ele; isso teria partido o coração dela se estivesse viva. Talvez ela pudesse vê-lo e tivesse interferido para que a arma falhasse. Sim, agora ficava claro o sentimento que tinha quando se lembrava do fatídico dia, tristeza. Mais uma para colocar no seu estoque.

Na delegacia, por outro lado, só havia tensão – e ela aumentava diariamente depois de tudo ter se acalmado. A imprensa não descobrira que ele não tinha autorização para investigar a morte de sua irmã, mas isso não impedia que o investigador responsável pelo caso o odiasse, tampouco aplacava a raiva do seu chefe por ter desobedecido suas ordens. Era uma pena que não pudesse contar o que realmente acontecera, mas fora o mais honesto possível ao explicar aquele dia: estivera na casa de Alexandre investigando outro crime e tudo não passara de uma coincidência.

Embora todos esses motivos tivessem levado William a tentar dar cabo à própria vida, no instante em que a arma falhara, um pensamento o atingiu tão rápido quanto o metal teria atingido: "Eu tenho coragem de me matar, mas não tenho coragem de me aceitar?".

Esse questionamento deu força a ele, não necessariamente para mudar, mas para dar o primeiro passo, pois o resto viria com o tempo. Ao jogar a arma para longe, com os olhos assustados diante de uma segunda chance, um pensamento sarcástico se fez em voz alta:

– Vamos ver no que vai dar essa merda.

A primeira mudança seria resolver a situação insuportável que acabara criando no ambiente de trabalho, tanto com o investigador que o odiava quanto com seu chefe raivoso. Acrescentando a isso o fato de Halvez disparar nele gatilhos cada vez que cruzavam pelos corredores.

William voltou à realidade assim que escutou baterem na sua porta. A pessoa não o esperou responder para entrar.

— Opa... Beleza? — perguntou o homem fardado, entrando em sua sala com uma pasta nas mãos.

William acenou com a cabeça.

— Tudo bem. No que posso ajudar?

Sentou-se, indicando a cadeira do outro lado de sua mesa.

— Pronto para trabalhar?

O homem colocou a pasta na mesa, parecendo ignorar seu gesto.

— Ah, claro, já não era sem tempo. Preciso ocupar a cabeça. — William pegou a pasta e começou a folhear o arquivo. — O que temos aqui?

— Um caso de desaparecimento — explicou o homem, ainda de pé. — O cara não foi trabalhar e, depois de três dias sem notícias, o patrão foi até sua casa e ninguém sabe dele. Simplesmente desapareceu.

— Edvaldo. — O investigador leu o arquivo. — A esposa, Elena, e a criança — forçou a vista, tentando entender a péssima caligrafia —, Isabel, não sabem de nada?

— Não, ninguém o viu.

— Muito bem. Veremos o que aconteceu.

Levantou-se, pronto para sair, mas foi surpreendido pelo policial.

— Por que escolheu Bauru?

William pensou por um momento. Gostaria de responder que queria recomeçar, pois mudar era como renascer, com novas possibilidades e uma vida de escolhas sem amarras com ninguém, que em uma cidade longe e diferente, onde ninguém o conhecia, poderia ser ele mesmo. Queria admitir que, até aquele momento, ele era uma fraude, meramente agraciado com a sorte do acaso e que precisava mostrar seu valor. A mudança trazia a oportunidade de receber novos casos. Mas se limitou a dizer:

— Era onde tinha vaga.

# EPÍLOGO

Julia nunca perdoaria Alexandre por ele não ter tentado lutar contra o desejo de desmanchar sua família para viver com outra mulher. Em um casamento, vários erros podiam ser resolvidos com uma conversa e deixados de lado para que o relacionamento sobrevivesse. Traição, por outro lado, não era um erro que estava disposta a ignorar.

Interessar-se por outra pessoa era um risco que todos corriam. Sempre existiriam pessoas mais bonitas e atraentes, mas não resistir ao interesse era caminhar na direção do crime, e isso parecia imperdoável. Pensar assim sobre ele a enchia de ódio.

Se Alexandre tivesse sido inteiramente honesto, se tivesse guardado seus sentimentos para si e não despejado nela como um balde de água fria, talvez tivessem uma chance de sobreviver, desde que a traição não se repetisse. Infelizmente, esse não era o único nem mesmo o pior dos motivos para Julia não tentar reatar o casamento; precisava ficar sozinha, só assim conseguia dar liberdade ao seu novo vicio: carne crua. De preferência, humana.

Todos aqueles dias se alimentando do que as criaturas a jogavam fez com que aprendesse a apreciar o gosto do sangue e das fibras musculares humanas. Tentava suprir esse desejo com a carne bovina, pois precisava comer muitos pedaços para conseguir se controlar e acalmar a abstinência que sua mente a impunha. Contudo, já começava a imaginar, e até mesmo a planejar, maneiras de conseguir carne humana.

Julia tinha percebido seu vício no segundo dia de sua internação no hospital, após passar a noite em observação a pedido do médico. Acordara suada, com tremedeira e fome, muita fome. Uma fome tão intensa que ficava difícil pensar em outra coisa. O cheiro de sangue pairava no ar. Aproveitando--se da calmaria da noite, quando os médicos e as enfermeiras cochilavam entre as rondas, Julia se levantou, farejando o ar, tentando descobrir de onde vinha aquele cheiro ferroso que gritava por seu nome.

Aquele delicioso odor vinha de uma porta que, num primeiro momento, pareceu um depósito de produtos de limpeza. Julia entrou e viu os enormes galões de descarte. Em um deles havia um dedo amputado já decrépito, que não a chamou atenção. Em outro, gazes e faixas usadas. Ela procurou por aqueles que tivessem menos pus e mais sangue para lamber.

No terceiro tambor, havia alguns pedaços de carne. Pequenos, mas o suficiente para atiçar o desejo. Naquele momento, percebeu que o tempo que havia passado dentro da bolha temporal a mudara. Não só ao consumir carne humana, mas ao respirar o ar do local. Agradecia por Matheus, com toda sua pureza, não ter desenvolvido tais desejos.

Lambuzou-se com cada gota de sangue que encontrou nos descartes. Algo frenético e incontrolável a tomou, muito mais forte do que qualquer outra coisa. Assim que saciou seu vício, veio a culpa. Não poderia mais ficar com Matheus após essa descoberta. Não quando seu filho finalmente estava a salvo das criaturas. Ela não aceitaria ser uma nova "criatura" na vida do garoto.

Não conseguiria se controlar, sabia disso. Precisava de tempo para se entender – tentar se limpar dessa maldição que a assolava. Matheus sentiria sua falta, e ela a dele. Mas seria melhor assim. Era o correto. Ela estava contaminada e corrompida.

Uma assassina viciada em carne.

Por esse motivo, decidiu continuar com o processo de divórcio e se afastar do filho e de Alexandre, embora ainda os amasse. De qualquer maneira, o frágil vaso que simbolizava o relacionamento deles havia se quebrado. Alexandre se apaixonou por outra mulher e ia deixá-la. Não confiaria mais na fraqueza dele, muito menos na sua fraqueza recém-descoberta.

# AGRADECIMENTOS

Com todo meu amor, agradeço à minha mãe, Genir, que tem sido, desde o meu nascimento, meu melhor guia e porto seguro.

Ao Marcio Neves, que tem sido a personificação de todos os incansáveis pedidos que fiz ao universo quando estava sozinho em meu quarto nos meus piores momentos.

Este livro é dedicado a todos os leitores que desprenderam seu tempo para ler este autor que vos escreve. Aos que conversam comigo nas redes sociais, curtem, compartilham, incentivam e se importam. Na verdade, eu sou fã de vocês. A cada duas batidas do meu coração, aqueles que acreditaram e deram uma chance ao meu trabalho merecem uma.

# BIOGRAFIA

Marcio Zanini mora em Bauru, São Paulo. Já trabalhou como editor, desenhista, e foi selecionado em diversas antologias. Atualmente, trabalha como coordenador editorial do selo Epifania Comics e já escreveu alguns livros, entre eles, *Crônicas de Markus*, que teve unanimidade em críticas positivas. Apaixonado por filmes, séries, desenhos, videogames e todo o universo da cultura pop, tem preferência em escrever histórias com profundidade psicológica, thriller e suspense, onde os personagens se veem em situações que os obrigam a mudar para sobreviver e evoluir. Nas horas vagas, faz amizade e conversa com outros apaixonados por leitura nas redes sociais e passeia com sua cachorrinha: Cassie.

Grupo Editorial
coerência

Esta obra foi composta na fonte ITC Legacy Serif,
tamanho 11,5 pt, e impresso em papel pólen bold 70g/m².
São Paulo, agosto de 2020